Collection dirigée par Glenn Tavennec

L'AUTEUR

Née en 1981 en Caroline du Sud, Kiera Cass est une auteure comblée. Grande fan de littérature pour jeunes adultes, elle vit un réel conte de fées depuis que son éditrice chez HarperCollins est tombée amoureuse de sa série dystopique, *La Sélection.*

La série *La Sélection* :
Tome 1 : *La Sélection*
Tome 2 : *L'Élite*
Tome 3 : *L'Élue*
Tome 4 : *L'Héritière*
Tome 5 : *La Couronne*

Hors-séries :
La Sélection, Histoires secrètes : Le Prince & Le Garde
La Sélection, Histoires secrètes : La Reine & La Préférée
La Sélection, mon carnet

KIERA CASS

LA SIRÈNE

traduit de l'anglais (États-Unis) par Madeleine Nasalik

roman

R

Titre original : THE SIREN

ISBN 978-2-221-19298-6 ISSN 2258-2932
(édition originale : ISBN 978-0-06-239199-5, HarperCollins Children's Books, a division of HarperCollins Publishers Ltd., New York)

Pour Liz, le genre de fille
qui mérite qu'on écrive des chansons,
des poèmes et des livres à sa gloire.

1.

Lorsque la fin arrive on se raccroche à des images, à des souvenirs, qui peuvent a priori paraître surprenants. J'ai encore devant les yeux les lambris qui habillaient les murs de la cabine et je me rappelle, comme si cela datait d'hier, combien le tapis était moelleux. Je me rappelle aussi le parfum salé de l'océan qui imprégnait l'air et me collait à la peau, mais aussi le rire de mes frères dans la cabine d'à côté, qui semblaient penser que la tempête n'était qu'une aventure excitante de plus au cours de la traversée.

Ma mère et moi, nous n'étions ni effrayées, ni soucieuses, mais contrariées. Notre soirée était gâchée à cause des caprices de l'océan. Le commandant avait annulé le bal prévu sur le pont supérieur et je perdais l'occasion de parader dans ma nouvelle robe. Voilà à quoi se résumaient mes problèmes à l'époque, des problèmes de gamine gâtée dont j'ai presque honte à présent. Mais je ne peux pas effacer le passé, ni le fait que je vivais un conte de fées au quotidien tellement notre existence était facile.

« Si le paquebot n'arrête pas de tanguer comme il le fait, jamais je n'aurai le temps de me rendre présentable avant le souper », s'est plainte Maman, assise à sa coiffeuse. J'étais allongée par terre, prise de nausées incontrôlables à cause du mal de mer. Avec sa mise en plis impeccable, Maman avait l'allure d'une vedette de cinéma, même si elle trouvait toujours quelque chose à redire. « Tu devrais te mettre debout, a-t-elle ajouté en m'observant du coin de l'œil. Imagine si le garçon chargé du service entrait. »

Pas la peine de me le dire deux fois : j'ai titubé jusqu'à la chaise longue, docile – je n'ai jamais eu l'âme d'une rebelle. Je n'étais pas beaucoup plus présentable affalée dans ce transat que sur le plancher. J'ai fermé les yeux et j'ai prié de toutes mes forces. Je n'avais vraiment pas envie de me tordre en deux toute la soirée. Jusqu'à ce jour, la traversée s'était déroulée sans encombre et nous devions arriver à destination dans les délais. Je ne me souviens même plus du port où nous devions débarquer. Ce dont je me souviens, en revanche, c'est que nous menions grand train, comme d'habitude. Nous comptions parmi les rares chanceux à ne pas avoir été ruinés lors du krach boursier – et Maman tenait à ce que cela se sache. Notre fortune nous avait permis de réserver à notre usage exclusif une suite somptueuse dotée d'une immense baie vitrée et d'une armée de stewards qui nous obéissaient au doigt et à l'œil. J'ai envisagé une fraction de seconde d'en sonner un pour qu'il m'apporte un seau.

À cet instant, à travers le brouillard de la nausée, un son étrange est parvenu à mes oreilles ; on aurait dit que quelqu'un chantait une berceuse à la surface de l'océan. Ma curiosité a été piquée au vif et, bizarrement, j'ai eu très soif. Levant la tête, j'ai vu Maman diriger son regard vers la baie vitrée, elle aussi semblait intriguée. Nos regards se sont croisés comme pour s'assurer que nous étions saines d'esprit, l'une et l'autre. Enfin nous avons tendu l'oreille. La mélodie m'a littéralement envoûtée, à la façon d'un chant ancien et sacré.

Papa a passé sa tête par la porte. Il s'était coupé en se rasant, ainsi que le prouvait le pansement qu'il s'était collé dans le cou.

« C'est l'orchestre ? nous a-t-il demandé d'une voix neutre. Un feu étrange brûlait au fond de ses yeux.

— Peut-être. Ça vient de dehors, non ? Allons voir. »

Soudain j'ai cru que Maman allait suffoquer. La main sur la gorge, elle semblait avoir le plus grand mal à respirer. Elle s'est mise debout d'un bond, a attrapé un cardigan qu'elle a jeté sur ses épaules. Quelle mouche l'avait piquée ? Il pleuvait à verse. Elle qui ne supportait pas la pluie !

« Maman, ton maquillage. Tu viens de dire…

— Oh, ce n'est rien, m'a-t-elle répondu en balayant mon argument d'un revers de main. Ce n'est que l'affaire d'une petite minute. J'aurai tout le temps de me rafraîchir à mon retour.

— Je préfère rester au sec. »

Le mal de mer était plus fort que l'attraction que la mélodie exerçait sur moi. J'avais trop peur de me risquer dehors dans l'état où j'étais. Je me suis roulée en boule sur ma chaise longue et j'ai résisté de toutes mes forces à l'envie de suivre mes parents sur le pont.

Maman s'est retournée et, plongeant son regard dans le mien, a déclaré avec un sourire : « Je me sentirais mieux si tu étais à mes côtés. »

Ce furent là ses dernières paroles.

Alors même que j'allais une nouvelle fois refuser de l'accompagner, une force irrésistible m'a poussée à quitter ma chaise longue et j'ai traversé la cabine pour lui emboîter le pas. Ce n'est pas que j'avais particulièrement envie d'obéir à ma mère ; il fallait que je monte sur le pont. Que je me rapproche de cette mélodie enchanteresse. Si j'étais restée dans la cabine, je me serais retrouvée prise au piège et je serais morte noyée. Et j'aurais rejoint ma famille. Au paradis ou en enfer, ou dans les limbes, en fonction des croyances de chacun. Mais un sort différent m'était réservé.

Nous avons gravi l'escalier, rejoints en chemin par des dizaines de passagers. À ce moment, j'ai compris que quelque chose ne tournait pas rond. Certaines personnes, dans leur précipitation, en bousculaient d'autres pour se frayer un passage tandis que d'autres avançaient comme prises de somnambulisme.

Je suis sortie sous une pluie battante, je me suis postée près de la porte en observatrice, et, les mains plaquées sur les oreilles, j'ai tenté de me repérer. Deux hommes m'ont dépassée en courant et se sont jetés par-dessus bord sans la moindre hésitation. Le commandant avait-il ordonné qu'on abandonne le navire ?

Du regard, j'ai cherché mon frère cadet et je l'ai aperçu à genoux près d'une flaque, il lapait l'eau comme un chat sauvage. Un autre passager a voulu faire de même et ils ont commencé à se battre. Incompréhensible. Reculant d'un pas, j'ai voulu localiser mon second frère, le benjamin, dans la foule. En vain. Le pauvre, il avait dû être entraîné vers le garde-fou et disparaître dans les flots sans que je puisse le retenir.

Alors j'ai vu mes parents qui, main dans la main, sautaient dans le vide. Un sourire sur le visage. J'ai poussé un cri. Que se passait-il ? Est-ce qu'ils étaient tous devenus fous ?

La mélodie s'est fait à nouveau entendre et j'ai laissé pendre mes bras le long de mon corps, ma frayeur et mes inquiétudes s'effritant à mesure que les sons s'insinuaient dans mon esprit. Tout à coup, rien ne m'a paru plus agréable que d'être enlacée par les vagues plutôt que fouettée par la pluie. C'était délicieux, à vrai dire. Cette eau, il fallait que je la boive. Que j'en remplisse mon estomac, mon cœur, mes poumons.

Dévorée par cette envie impérieuse, je me suis approchée du garde-fou et l'ai enjambé. Puis la chute, comme dans un rêve.

J'ai compris que je courais un danger mortel à la seconde où la main glacée de l'océan sur mon visage m'a ramenée à la réalité.

J'allais me noyer.

Non ! ai-je hurlé en mon for intérieur. *Je ne suis pas prête ! Je veux vivre ! Dix-neuf ans, c'est trop jeune pour mourir. J'ai encore trop d'expériences à vivre, de plats à goûter et de lieux à découvrir. J'avais l'espoir de me marier, de fonder une famille. C'est trop injuste de tirer un trait sur ses rêves.*

« *Tu en es certaine ?* »

Je n'ai pas eu le temps de me demander si cette voix était un produit de mon imagination.

« *Que serais-tu prête à sacrifier pour rester en vie ?*

— Absolument tout ! »

L'instant d'après, j'étais arrachée aux flots. On aurait dit qu'un bras s'était enroulé autour de ma taille et me faisait zigzaguer entre les cadavres. Très vite je me suis retrouvée étendue sur le dos, les yeux fixés sur trois jeunes filles à la beauté ensorcelante.

Ma terreur s'est volatilisée à leur vue. Il n'y avait plus de tempête, plus de famille, plus de naufrage. Mon monde se réduisait à ces trois visages aux traits parfaits. J'ai posé l'unique question qui s'imposait à moi.

« Vous êtes des anges ? Je suis morte ? »

L'une des trois inconnues, à l'abondante chevelure auburn et aux yeux aussi verts que les émeraudes serties dans les boucles d'oreilles de Maman, s'est penchée vers moi.

« Tu es tout à fait vivante », m'a-t-elle rassurée. Elle parlait avec un accent anglais.

Je l'ai dévisagée. Si j'étais en vie, comme elle le prétendait, ne devrais-je pas avoir la gorge irritée par l'eau de mer ? Les yeux brûlés par le sel ? Les os broyés par ma chute ? Et pourtant je me sentais bien. Très bien, même. J'étais soit en plein rêve, soit au royaume des morts. Impossible qu'il en soit autrement.

J'ai distingué des cris dans le lointain. Je me suis redressée et, par-delà des vagues de plusieurs mètres, j'ai vu la poupe du paquebot s'abîmer peu à peu dans l'eau. Cette image m'a bouleversée.

« De quoi te souviens-tu ? m'a demandé la belle rousse.

— Du tapis, ai-je répondu en fouillant dans des souvenirs qui, déjà, devenaient flous, filandreux. Ma mère se coiffait. Ensuite je me débattais dans l'eau.

— Est-ce que tu as supplié qu'on te laisse en vie ?

— Oui. Qui êtes-vous ?

— Je m'appelle Marilyn. Je te présente Aisling. Et voici Nombeko. »

Aisling était une jolie blonde qui m'a adressé un sourire cordial. Quant à Nombeko, elle avait la peau aussi sombre que le ciel nocturne et le crâne presque rasé.

Marilyn a enchaîné :

« Tu as face à toi des chanteuses. Des Sirènes. Nous sommes au service de l'Océan. Nous L'aidons. Nous… Lui trouvons de quoi manger.

— Et qu'est-ce que ça mange, l'océan ? »

Ma question était naïve. Marilyn a dirigé son regard vers le site du naufrage. Toutes les voix s'étaient tues, plus personne n'appelait à l'aide.

Aussitôt, j'ai compris.

« C'est notre mission, a poursuivi Marilyn, et cela pourrait devenir la tienne dès ce soir. Si tu Lui donnes de ton temps, Elle te donnera la vie. À partir d'aujourd'hui, et pour les cent années à venir, tu ne souffriras ni de maladie ni de blessure, et la vieillesse ne t'affectera pas. Au terme de cent ans de bons et loyaux services, tu récupéreras ta voix et ta liberté. Et tu pourras vivre.

— Excusez-moi. Je ne comprends pas. »

Aisling et Nombeko ont eu toutes les deux un sourire triste.

« Évidemment. Cela dépasse l'entendement humain, a répondu Marilyn en passant une main dans mes cheveux mouillés, comme si j'étais déjà des leurs. Aucune de nous ne l'a compris au début, je peux te l'assurer. Cela viendra, avec le temps. »

Je me suis relevée à grand-peine, constatant avec stupéfaction que j'arrivais à tenir debout sur l'eau. Quelques malheureux luttaient encore contre le courant un peu plus loin, persuadés qu'ils allaient s'en sortir.

« Ma mère est là-bas. »

Nombeko a poussé un soupir, le regard voilé. Marilyn a enroulé un bras autour de mes épaules et chuchoté au creux de mon oreille :

« Deux possibilités s'offrent à toi : soit tu restes avec nous, soit tu rejoins ta pauvre mère. Mais tu mourras avec elle. Tu ne pourras pas la sauver. »

J'ai réfléchi quelques instants. Marilyn me disait-elle la vérité ? Était-il possible que je survive au naufrage ?

« Tu as dit que tu étais prête à tous les sacrifices, m'a-t-elle rappelé. Montre-nous que tu le pensais vraiment. »

J'ai vu de l'espoir au fond des yeux de Marilyn. Elle ne voulait pas me laisser partir. Peut-être avait-elle eu sa dose de morts pour la journée.

De la tête, j'ai fait signe que j'acceptais.

Elle m'a attirée vers elle. « Bienvenue dans ta nouvelle famille, celle des Sirènes. »

On m'a entraînée sous l'eau et injecté une substance glacée dans les veines. Malgré la peur, cela ne m'a pas du tout fait mal.

QUATRE-VINGTS ANS
PLUS TARD

2.

« Pourquoi ? » veut-elle savoir, le visage bouffi par l'eau de mer.

Je lève les mains pour lui faire comprendre que je représente un danger pour elle, qu'elle ne doit pas s'approcher. Mais elle n'a pas peur de moi. Elle veut se venger. À n'importe quel prix.

« Pourquoi ? » répète-t-elle. Des algues enroulées autour de sa jambe traînent derrière elle.

La phrase franchit mes lèvres avant que je me souvienne que ma voix est un instrument de mort. « Je ne pouvais pas agir autrement. »

Surprise : elle avance toujours à pas résolus. La fin est proche. Je vais payer pour toutes les horreurs que j'ai commises.

« J'avais trois enfants.

— Je n'en savais rien ! Je vous le jure, je n'en savais rien du tout ! »

Elle s'arrête enfin, son visage à quelques centimètres du mien. Je m'attends à recevoir une grêle de coups, ou à être étranglée – le châtiment que je mérite. Mais la femme – la noyée – reste plantée là, immobile, la tête inclinée comme pour me jauger, les yeux exorbités, le teint couleur de plomb.

Alors elle se rue sur moi.

Je me réveille en agitant les bras.

Un cauchemar. J'ai fait un cauchemar. Je pose une main sur ma poitrine, afin de contenir mon cœur qui galope, et mes doigts entrent en contact avec le carnet. Je le prends et j'étudie les pages sur lesquelles sont collées des coupures de journaux. Cela m'apprendra à travailler dessus avant d'aller me coucher.

Je me suis endormie après avoir apporté la dernière touche à la page consacrée à Kerry Straus. L'une des personnes qui ont trouvé la mort lors du naufrage le plus récent. Plus que deux passagers et j'aurai récolté des informations sur chacun. L'*Arcatia* sera peut-être le premier paquebot dont j'aurai identifié toutes les victimes.

Je m'attarde un instant sur le regard pétillant de malice de Kerry telle qu'on la voit sur une photo empruntée au site Internet qui honore sa mémoire. On sent que c'est un travail d'amateur sûrement dû à un mari éploré qui, entre trois enfants privés de mère qui ne peuvent pas se nourrir éternellement de spaghettis et le train-train abrutissant du travail, a déjà fort à faire. Kerry semblait porter en elle une promesse, un idéal qui irradie d'elle sur le cliché.

Ce qu'elle avait en elle, je l'ai donné en pâture à l'Océan.

« Au moins, toi, tu avais une famille, dis-je à la photo. Ta mort n'est pas passée inaperçue. »

Si seulement je pouvais lui expliquer qu'une vie tronquée vaut mieux qu'une vie qui traîne en longueur. Je referme le carnet de l'*Arcatia* et je le range dans la malle avec les autres – un carnet par naufrage. Les gens capables de comprendre ce qui se passe dans ma tête se comptent sur les doigts d'une main, et je me sens parfois bien seule.

Je me rends ensuite au salon, où Elizabeth et Miaka sont en pleine conversation. Elles parlent trop fort à mon goût.

« Kahlen ! Miaka vient d'avoir une nouvelle idée pour son avenir », s'exclame Elizabeth.

Discrètement, je vais vérifier que les fenêtres sont bien fermées. Elles savent qu'il faut éviter à tout prix d'être entendues mais elles ne sont pas aussi prudentes que moi.

Je vais m'asseoir dans un coin de la pièce. Mince comme un roseau, les cheveux noir de jais, Miaka est la joie personnifiée. Elle a gagné mon affection dès notre première rencontre.

« Raconte-moi.

— Je me suis dit que je pouvais acheter une galerie d'art, annonce-t-elle avec un grand sourire.

— Vraiment ? Tu vendrais des tableaux au lieu de peindre, alors ?

— À mon avis, jamais tu n'abandonneras tes pinceaux, intervient Elizabeth.

— Tu as trop de talent, Miaka.

— Diriger quelque chose, ça doit être amusant, vous ne trouvez pas ?

— Si. Avoir son affaire à soi, c'est un concept terriblement séduisant.

— Exactement ce que je me dis ! s'exclame Miaka en pianotant sur son téléphone. Être responsable, indépendante. C'est ce qui nous manque dans notre vie, alors l'idée, ce serait d'en profiter plus tard. »

Je m'apprête à contredire Miaka – nous avons énormément de responsabilités, au contraire de ce qu'elle semble penser –, mais Elizabeth me prend de vitesse.

« J'ai eu une nouvelle idée, moi aussi ! J'en suis arrivée à la conclusion que j'aime vraiment chanter. Je crois que j'aimerais utiliser ma voix d'une façon différente.

— Tu ferais merveille comme chanteuse dans un groupe.

— C'est justement la carrière à laquelle je pensais ! » piaille Elizabeth.

J'observe mes camarades, fascinée par le fait que trois personnes aussi opposées que nous, nées à des époques et dans des milieux différents, s'entendent aussi bien. Même Aisling, lorsqu'elle décide de s'arracher à la solitude qu'elle s'impose à elle-même et de séjourner quelque temps avec nous, trouve naturellement sa place, comme la pièce manquante d'un puzzle.

« Et toi, Kahlen ?

— Pardon ?

— Il y a des rêves que tu voudrais réaliser ? »

Nous avons joué à ce jeu des centaines de fois, c'est un moyen de garder le moral. J'avais envisagé de devenir médecin, afin de me faire pardonner toutes les vies que j'ai fauchées. Danseuse, en vue d'exploiter tout le potentiel de mon corps. Écrivain, pour m'exprimer autrement que par ma voix. Astronaute, pour mettre la plus grande distance possible entre l'Océan et moi. J'avais épuisé à peu près toutes les possibilités.

Mais, en toute franchise, je sais que je n'ai qu'un rêve dans ma vie et rien que d'y songer me fait souffrir.

Je scrute le livre d'histoire posé près de mon fauteuil préféré – le livre que j'avais eu l'intention de rapporter dans ma chambre hier soir et dans lequel j'ai caché un magazine consacré au mariage – et j'accompagne mon sourire d'un haussement d'épaules.

« Oh, rien de nouveau à signaler. »

J'arrive sur le campus le ventre noué. J'ai beau vouloir vivre la vie normale d'une personne normale, je reste toujours sur mes gardes. Les humains me rendent nerveuse – d'autant plus que je dois tenir ma langue en leur présence. La voix d'Elizabeth résonne encore dans ma tête. « Rien ne nous oblige à rester cloîtrées. Je refuse de vivre enfermée entre quatre murs », avait-elle lancé deux semaines après son arrivée dans notre petit groupe. Et elle avait mis sa philosophie en pratique, non seulement en partant à l'aventure, mais aussi en s'assurant que ses sœurs ne restent pas entre elles. Je me risquais à l'extérieur moitié pour ne pas me faire houspiller, moitié pour mon propre plaisir.

Notre logement actuel se situe près d'une université, ce qui m'arrange. Des dizaines d'étudiants se promènent dans les allées et bavardent assis à des tables de pique-nique. Je n'éprouve pas le besoin d'assister à des concerts ou d'aller en boîte, comme Elizabeth ou Miaka. Je me contente de me fondre dans le décor, d'observer les gens, et cela me va très bien. Je reconnais que mon style détonne, puisque d'un point de vue vestimentaire je suis restée bloquée aux années cinquante, mais si je m'assieds sous un arbre avec un livre, je peux faire illusion des heures durant.

Quelle joie de croiser des gens assez sympathiques pour me saluer de la main sans me connaître ! Si seulement je pouvais leur dire bonjour – un petit bonjour inoffensif –, ce serait encore plus crédible.

Une fille pérore au centre d'un cercle d'amies. La reine de la ruche, sûrement, entourée de ses groupies.

« … si elle n'en a pas envie. Franchement, pourquoi elle ne m'en a pas parlé ?

— Tu as trop, trop raison. Elle aurait dû te dire qu'elle n'avait pas envie de venir au lieu d'en parler à tout le monde dans ton dos.

— Bon, j'en ai marre d'elle. Je ne joue pas à ses petits jeux. »

La fille minaude, rejette ses cheveux derrière son épaule. Je suis convaincue qu'elle préfère jouer à des jeux dont elle est certaine de sortir vainqueur.

« Je t'assure, mon pote, on pourrait mettre ça au point. » Un garçon aux cheveux coupés court discute avec un ami – un petit gros qui se gratte le cou et marche aussi vite que le permettent ses jambes – tout en faisant de grands gestes des bras, emporté par l'enthousiasme.

« J'en sais trop rien.

— Rien qu'un tout petit investissement, mec. On va casser la baraque avec cette idée. Imagine : dans dix ans, les gens vont se prosterner devant les deux geeks de la fac de Miami qui ont révolutionné leur vie ! »

Le petit gros accélère l'allure mais son ami, sûrement propulsé par la passion, pourrait rattraper une fusée. Je réprime un sourire.

Lorsque les étudiants se dispersent en début d'après-midi, je prends le chemin de la bibliothèque. Depuis notre installation à Miami, je m'y rends une ou deux fois par semaine. Je n'aime pas trop effectuer mes recherches à la maison. J'ai déjà commis l'erreur de travailler sur mes carnets chez nous et Elizabeth m'a accusée de céder à mes penchants morbides.

« Et pourquoi tu n'irais pas chercher leurs cadavres au fond de la mer, tiens ? Ou tu pourrais demander à l'Océan de te rapporter leurs dernières pensées. Ça t'intéresse aussi ? »

Je comprends son dégoût. Elle considère mes carnets comme une obsession malsaine vis-à-vis des gens que nous avons assassinés. Je voudrais pourtant lui montrer que leurs visages hantent mes pensées, que leurs cris résonnent en moi longtemps après que le navire a péri corps et biens. Savoir que Melinda Bernard collectionnait les poupées et que Jordan Cammers était en première année de médecine, cela apaise ma douleur. Comme si cela leur rendait leur dignité, leur humanité.

L'objectif que je me suis fixé aujourd'hui, c'est de retracer le parcours de Warner Thomas, l'avant-dernière personne sur la liste des passagers de l'*Arcatia.* Des milliers de personnes portent le même nom, mais je prends le temps d'éplucher tous les profils sur les réseaux sociaux qui ont arrêté d'alimenter leur compte sans préavis six mois plus tôt et je sais que je tiens le bon. Warner Thomas était un grand échalas manifestement atteint d'une timidité maladive. Partout il se décrit comme célibataire et je m'en veux de ne pas m'en étonner. Le dernier article sur son blog me brise le cœur.

Désolé de faire court, mais j'envoie ça de mon téléphone. Admirez ce spectacle magnifique !

En dessous, une photo qui montre le soleil s'abîmant dans l'océan.

Il y a tant de belles choses dans ce monde ! Difficile de ne pas penser que cela annonce des lendemains radieux !

Encore un peu et j'éclate de rire. À le voir sur les photos, on devine que Warner n'était pas du genre à user et abuser des points d'exclamation. Pourtant, je ne peux pas m'empêcher de me demander si sa vie avait pris une tournure différente peu de temps avant cette croisière fatale. Avait-il une raison de croire que l'avenir allait lui sourire ? Ou était-ce là un de ces innombrables mensonges que l'on raconte dans sa chambre, derrière le clavier de notre ordinateur, sans témoin ni contradicteur ?

J'imprime la photo qui montre Warner sous son meilleur jour, une histoire drôle qu'il a postée sur un forum et quelques informations sur ses frères et sœurs. Je n'aime pas me promener avec mes carnets, je préfère imprimer ce qui m'intéresse et ranger soigneusement mes trouvailles dans une pochette.

Désolée, Warner. Ce n'est pas pour moi que tu es mort, je te le garantis.

Mon objectif du jour atteint, je dirige mon attention sur une activité un peu plus distrayante. Au fil des ans j'ai appris à compenser mes enquêtes par ce qui m'apporte de la joie. Hier soir, j'ai admiré des robes de mariée avant de coller les dernières photos de Kerry. Aujourd'hui, j'ai l'intention d'étudier quelques recettes de gâteaux. Je cherche la section « Arts culinaires », j'en rapporte une pile de livres et je m'installe à une place libre au deuxième étage. Je parcours des recettes, mémorise des listes d'ingrédients, scrute des illustrations. J'imagine des pièces montées, m'abandonnant ainsi à la rêverie, l'une de mes activités préférées. La première est une composition classique, vanille et crème au beurre, agrémentée d'un glaçage bleu ciel et de petits coquelicots blancs. Trois niveaux. Une merveille. La suivante compte cinq étages, pas moins, de forme cubique, avec un ruban noir et des strass disposés sur la façade. Tout à fait indiquée pour un mariage plus sophistiqué. Peut-être que je la tiens, ma reconversion. Je vais me lancer dans la pâtisserie et vivre le bonheur par procuration, à défaut de pouvoir me marier moi-même un jour.

« Tu prépares une fête ? »

Je lève la tête et je pose mon regard sur un jeune homme aux cheveux blonds en bataille, qui pousse un chariot chargé de livres. Il porte épinglé à son T-shirt un badge que je n'arrive pas à lire et sa tenue, débraillée, reprend les codes vestimentaires en vogue chez les étudiants – pantalon en toile beige et chemise aux manches retroussées jusqu'aux coudes. De nos jours plus personne ne fait le moindre effort.

Je réprime un soupir. C'est inévitable qu'un garçon m'aborde. Notre rôle est d'attirer les gens dans nos filets et les hommes, tout particulièrement, sont sensibles à notre magnétisme. Je baisse la tête, espérant qu'il décrypte le message. Si j'ai choisi une table tout au fond de la dernière salle, ce n'est pas pour être dérangée.

« Tu m'as l'air à cran. Une fête, ça te détendrait un peu », ajoute l'importun.

Je ne peux pas interdire à un sourire narquois de flotter sur mes lèvres. Ce garçon est très loin de la réalité. Malheureusement, il prend ce petit rictus pour une invite, se passe une main dans les cheveux, l'équivalent moderne de « bien le bonjour, mademoiselle » et il montre la pile de livres de l'index.

« Ma mère m'a expliqué que le secret d'un bon gâteau, c'est de mélanger les ingrédients dans un récipient aux parois tièdes. Elle peut me raconter n'importe quoi de toute façon. J'ai déjà du mal à préparer mon bol de porridge sans le cramer. »

Sa mine hilare m'indique qu'il ne force pas le trait et j'avoue qu'une fraction de seconde je me laisse charmer.

Cela me fend le cœur, vraiment. Je sais que ce jeune homme ne me veut aucun mal et je n'ai pas l'intention non plus de le vexer, mais je m'apprête à faire l'une des choses les plus grossières de mon répertoire, à savoir me mettre debout et lui tourner le dos. C'est alors qu'il me tend la main.

« Au fait, je m'appelle Akinli », déclare-t-il, et il attend que je lui réponde.

Je le regarde les yeux écarquillés car, en temps normal, les gens se lassent vite de mon mutisme.

« Je sais qu'Akinli, ça sonne bizarre, poursuit-il sans se rendre compte que ce n'est pas son prénom qui a provoqué cette réaction chez moi. C'est un nom qu'on se transmet dans la famille. Plus ou moins. Un de mes ancêtres du côté de ma mère s'appelait comme ça. »

Et il attend, la main toujours tendue. Mon instinct me donne l'ordre de fuir. Mais je me rappelle qu'Elizabeth et Miaka arrivent toutes deux à tisser des relations avec les humains. Elizabeth accomplit même l'exploit d'enchaîner les amants sans prononcer un seul mot. Et il y a un je-ne-sais-quoi chez ce garçon qui le rend... différent. Peut-être est-ce la façon dont les angles de sa bouche se relèvent comme à son insu, ou les accents rassurants de sa voix, mais je suis à peu près certaine que si je le snobe, je finirai par le regretter.

Prudemment, j'accepte la main qu'il m'offre avec la crainte qu'il remarque que j'ai la paume plus froide qu'une personne ordinaire.

« Et toi, tu t'appelles comment ? » me demande-t-il.

Je soupire et je lui dis mon nom en langue des signes. Il ouvre des yeux grands comme des soucoupes.

« Incroyable. Alors depuis le début tu lisais sur mes lèvres ? »

Je réponds non de la tête.

« Tu n'es pas sourde ? »

Nouveau signe négatif.

« Mais tu es muette… bon, d'accord. »

Il se met à tapoter ses poches tandis que j'essaie de brider l'angoisse qui me tord l'estomac. Nous, Sirènes, jouissons d'une grande liberté mais les rares règles que nous devons respecter doivent l'être à la lettre. Garder le silence en présence des autres, jusqu'à ce qu'il soit l'heure de chanter. Et lorsque l'heure est venue, chanter sans la moindre hésitation. Le reste du temps, éviter coûte que coûte de révéler notre identité. Marcher dans la rue ou s'asseoir sous un arbre, c'était une chose, mais tenter de nouer conversation, c'était s'aventurer sur un terrain miné.

« Tiens, me dit Akinli en sortant un stylo de sa poche. Je n'ai pas de papier, alors tu vas devoir écrire sur ma main. »

Je le fixe, perplexe. Quel nom lui donner ? Celui qui est inscrit sur le permis de conduire que Miaka m'a acheté via Internet ? Celui dont je me suis servie pour louer la maison que nous occupons au bord de la plage ? Ou celui que j'utilisais dans la ville précédente ? J'ai l'embarras du choix.

Naïvement, peut-être, je choisis la vérité. Il lit ce que je viens d'écrire sur sa main.

« Kahlen ? »

J'acquiesce, submergée par une irrésistible sensation de liberté. La joie qu'il y ait sur cette planète une personne qui connaisse ma véritable identité.

« Très joli. Ravi de faire ta connaissance, Kahlen. »

Je souris à contrecœur, toujours méfiante. Je ne sais pas parler de la pluie et du beau temps.

« C'est vraiment cool que tu ailles à la fac, même si tu ne t'exprimes qu'avec les mains. Dire que je me trouvais courageux parce que j'étais parti de chez mes parents. »

J'ai beau me sentir mal à l'aise, je ne peux qu'admirer les efforts qu'il accomplit pour alimenter la conversation. Il se donne plus de mal que la plupart des gens. Il me montre à nouveau la montagne de livres.

« Eh bien, si un jour tu organises une fête et si tu as besoin d'un coup de main avec le gâteau, je te promets de faire mon maximum. »

Je hausse un sourcil.

« Je suis très sérieux ! Enfin bref, bonne chance avec tes recettes. À un de ces quatre. »

Akinli m'adresse un timide au revoir de la main, puis il pousse son chariot dans l'allée et s'éloigne. Je le suis des yeux. Je sais que je ne vais pas oublier de sitôt sa tignasse décoiffée par le vent, et cette authentique gentillesse qui réchauffe son regard. Des détails dont je devrai me détacher si nos chemins viennent à se croiser lors d'une de ces journées sinistres où j'abrège des vies, comme celles de Kerry et de Warner.

En même temps, je suis ravie d'avoir fait sa connaissance. Cela fait bien longtemps que je ne m'étais pas sentie aussi humaine.

3.

« Tu as envie de faire quelque chose de particulier ce soir ? », me demande Elizabeth avant de se laisser tomber sur le canapé. Voyant par la fenêtre l'horizon rougeoyer, je me dis que je suis venue à bout d'une nouvelle journée.

« Ça ne me tente pas trop d'aller en boîte, ajoute-t-elle.

— J'ai bien entendu ? Tu es malade ?

— Très drôle. Non, je ne suis pas d'humeur, c'est tout.

— Dans quelle région du monde il fait encore jour ? On pourrait se faire un musée, suggère Miaka en détachant un instant son regard de l'ordinateur portable que nous avons en commun.

— Ça me dépasse que tu aimes fréquenter des endroits aussi calmes, rétorque Elizabeth. Comme si nous n'étions pas déjà condamnées au silence.

— Tu n'en rajoutes pas un peu ? lui dis-je. Tu jacasses du matin au soir ! »

Elizabeth me tire la langue.

« Miaka, qu'est-ce que tu regardes ?

— Je cherche où on pourrait faire du parachute.

— Génial ! Là, je suis partante !

— Ne t'enflamme pas. Pour l'instant, ça reste au stade d'idée. Cela fait quelque temps que je me demande quel niveau atteindrait notre adrénaline si on pratiquait un sport extrême, explique Miaka en noircissant une page de son bloc-notes. Très, très extrême. »

Je laisse échapper un petit rire.

« Miaka, c'est une virée entre copines ou une expérience scientifique ?

— Un mélange des deux. J'ai lu quelque part que les décharges d'adrénaline peuvent modifier tes perceptions, troubler ta vue, provoquer mentalement une sorte d'arrêt sur image. Je pense que ce serait intéressant de vivre ce genre d'expérience, puis d'essayer de la retranscrire sur une toile.

— Très créatif de ta part, je dois le reconnaître. Mais il doit exister un moyen plus sûr de vivre des sensations aussi intenses qu'en sautant d'un avion.

— Même si ça se passe mal, on survivrait, n'est-ce pas ? interroge Miaka, et mes deux sœurs se tournent vers moi d'un même mouvement, comme si j'étais une autorité sur la question.

— Je pense, oui. De toute façon, ne compte pas sur moi pour te suivre dans cette folie.

— Tu as peur ? me taquine Elizabeth.

— Non. Cela ne m'intéresse pas, voilà tout.

— Elle a surtout peur de s'attirer des ennuis, poursuit Miaka. De déplaire à l'Océan.

— Comme si l'Océan pouvait te reprocher quoi que ce soit, réplique Elizabeth avec une pointe d'amertume dans la voix. Elle t'adore.

— Elle tient à nous toutes.

— Dans ce cas, cela ne lui poserait pas de problème que tu sautes en parachute.

— Imagine que, sous le coup de la peur, tu te mettes à crier ? Tu imagines le tableau ?

— Remarque pertinente de Kahlen, lance Elizabeth, prise au dépourvu par ma question.

— Il ne me reste plus que vingt ans, dis-je à voix basse. Si je dévie du droit chemin maintenant, j'aurais gâché les quatre-vingts années qui viennent de s'écouler. Vous avez eu vent de ces Sirènes qui ont craqué un jour, vous connaissez ces histoires aussi bien que moi. Miaka, tu as vu de tes propres yeux ce qui est arrivé à Ifama. »

Miaka frémit de la tête aux pieds. L'Océan avait épargné Ifama alors qu'elle était en train de se noyer au large de l'Afrique du Sud dans les années cinquante, la jeune fille avait accepté de se mettre à Son service. Le peu de temps qu'elle a passé avec nous, elle est restée distante, renfermée sur elle-même, plongée dans d'interminables prières. Plus tard nous nous sommes demandé si cette froideur était un moyen de ne pas s'attacher à nous. Le jour où elle a dû chanter pour la première fois, elle est restée debout sur l'eau et, très fière, elle avait désobéi à l'ordre suprême. L'Océan l'avait avalée si vite que nous avons eu l'impression qu'Ifama n'avait existé que dans notre imagination.

La mort d'Ifama était un avertissement pour nous toutes. Nous devons chanter et nous ne devons révéler notre identité à personne. Difficile de faire plus simple.

« Et Catarina, tu l'as oubliée ? Et Beth ? Molly ? Et toutes ces filles qui avaient la même responsabilité que nous et qui n'ont pas tenu ? »

Les histoires de ces filles, censées nous servir de leçons, se transmettent d'une génération de Sirènes à la suivante. Beth s'était servie de sa voix pour forcer trois filles qui s'étaient moquées d'elle à sauter dans un puits. Cela s'était passé à la fin du XVIIe siècle, une période où la majeure partie de la population croyait encore aux sorcières. L'Océan avait dû éliminer la pauvre Beth pour étouffer l'affaire et calmer la colère des villageois. Catarina avait, elle aussi, refusé de chanter, ce qui avait signé son arrêt de mort. Le plus étrange, c'est qu'au moment de perdre la tête, cela faisait plus de trente ans qu'elle travaillait au service de l'Océan. J'avais failli perdre la raison à force de m'interroger sur ses motivations alors qu'elle était si proche de la liberté…

Le parcours de Molly était différent – et plus perturbant encore. Elle avait fini par basculer dans la folie. Une nuit, quatre ans après son intégration dans le groupe, elle avait assassiné une famille entière – dont un nouveau-né – lors d'un accès de démence et elle avait retrouvé ses esprits au-dessus de la vieille femme qu'elle venait de noyer dans la baignoire. L'Océan avait tenté de la remettre sur pied, mais Molly avait récidivé quelques mois plus tard et Elle avait dû s'en séparer. Molly était la preuve que l'Océan offrait Son pardon à celles qui n'avaient pas d'intentions mauvaises, mais cette seconde chance n'était pas à prendre à la légère.

Voilà les histoires que nous portons en nous, les garde-fous qui nous empêchent de déraper. Violer les règles, c'est s'exposer à un châtiment exemplaire. Et étaler notre secret au grand jour, prendre le risque de servir de cobaye dans un laboratoire. Si les scientifiques découvrent que nous sommes indestructibles, cela pourrait déboucher sur un enfermement qui durerait une éternité, au sens littéral. Et s'ils comprennent que l'Océan Se repaît de vies humaines, ils inventeront très vite une technologie pour puiser Son eau en limitant au maximum les contacts. Et si l'Océan perd peu à peu de sa force vitale… C'est en définitive la survie de l'humanité qui est en jeu.

Nous n'avons d'autre solution que d'obéir.

« Je m'inquiète pour vous deux, dis-je en allant serrer mes camarades dans mes bras. Pour être honnête, cela m'arrive de vous envier votre… capacité d'adaptation. Mais je me demande combien de temps encore vous allez pouvoir tenir sans faire de bourde.

— Rassure-toi, répond Miaka. Les Sirènes se font passer pour des humaines depuis la nuit des temps et le hasard a voulu que nous soyons d'excellentes comédiennes. Même Aisling vit aux abords d'une ville. Le contact avec les gens nous aide à garder la tête sur les épaules. Tu n'es pas obligée de mener une vie de recluse.

— Je sais. Mais je n'ai pas envie de prendre des risques inutiles.

— Et si on allait rendre une petite visite à Aisling ? suggère Miaka. On ne lui a jamais vraiment demandé comment elle, elle s'en sortait.

— Parce qu'elle ne vient jamais nous voir », rétorque Elizabeth, visiblement agacée.

Aisling, notre troisième sœur, est aux abonnés absents depuis le dernier naufrage et cela fait plus de deux ans qu'elle ne vit plus sous le même toit que nous.

« Bonne idée. Sans s'attarder sur place, ai-je ajouté, surtout à l'adresse d'Elizabeth, qui n'a jamais éprouvé de sympathie à l'égard de notre sœur aînée (qui “se la joue trop perso” à son goût).

— Allons-y. Ça nous occupera. »

La porte de derrière ouvre sur un petit escalier en bois qui débouche sur un ponton privé. Certains de nos voisins ont amarré à leur ponton des jet-skis ou des barques. La nuit est tombée, personne ne peut nous voir lorsque nous nous glissons dans l'eau.

L'Océan nous accueille à bras ouverts, Ses vagues ondulent et me chatouillent des pieds à la tête. Je me détends dans Son étreinte, immédiatement apaisée, et je lui demande :

« Peux-Tu prévenir Aisling de notre arrivée ?

— *Bien sûr.* »

« Youhou ! » s'exclame Elizabeth. Nous pénétrons plus avant dans l'eau et nous prenons de la vitesse. Nos vêtements se détachent de nous et, les bras écartés, nos cheveux flottant sur nos épaules, nous attendons que se forme notre tenue de Sirène.

Une fois dans l'eau, tout ce qui nous relie à notre vie terrestre est emporté par les flots. L'Océan ouvre Ses veines, libère des particules de sel par milliers qui s'agglomèrent et nous créent de longues robes à l'étoffe vaporeuse. Ces robes, absolument sublimes, se parent de couleurs que l'on a du mal à décrire – le rouge éclatant d'une branche de corail, le vert des algues qui absorbent la lumière, l'or d'un sable caressé par le soleil couchant – et ne sont jamais deux fois les mêmes. C'est un vrai crève-cœur de les voir se désagréger, grain à grain, parce qu'elles tiennent rarement plus de quelques jours en dehors de l'eau.

« *Tu sembles triste.* » Elle ne S'adresse qu'à moi, rejetant mes sœurs à l'extérieur de la conversation.

« Je fais beaucoup de cauchemars en ce moment.

— *Tu n'es pas obligée de dormir. Tu peux très bien te passer de sommeil, tu le sais.*

— C'est vrai. Mais j'aime dormir. Cela m'apaise. J'aimerais simplement éviter ces mauvais rêves. »

Elle me réconforte toujours dans la mesure de Ses moyens. Parfois, Elle me fait visiter des archipels ou des régions d'une beauté rare, qu'Elle cache aux humains. Elle sait aussi me laisser respirer, me laisser apprécier la solitude. Même si je ne reste jamais loin d'Elle très longtemps. C'est pour moi une figure maternelle.

À la fois mère de substitution, chaperon et employeur… la relation qui nous lie à l'Océan est très complexe.

Aisling vient à notre rencontre, des pans de sa propre robe flottant dans son sillage.

« Quelle surprise ! s'exclame-t-elle en prenant Miaka par la main. Suivez-moi. »

Nous contournons des blocs rocheux qui s'agrègent à la surface et forment des continents. Nous avons de la géographie une perspective très particulière car nous savons que certaines zones du globe sont entourées de rochers, d'autres de sable, d'autres encore de fosses sans fond. Nous avons encore d'autres repères : les endroits où les nouvelles recrues ont accepté de rejoindre nos rangs, ceux où nous avons provoqué un naufrage, les villes englouties qui n'apparaissent sur aucune carte. Aisling nous conduit jusqu'à un rivage accidenté et se met debout dès qu'elle a pied. À la voir émerger ainsi en plein jour sans se cacher, il nous est difficile d'occulter notre angoisse.

« Ne craignez rien. Il n'y a personne ici à part nous.

— Je croyais que tu vivais à proximité d'une ville, s'étonne Elizabeth en enjambant des rochers polis par le ressac.

— La distance est un concept subjectif », rétorque Aisling.

Elle nous conduit à une maisonnette délabrée dissimulée derrière un rideau d'arbres. Un logis pittoresque blotti sous de lourdes branches qui, l'été, procurent une ombre bienfaisante et, l'hiver, protègent du froid et de la neige. Un petit jardin offre une profusion de fleurs et d'arbustes garnis de baies. Face à ce jaillissement de couleurs et de parfums, je songe qu'Aisling a puisé sa force dans tous les éléments naturels sans discrimination, contrairement à nous trois, qui ne sommes connectées qu'à l'élément liquide.

« Mais c'est minuscule chez toi ! » s'exclame Miaka.

La maison ne compte qu'une seule pièce, à peine plus grande que notre salon. Le mobilier se limite à un lit de camp, un banc et une table.

« C'est mon petit nid douillet, explique Aisling en posant une bouilloire sur un poêle qu'elle a dû dénicher chez un antiquaire. C'est gentil de venir me rendre visite. J'ai cueilli des mûres tout à l'heure, j'allais faire une tarte. Si vous me laissez le temps, je vous prépare un dessert dont vous me direz des nouvelles !

— Tu attends de la visite ? demande Elizabeth. Ou tu t'ennuies comme un rat mort ? »

Nous n'avons pas beaucoup de raisons de nous mettre aux fourneaux. Nous pouvons nous passer de nourriture et il peut s'écouler des mois avant qu'Elizabeth, en particulier, ne soit gagnée par l'envie de se remettre en bouche un goût bien précis.

Aisling, qui beurre le fond d'un plat à tarte, lui répond avec un sourire.

« Oui, le roi en personne devrait arriver d'une seconde à l'autre.

— Ah, le roi est amateur de tartes ? plaisante Miaka.

— Qui n'est pas amateur de tartes ! Je trouvais le temps long, pour tout vous dire. Alors cela me fait extrêmement plaisir de vous voir.

— Tu sais que tu peux toujours venir t'installer chez nous, dis-je à Aisling.

— Oh, j'aime bien ma petite tranquillité.

— Tu viens d'admettre que tu trouvais le temps long, rétorque Miaka.

— Parfois, oui. Mais je sais que je devrais passer plus de temps avec vous. Je vais faire de mon mieux.

— Est-ce que ça va ? Tu sembles nerveuse.

— Tout va très bien, réplique Aisling, puis elle affiche un sourire faux sur son visage. Je suis heureuse de vous voir, voilà. Quel bon vent vous amène ?

— Pourrais-tu demander à Kahlen de se détendre, s'il te plaît ? lance Elizabeth, qui s'est assise sur le lit sans qu'on l'y ait invitée. Elle a encore le cafard. Toujours le nez dans ses carnets, certaine de provoquer la catastrophe du siècle si un humain a le malheur de croiser son chemin. »

Aisling et moi échangeons un regard.

« Alors, Kahlen, quelque chose te tracasse ?

— Pas du tout. Nous fonctionnons toutes différemment. Pour ma part, je me sens plus à l'aise quand je reste relativement anonyme. Moins je me mêle aux gens, mieux je me sens.

— Pourtant, c'est toi qui insistes pour qu'on vive dans des grandes villes, marmonne Elizabeth.

— Histoire de nous fondre dans la masse. »

Miaka pose une main sur l'épaule d'Aisling.

« Ce qu'Elizabeth essaie de te dire, c'est qu'en tant qu'aînée, tu as sûrement une suggestion à nous soumettre. »

Aisling retire son tablier et nous nous serrons sur le banc et sur le petit lit.

« Voyons la réalité en face. L'Océan n'a pas besoin de plus d'une Sirène à la fois. C'est amplement suffisant pour mener à bien la mission qu'Elle nous a confiée. Mais ce qu'Elle veut nous épargner, c'est la solitude.

— Mais nous ne sommes pas seules. Elle est constamment à nos côtés.

— C'est ce qui me perturbe le plus. J'ai beaucoup de mal à la cerner, soupire Elizabeth.

— Il ne s'agit pas d'une personne à proprement parler. Ce qui explique le décalage avec nous.

— Pour en revenir au sujet qui nous intéresse : Aisling, crois-tu qu'il est possible de sympathiser avec des humains sans que le ciel nous tombe sur la tête ? » insiste Elizabeth.

Aisling, amusée, a le regard perdu dans le vague.

« Oui, je le crois, et je suis sincère. J'ajoute qu'étudier des vies en constante évolution, qui suivent le cycle des saisons, a enrichi ma propre vision des choses. L'important, c'est d'ériger des barrières. Il me semble que Kahlen connaît les barrières qu'elle s'est posées, alors laissons-lui la liberté de vivre à sa guise.

— Eh bien, à moi il me semble qu'elle est malheureuse et qu'elle gagnerait à s'aventurer de temps en temps dans le monde réel, assène Elizabeth d'une voix qui n'admet aucune contradiction.

— À ce propos, intervient Miaka. Du saut en parachute… tu en ferais, toi, Aisling ?

— J'ai le vertige, répond Aisling avec un rire nerveux, donc il y a peu de chances.

— Tomber dans le vide, cela doit faire tout drôle, c'est certain. Mais j'ai envie de voir le monde d'en haut.

— Tu as traversé d'innombrables conflits, tu as vu des pays se faire rayer de la carte. Tu as assisté à plus de révolutions vestimentaires qu'on ne peut en compter. Nous avons arpenté la Grande Muraille de Chine, tu as voyagé à dos d'éléphant... Elizabeth nous a emmenées voir les Beatles, tu imagines ! Qu'est-ce qu'il te faut encore ?

— Je veux tout voir. Tout », me répond Miaka avec un sourire radieux.

Le reste de la conversation tourne autour des nouvelles toiles de Miaka, des livres que j'ai lus et des films qu'Elizabeth est allée voir. Aisling ne ment pas lorsqu'elle prétend se tenir au courant de tout, jusqu'aux événements les plus insignifiants, et elle nous raconte que la meilleure boulangère de la ville va mettre la clef sous la porte et que le nombre de gens qui gagnent leur vie en tant que promeneurs de chiens a explosé. Cela ne présente aucun intérêt pour moi, mais c'est l'univers de mille autres personnes.

« J'aimerais tellement savoir faire quelque chose de mes mains, comme toi, avoue Aisling après avoir écouté la théorie de Miaka sur l'influence de l'adrénaline dans l'art. J'ai l'impression que je n'ai rien à dire. En ce moment, ma vie tourne en rond.

— Tu sais que tu es toujours la bienvenue chez nous.

— Merci. Simplement, tout bouge autour de moi à une vitesse folle alors que je fais du surplace. J'ai peur de ne pas tenir longtemps. Ça me ronge.

— "À une vitesse folle" ? Tu as une formule magique pour que les années passent plus vite ?

— Aisling a raison. Le monde accélère, déclare Elizabeth. Le temps manque pour faire tout ce qui nous plaît. Mais j'y prends goût ! »

Au bout de deux ou trois heures, Elizabeth commence à avoir la bougeotte et je propose de rentrer. Aisling m'emmène un moment à l'écart, laissant Miaka et Elizabeth m'attendre sur le rivage.

« Je sais combien notre mission te pèse. Si au bout de quatre-vingts ans, tu n'y as toujours pas trouvé ton compte, tourne la page.

— Tourner la page ? Mais si je rate ça aussi ?

— Tu ne rateras rien du tout. Et en admettant que cela t'arrive, tu seras immédiatement pardonnée. Elle t'adore. Tu le sais bien.

— Merci pour ton conseil.

— De rien. Je viendrai bientôt te rendre visite. »

Elle regagne sa maison sans se presser. Je réfléchis quelques instants tout en la regardant, derrière la fenêtre, s'atteler à la préparation d'une autre tarte. Aisling n'a rien à perdre ni à gagner en me conseillant de changer mes habitudes ; je sais que je peux lui accorder ma confiance. Je verrouille mes émotions, mes angoisses et mes doutes dans le secret de mon cœur, en me fixant pour objectif d'adoucir les vingt années qui arrivent.

4.

Le lendemain soir, Miaka s'arme de son fer à friser et entreprend de me boucler les cheveux. Je ne comprends pas grand-chose au mode de vie de mes sœurs et je suis parfois d'avis qu'elles manquent de bon sens, mais je n'ai jamais fait l'effort de me mettre à leur place. Ce soir, j'ai l'intention de réparer cet oubli.

« Et celle-là, elle te plaît ? » me demande Elizabeth en me présentant une robe sur son cintre. Jusqu'ici, toutes les tenues qu'elle m'a suggérées se résument à quelques centimètres carrés de tissu qui ne laissent pas beaucoup de place à l'imagination. Seule la couleur change.

« Je ne sais pas trop. Ce n'est pas vraiment mon style.

— C'est tout l'intérêt. Tu ne peux pas te présenter dans un bar branché avec ta dégaine de femme au foyer débarquée des années cinquante.

— Mais c'est un peu… osé, tu ne trouves pas ? »

Miaka lâche un petit rire et Elizabeth roule des yeux, contrariée que je fasse la fine bouche.

« Oui. Très osé. Enfile-moi ça, compris ? Moi, je vais aller me préparer. »

Elle me jette la robe à la tête et elle se précipite dans sa chambre. Je réprime un soupir. Après tout, il faut que j'essaie d'y mettre du mien. Peut-être est-ce le début de ma nouvelle vie.

« On devrait te faire cette coiffure plus souvent », me dit Miaka en me tournant vers le miroir.

Je suis émerveillée par ce que j'y vois.

« Mes cheveux ont doublé de volume !

— Ça va retomber au bout de quelques heures. »

Je me penche vers l'avant, j'étudie mon reflet. J'ai fini par m'accoutumer à la perfection physique qui caractérise naturellement chaque Sirène. Et le talent de Miaka, qui accomplit des merveilles avec de l'eye-liner et du rouge à lèvres, exacerbe cette beauté. Je comprends pourquoi les garçons font la queue dans l'espoir qu'Elizabeth leur accorde quelques miettes de son attention.

« Merci. Le résultat est magnifique.

— Mais je t'en prie, répond Miaka avant de se poster devant la glace pour se maquiller à son tour.

— Dis-moi, que fait-on une fois sur place ? Je ne sais pas comment on se comporte dans ce genre d'endroit.

— Il n'y a pas de méthode infaillible pour passer une bonne soirée, Kahlen. Nous allons sûrement boire un verre, prendre la température. Elizabeth se mettra en chasse mais toi et moi, nous pourrons gentiment danser ensemble.

— J'ai arrêté d'essayer de comprendre les danses à la mode il y a plus de trente ans. Le rock'n'roll, ça a été la goutte d'eau.

— Mais danser, c'est tellement amusant !

— Le swing, OK, les gens s'amusaient vraiment quand ils dansaient le swing. Mais suivre un tempo et caler ses pas sur ceux de son partenaire, c'est devenu ringard. »

Miaka rit si fort qu'elle doit arrêter un instant d'appliquer son mascara, de peur de se crever l'œil.

« Si ce soir tu te lances dans un swing endiablé au beau milieu du dancefloor, Elizabeth va t'étriper !

— Je l'attends de pied ferme. Bref, ce que j'essaie de dire, c'est qu'il y a peu de chances que je me trémousse devant tout le monde.

— Je me réjouis déjà que tu acceptes de mettre le pied dans un endroit qui n'est ni une bibliothèque ni un parc, mais je ne vois pas trop l'intérêt de bousculer tes habitudes si c'est pour rester assise dans ton coin.

— Attention les yeux ! lance Elizabeth en déboulant dans la chambre. Alors, comment vous me trouvez ? »

Elle porte une mini-jupe noire et ses « talons de strip-teaseuse », le petit nom qu'elle a donné à ses escarpins.

« Que veux-tu que je te dise ? Tu vas provoquer un carambolage géant. »

Elizabeth, ravie, fait gonfler ses cheveux d'un geste de la main.

« Tiens, je t'ai trouvé ça. »

Elle m'a apporté une micro-robe garnie d'un jupon en tulle semé de sequins. Toujours très olé-olé, mais c'est un modèle qui correspond plus à mes attentes.

« Merci. Celle-là est parfaite.

— Je suis si contente que tu nous accompagnes ! s'exclame Elizabeth en se jetant sur moi. On va faire tourner toutes les têtes ! »

Le videur est ensorcelé à la seconde où il pose les yeux sur elle et j'ai le sentiment que, cartes d'identité falsifiées ou pas, il nous aurait ouvert la porte sans la moindre hésitation. La musique assourdissante qui se déverse des enceintes me fait déjà regretter le refuge de ma chambre. Sentant mes réticences, Miaka noue son bras dans le mien et m'entraîne vers le bar. Elle tape notre commande sur l'écran de son téléphone, le barman nous sert et nous fendons la foule un verre à la main.

Le but, c'est de passer un bon moment, me dis-je en mon for intérieur. *Fais un effort. C'est un des passe-temps préférés de tes sœurs. Peut-être que toi aussi, tu y trouveras de l'intérêt.*

Je me colle contre Elizabeth et je chuchote au creux de son oreille :

« Comment tu arrives à réfléchir dans ce vacarme ?

— Le but du jeu, c'est de ne pas réfléchir, me répond-elle.

— Détends-toi, me conseille Miaka. Ce n'est pas plus compliqué que de marcher dans une rue bondée. »

J'y mets tout mon cœur, vraiment. J'avale deux cocktails, espérant que l'alcool émousse ma nervosité. Je danse avec Miaka et j'avoue que je m'amuse, jusqu'au moment où nous sommes encerclées par une meute d'admirateurs, cherchant à tout prix à se rapprocher de nous. Cela me gâche tout mon plaisir. J'essaie de me concentrer simplement sur la musique, un réflexe qui est propre à toutes les Sirènes, mais c'est une bouillie inaudible qui me vrille les tympans.

J'observe la façon étrange dont certaines personnes gravitent autour d'Elizabeth, comme aimantées par sa beauté. Cela ne m'étonne pas qu'elle n'ait pas besoin d'ouvrir la bouche pour séduire ses proies. Aucune autre fille ne nous arrive à la cheville ce soir, je dis cela sans me vanter, et lorsque Elizabeth jette son dévolu sur un garçon, le pauvre en perd tous ses moyens. Elle sélectionne d'abord un fêtard qui doit finir la soirée dans un autre bar avec son groupe d'amis. Il résiste un peu – il ne veut pas abandonner Elizabeth – mais ses amis ont le dernier mot et l'embarquent manu militari. Le deuxième a trop bu, il tourne de l'œil à leur table. Après deux heures de traque elle nous rejoint, un beau brun, visiblement en état d'ébriété, accroché à son bras.

« Ne m'attendez pas », lance-t-elle avant de disparaître avec sa conquête. J'adresse un regard implorant à Miaka, qui hoche la tête, et nous rentrons à la maison.

« Tu as été courageuse, me dit-elle en langue des signes tandis que nous marchons dans la rue. J'ai cru que tu allais nous lâcher à la dernière minute.

— J'ai failli. Maintenant j'en ai la certitude : aller en boîte, ce n'est pas ma tasse de thé.

— Et tu penses que tu pourrais venir à une fête ou à une soirée, par exemple ? Les invitations pleuvent quand nous traversons le campus au bon moment.

— Pas de précipitation. »

Les bars se succèdent aux clubs et, perchées sur nos talons, nous attirons des sifflets admiratifs et des applaudissements. Je recouvre comme je peux mon décolleté, même si cela ne sert pas à grand-chose. Miaka se redresse crânement sous les regards et je me demande un instant si l'unique plaisir que mes sœurs tirent de ce mode de vie, c'est celui d'exciter la convoitise. Enfin, elles existent dans le regard des autres. Même si, à mon sens, il s'agit surtout d'exhibitionnisme.

De retour chez nous, je ne prends même pas la peine de retirer la robe qu'Elizabeth m'a prêtée. Je file directement dans l'eau.

« *Kahlen !* » L'Océan m'enveloppe, toujours aussi accueillante.

« Tu n'imagines pas la soirée que je viens de passer.

— *Raconte-Moi tout.* » Je L'imagine le menton appuyé au creux de Sa main, suspendue à mes lèvres.

« Miaka et Elizabeth fréquentent des lieux où les humains se retrouvent pour boire et danser. Elles me poussent à ne pas rester enfermée, j'ai fini par céder et par les accompagner.

— *J'ai du mal à t'imaginer dans ce genre d'endroit.*

— Moi aussi. Ce qui explique pourquoi j'étais mal à l'aise du début à la fin. Je suis contente d'être rentrée, enfin. Toi, Tu es si calme. »

Elle s'agite, je crois qu'Elle trouve la situation hautement comique. « *Nous ne sommes pas obligées de parler si tu n'en as pas envie. Te sentir en Moi, déjà, cela suffit à Me remplir de joie.* »

Je m'étends sur le fond sablonneux, jambes croisées et mains derrière la tête, et je contemple les bateaux qui se croisent et dessinent à la surface des sillons qui finissent par s'effacer. Des bancs de poissons passent au-dessus de moi, indifférents à ma présence.

« Alors, c'est prévu dans six mois ? je demande, l'estomac noué.

— *Oui, sauf s'il se produit entre-temps un désastre naturel ou un naufrage dû à une erreur humaine. Je ne peux pas anticiper ces choses-là.*

— Je le sais.

— *Tu te fais trop de mauvais sang. Je vois bien que tu ne t'es pas encore remise de la dernière fois.* » Elle m'entoure de Sa compassion.

Je lève les bras, comme pour La caresser.

J'ai toujours l'impression que les naufrages s'enchaînent à une vitesse affolante. Je fais des cauchemars et j'ai les nerfs à vif au cours des semaines qui les précèdent. J'ai peur de ne jamais pouvoir me défaire de cette angoisse.

« *Rassure-toi, tu finiras par oublier. Aucune Sirène n'est revenue pour Me demander d'effacer ses souvenirs après avoir pris sa retraite.*

— Est-ce qu'elles Te donnent de leurs nouvelles ?

— *Indirectement. Je les sens lorsqu'elles sont en Moi. Cette méthode Me permet de localiser de nouvelles recrues potentielles. Ainsi que ceux qui pourraient nourrir des soupçons sur la véritable nature de Mes besoins. Il arrive qu'une ancienne Sirène pique une tête ou se trempe les orteils assise sur un ponton. Dans ce cas J'ai un aperçu de sa vie, et jusqu'ici aucune d'elles ne s'est souvenue de Moi.*

— Moi, je ne T'oublierai pas.

— *Moi non plus. Je t'aime.*

— Je T'aime moi aussi.

— *Tu peux te reposer ici cette nuit, si tu en as envie. Je vais prendre des dispositions pour que personne ne te trouve au fond de l'eau.*

— Tu veux bien que je reste pour toujours ? Je n'ai pas envie de vivre dans l'angoisse de faire souffrir des innocents. Ou de décevoir mes sœurs.

Aisling a sa petite maison, je pourrai peut-être me construire une cabane sous-marine avec du bois récupéré sur des épaves.

— *Dors. Tout te paraîtra différent demain matin. Tes sœurs seraient perdues sans toi. Crois-Moi, elles en ont bien conscience.*

— Vraiment ?

— *Vraiment.*

— Merci.

— *Repose-toi. Tu ne risques rien ici.* »

5.

J'essaie de réconforter le nourrisson en le serrant contre ma poitrine.

« Chut… tout va bien. »

Le bébé, une fille, s'agite de plus en plus. Les larmes qui roulent sur ses joues grossissent et, soudain, jaillit de ses yeux un flot ininterrompu. Ses vagissements se transforment en gargouillis et le nourrisson recrache par la bouche une grande quantité d'eau.

Je la regarde s'asphyxier tout en frémissant d'horreur.

Je me réveille avec la certitude que je vais mourir noyée, moi aussi, et je pousse un hurlement.

« *Calme-toi, Kahlen ! Tu es en sécurité !* »

La panique reflue et j'identifie la voix qui tente de me rassurer.

« Excuse-moi. J'ai fait un cauchemar.

— *Je sais.* »

Je pousse un soupir. Bien sûr qu'Elle sait.

« *Va voir tes sœurs. Ta place est sur la terre ferme. Tu as besoin de soleil.*

— Tu as raison. Je reviens Te voir très vite. »

Prenant mon élan, je remonte à la surface, soudain impatiente de me libérer de Son étreinte. Difficile de concilier cette anxiété avec le besoin désespéré de chercher refuge en Elle que j'ai ressenti il y a quelques heures à peine. Je me hisse sur le ponton à l'instant où les premiers rayons du soleil transpercent les nuages. Je reste dans cette position quelques instants, tâchant de mettre un semblant d'ordre dans mes émotions. Peur, espoir, angoisse, pitié... tout cela se bouscule en moi et me paralyse. Aisling me suggère de changer mes habitudes. Elizabeth et Miaka me poussent à prendre plus de risques. Je sais que rien ne se fera tant que je serai enlisée dans mon trouble intérieur.

Je regagne la maison. Elizabeth est rentrée. Elle a gardé sa micro-robe mais elle s'est débarrassée de ses talons hauts dès qu'elle a franchi le seuil. Elle échange quelques plaisanteries avec Miaka, un gobelet de café à la main – elle l'a acheté en chemin –, excitée comme une puce.

Elles se tournent l'une et l'autre vers moi et Elizabeth m'accueille par une grimace.

« Ne me dis pas que tu es allée voir l'Océan dans cette tenue ! »

Je baisse la tête et je découvre qu'une immense flaque commence à se former à mes pieds.

« Si, je l'avoue.

— Mais cette robe ne supporte que le nettoyage à sec !

— Excuse-moi. Je te la rembourserai.

— Il y a un problème ? me demande Miaka, à qui ma mine déconfite n'a pas échappé.

— Encore un cauchemar, dis-je en me déshabillant. Ça va aller. Je crois que je vais aller me mettre au chaud avec un bon livre.

— Tu sais où nous trouver si tu as besoin de parler.

— Merci. Ne t'inquiète pas. »

Je me dépêche de fermer la porte de ma chambre, n'ayant aucune envie d'écouter Elizabeth narrer ses derniers exploits. Je vais devoir prendre une douche si je veux me débarrasser du sel qui me colle à la peau.

Je l'entends qui s'étonne à voix basse :

« Pourquoi s'embête-t-elle à dormir ? Je pensais qu'avec les années, ça lui passerait. On n'en a pas besoin !

— J'imagine que de temps en temps elle fait un rêve si fabuleux qu'il efface tous ses cauchemars. »

Je suspends la robe d'Elizabeth à ma fenêtre et je laisse le jet de la douche me purifier.

Je feuillette mes carnets, fébrile. Enfin, sur une page associée à un naufrage que nous avons déclenché il y a peut-être douze ans, je trouve le nourrisson qui est venu me hanter dans mon sommeil. L'Océan affirme que je vais finir par tout oublier, alors comment expliquer que ces visages me poursuivent ainsi ? Elizabeth juge que je suis la principale responsable de mes malheurs, parce que je m'obstine à garder une trace de ces gens, mais elle a tort. Je suis prête à le parier.

C'est un point d'honneur pour moi de ne pas regarder nos victimes dans les yeux pendant qu'elles se noient, mais c'est souvent plus facile à dire qu'à faire, je dois l'avouer. Qui peut rester insensible à leurs appels désespérés ? Parfois mon regard s'attarde sur une personne et, après le naufrage, je ne trouve aucune trace de cette personne sur Internet. Pas d'avis de décès, pas de blog, rien. Pourtant, ces visages restent imprimés en moi, tout comme ceux qui peuplent les pages de mes carnets.

Parfois je me demande si je suis encore humaine, ce qui m'angoisse autant que la perspective des naufrages. Comment vais-je pouvoir mener une vie normale après avoir envoyé des milliers de personnes à la mort ?

J'étudie la photo du bébé, une petite fille baptisée Norah, et je pleure à chaudes larmes.

J'ai beau savoir que le prochain naufrage n'est prévu que dans six mois, je l'appréhende déjà. À chaque fois, j'y laisse un petit bout de mon âme. Quatre-vingts années interminables dans le rétroviseur. Plus que vingt devant moi. Et chaque journée semble durer une éternité.

Le lundi matin, je quitte la maison aux aurores. J'attrape l'un des carnets à croquis de Miaka, quelques crayons, et je les fourre dans mon sac. Je peins et je dessine, en dilettante, depuis l'arrivée de Miaka et, même si je suis loin d'être une artiste, je suis contente de faire quelque chose de mes mains.

Je prends la direction du campus en empruntant les rues les moins fréquentées et j'arrive sur la place principale, à proximité de la fontaine et de la bibliothèque, un peu avant le premier cours de la journée. Je m'en veux d'avoir sauté à la gorge de mes sœurs. Leur élément, ce sont les bars et les discothèques. Moi, les livres. À chacun sa façon de considérer la vie ; l'une n'est pas plus valable que l'autre.

Je m'installe sous un arbre avec mon carnet, dans l'idée d'immortaliser sur le papier certaines des tenues que je vois ce matin. Je prends plaisir à étudier les évolutions de la mode et, même si j'affectionne un style plus classique, je trouve comique de voir qu'un bandeau pour les cheveux, un talon de telle ou telle hauteur ou un décolleté à la coupe particulière me rappelle furieusement un modèle que j'ai croisé vingt ans plus tôt.

Et le goût n'est pas partagé par tous, j'ai fini par m'en rendre compte. J'ai vu certaines personnes rester coincées dans les années quatre-vingt, se rendre coupables de monstruosités capillaires ou porter un pantalon à pattes d'éph en dépit du bon sens. Peut-être que s'accrocher ainsi au passé, c'est comme dormir avec un doudou, un ami inséparable. Déployant ma jupe, je me dis que moi aussi, je suis victime d'une certaine nostalgie.

À cet instant, quelqu'un vient s'asseoir à côté de moi sans y être invité.

« Je te croyais étudiante en arts culinaires, mais visiblement tu es étudiante en art tout court. »

C'est le garçon rencontré à la bibliothèque, Akinli.

« Perso, j'hésite encore. Tu ne penses pas que je suis un imbécile, j'espère ? »

Je souris et, de la tête, je le rassure. J'aime cette façon qu'il a de m'aborder, comme s'il reprenait le fil d'une conversation interrompue il y a quelques minutes.

« Très bien. J'ai beaucoup réfléchi ces derniers temps. La finance, c'est une filière qui offre de bons débouchés, mais je sais aussi bien tenir un budget que cuire une omelette. »

Je griffonne dans un coin de mon carnet : *N'est-ce pas ça, le but des études ? S'améliorer dans un domaine précis ?*

« Excellent argument, mais tu surestimes mes compétences. »

Il me retourne mon sourire et je me souviens que lors de notre première rencontre, il m'a donné l'impression que j'étais une fille comme les autres.

Et mon silence n'a pas l'air de le gêner. Soudain je comprends ce qui me met si mal à l'aise dans les conquêtes d'Elizabeth. Les garçons qu'elle attire sont séduits par des détails d'une banalité affligeante : notre peau de pêche, nos yeux de biche, l'aura de mystère qui flotte autour de nous. Ce garçon-là ne semble pas s'arrêter aux apparences. Il voit en moi une fille qu'il a envie de connaître, pas une beauté énigmatique. Il ne me dévore pas des yeux. Il s'adresse à moi comme à une personne normale.

« Alors, ce gâteau, tu l'as fait ce week-end ou pas ? »

Je fais non de la tête et j'écris : *Je suis allée en boîte pour la première fois de ma vie,* ravie de paraître de plus en plus normale.

« Et ? »

Pas vraiment mon truc.

« Ce n'est pas moi qui vais te critiquer. Moi, le vendredi soir, j'étais chargé de faire le chauffeur, donc interdiction de boire, et franchement, je ne peux pas supporter cette puanteur qu'il y a dans les bars. Cette vieille odeur de clope qui s'accroche aux murs alors même que les gens fument dehors. Et j'adore mes voisins de dortoir, mais pas assez pour éponger leur vomi avec le sourire. Ma carrière de chauffeur est officiellement terminée. »

J'acquiesce énergiquement. Je ne connais que trop bien cette sensation d'assumer des responsabilités à la place des autres.

« Tu as cours aujourd'hui ? »

Non !

« Tu ne peux pas savoir comme je suis jaloux. Je pensais qu'avoir cours seulement l'après-midi, ce serait la grasse mat' assurée, et pour ma part j'adore dormir. Un peu trop. »

Moi aussi.

« L'idéal, ce serait de tirer profit à fond de mes journées. Regarde-toi. Tu as quartier libre et tu restes assise au soleil pour dessiner en cachette des gens que tu ne connais même pas. Elle est pas belle, la vie ? »

Pour la première fois, mes excentricités m'apparaissent comme des qualités potentielles.

Je proteste en montrant les pages de mon carnet. *C'est leurs vêtements que je dessine !*

« Si tu le dis. Mais ne m'écoute pas. Je crève de jalousie, en fait. Je ne sais pas dessiner. À part les grenouilles. J'ai appris ça au cours préparatoire, ça m'est resté. Le secret, c'est de commencer par tracer un ovale. Si tu rates l'ovale, tu rates ta grenouille. »

Tu ne sais pas cuisiner. Ni dessiner. Quoi d'autre ?

« Excellente question. Eh bien… je sais pêcher. C'est génétique, comme ce prénom délirant dont on m'a gratifié. Je fais des phrases sujet-verbe-complément dans mes textos. Oui, je vois ça comme un talent à part entière. Et, grâce à ma mère, qui a participé à des concours de danse dans sa jeunesse, je bats tout le monde au Lindy hop et au jitterbug. »

Je me redresse brusquement, Akinli lève les yeux au ciel.

« Ne me dis pas que tu sais danser le jitterbug, sinon je vais… je ne sais pas ce que je vais faire. Mettre le feu à une poubelle, tiens. Personne ne danse le jitterbug. »

Les lèvres pincées, je passe une main sur mon épaule, comme pour l'épousseter, un geste que fait Elizabeth, je l'ai vue, lorsqu'elle fanfaronne. Relevant le défi, Akinli se débarrasse de son sac à dos et se met debout, la main tendue vers moi. C'est parti pour une petite session de jitterbug.

« Très bien, on commence doucement. Cinq, six, sept, huit. »

Nous nous lançons dans une chorégraphie débridée en suivant un rythme qui n'existe que dans notre tête. Au bout d'une minute Akinli s'enhardit et me donne l'élan nécessaire pour que je fasse une pirouette, et je suis au septième ciel. Des curieux s'arrêtent, nous montrent du doigt et rient aux éclats, mais je sais qu'il n'y a pas de moquerie derrière ces rires, simplement de l'envie.

J'écrase le pied de mon partenaire plus d'une fois, Akinli se venge et, après un dernier tampon involontaire, il me lâche et lève les mains en l'air.

« Incroyable. Vivement que je raconte ça à ma mère. Elle va me traiter de mythomane. Toutes ces années à danser dans la cuisine convaincu que j'étais seul au monde, et il faut que je vienne à Miami pour trouver mon maître. »

Nous retournons nous asseoir à l'ombre et je commence à ramasser mes affaires. J'ai peur de casser la magie de l'instant en restant trop longtemps en sa compagnie.

« Alors tu ne l'as pas encore confectionné, ce gâteau ? » me demande-t-il.

Je réponds par la négative.

« Eh bien, puisque tu tires un trait sur les boîtes de nuit et moi sur ma carrière de chauffeur pour mecs bourrés, et puisqu'il n'y a pas vraiment de club de jitterbug dans cette ville, qu'est-ce que tu dirais de se voir ce week-end pour en faire un ensemble ? »

Je hausse un sourcil.

« Écoute, j'ai dit que je ne sais pas cuisiner, mais je pense qu'avec ton aide, je vais devenir un dieu de la pâtisserie. »

À ton tour de surestimer mes capacités !

« Sérieusement, on va passer un bon moment. Et si ça rate, j'ai des nouilles déshydratées dans ma chambre, alors on ne mourra pas de faim. »

J'hésite, même si je suis tentée. Cela ne pose aucun problème à Elizabeth de se rendre à intervalles réguliers dans l'appartement d'un type qu'elle ne connaît pas, de s'y livrer à certaines activités entre adultes consentants et d'en revenir pour tout nous raconter par le menu. Je ne vois pas ce qui peut m'empêcher de faire un gâteau dans la cuisine commune d'une résidence étudiante !

« Tu me sembles nerveuse. Tu as un petit ami ? » me demande Akinli, faussement détaché.

J'écris *NON* en lettres majuscules sur mon carnet.

« D'accord. »

Il me prend le stylo des mains.

« Voilà mon numéro. Si tu décides de venir, envoie-moi un SMS. »

Je hoche la tête, le visage d'Akinli s'éclaire. Il regarde l'écran de son téléphone et se met debout.

« Bon, je suis en retard. À un de ces quatre, Kahlen. Tu vois ? J'ai retenu ton prénom. »

Je contiens un sourire, afin de ne pas lui montrer à quel point cette petite attention me fait plaisir. Mon cœur bat la chamade lorsqu'il me jette un dernier regard avant de disparaître à l'angle d'un bâtiment.

Une sensation inédite se forme dans ma poitrine. J'ai dix-neuf ans depuis assez longtemps pour prétendre avoir une bonne expérience des garçons du même âge. Je sais qu'à dix-neuf ans les histoires d'amour ne sont que des passades, qu'Akinli m'oubliera bientôt au bénéfice d'une autre fille. Malgré tout je ne peux que me féliciter d'avoir rencontré ce garçon hors du commun.

J'ai l'impression de voir Elizabeth sous un nouveau jour. Ce qu'elle recherche, c'est un lien physique, et elle l'obtient avec ses moyens à elle. Miaka passe des heures sur son ordinateur ou sur son téléphone à discuter avec Dieu sait qui ; c'est le rapprochement intellectuel qui la motive. Chacune puise sa force vitale dans un domaine différent. Moi ? Je n'ai pour seule préoccupation que de servir l'Océan en espérant trouver l'amour dans ma prochaine vie. Car l'espoir fait vivre. Alors, toujours assise sous mon arbre, une idée me vient à l'esprit. Je ne suis pas inquiète. Ni triste. Je ne me projette pas dans l'avenir, parce que je ne pense qu'au présent, qu'aux moments passés avec Akinli. Et si le secret pour aller de l'avant, c'était non pas de tirer un trait sur mes émotions, mais d'en revaloriser une qui mettrait toutes les autres en perspective ?

Je sors mon téléphone de mon sac. Ce gadget ne m'est pas d'une grande utilité. Je n'ai pas de réseau d'amis avec qui maintenir le contact. Dans mon répertoire se trouvent trois numéros en tout et pour tout, et celui d'Aisling n'est pas à jour. J'y ajoute le numéro d'Akinli, pianotant avec maladresse.

Si l'offre tient toujours, je veux bien venir faire un gâteau avec toi ce week-end. Kahlen.

J'expire profondément, j'appuie sur Envoyer, je ramasse mes affaires et je déloge les brins d'herbe accrochés à l'arrière de ma jupe.

Avant même que j'atteigne la sortie du campus, mon téléphone vibre.

Je prépare mes casseroles !

6.

Je passe les quatre jours suivants dans ma bulle. Je ne me réfugie pas dans le sommeil parce que, pour la première fois depuis une éternité, dormir m'apporte moins de plaisir qu'être éveillée. Des heures durant je feuillette mes livres de cuisine, tâchant de trouver la recette idéale, ni trop simple ni trop compliquée.

Je chantonne aussi, et je sens le regard de mes sœurs peser sur moi. Elles gardent leurs questions pour elle, sans doute convaincues que je resterai bouche cousue, mais les jours passent et je ne descends pas de mon petit nuage, je m'étonne qu'un garçon puisse me tourner les sangs à ce point.

J'essaie de me convaincre qu'il est tout à fait normal d'avoir des pensées affectueuses à l'égard d'un inconnu dont j'ignore jusqu'au nom de famille. D'ordinaire les filles ont le béguin pour des acteurs, des musiciens et des célébrités qu'elles n'ont pas la moindre chance de croiser dans la vie réelle. J'ai eu la bonne idée, au moins, de donner mon cœur à une personne réelle, pas un fantasme.

Je mets en scène dans ma tête notre prochaine rencontre et je lui envoie des SMS que j'espère badins et légers. Cela donne ce genre de dialogue :

Tu fournis les ustensiles et le four, moi j'apporte les ingrédients ?
Je fournis aussi mon estomac. Parce que gâteau = manger. Vendu !
Ton avis sur le glaçage au fromage blanc ?
Largement sous-estimé, en toute franchise.

Les jours qui précèdent nos retrouvailles sont émaillés de textos aussi anodins que ceux-là et chacun me remplit d'une joie indescriptible. Ce qui les rend plus précieux encore, c'est que lui aussi en prend l'initiative. Le mercredi, les questions d'Akinli prennent une tournure plus personnelle.

Alors, ça fait longtemps que tu cuisines ?
Depuis mille ans, j'ai l'impression.
C'est ta mère qui t'a appris ?
En fait, je suis un peu autodidacte.

En guise de réponse, plusieurs smileys en enfilade. Cela pourrait paraître ridicule de la part d'un autre que lui, mais je suis certaine qu'Akinli sourit vraiment devant son téléphone.

Le jeudi, silence radio de part et d'autre, ce qui ne me dérange pas le moins du monde. Je dois me faire à l'idée que cette histoire est morte avant d'avoir commencé. Il y a de fortes chances qu'Akinli finisse par se lasser de mon mutisme et de cette conversation à sens unique. Et tant mieux. Quel avenir pour un couple aussi mal assorti que le nôtre ? C'est ce que je suis en train de me dire quand, à dix heures du soir, il m'envoie une photo qui le montre complètement désemparé, avec pour légende POURQUOI LES MATHS, POURQUOI ? Couchée dans mon lit, je ris à m'en tenir les côtes. En plus d'être absolument adorable, il m'envoie une photo ! J'ai une photo qu'il a prise rien que pour moi et je n'ai rien éprouvé d'aussi fort depuis près d'un siècle.

Elizabeth et Miaka frappent à ma porte et s'invitent.

« Tout va bien là-dedans ? »

Je prends une profonde inspiration.

« Oui, tout va parfaitement bien. »

Miaka balaie la pièce du regard. Mon téléviseur est éteint, je n'ai pas de livre à la main.

« On t'a entendue rire. Qu'est-ce qu'il y a de si drôle ?

— Un truc que j'ai vu, dis-je en ramassant mon téléphone.

— Quel truc ? » insiste Elizabeth, la main déjà tendue.

Elles ne veulent que mon bonheur, je le sais. J'ai simplement envie qu'Akinli reste mon secret un peu plus longtemps.

« Je ne suis pas certaine que vous compreniez ce type d'humour. »

Mes sœurs échangent un regard, m'observent d'un air méfiant.

« Très bien… dans ce cas on va te laisser. »

Le regard de Miaka s'attarde un instant sur moi avant que la porte se referme. Je mets ma joie en bride, puis j'étudie à nouveau le selfie d'Akinli, sa mine déconfite. Je cherche dans mes fichiers une image que je pourrais lui envoyer en réponse, de préférence une photo me montrant vêtue d'une de ces robes que j'aime tant. Mais je découvre que j'ai pris tout le monde en photo, sauf moi. Le ciel, un oiseau, Elizabeth et Miaka… non, je ne suis nulle part. Je me laisse tomber sur l'oreiller, je déploie mes cheveux dessus et je fourre la moitié de mon visage sous ma couette, en espérant que le cliché sera conforme à la réalité. Je scrute quelques instants la fille qui apparaît sur l'écran, l'étincelle au fond de ses yeux, le sourire qui flotte sur ses lèvres, et je conclus : Oui, cela exprime bien mon état d'esprit. Rien n'est trafiqué.

Je lui envoie mon œuvre accompagnée de ce message :

> C'est l'heure de jeter l'éponge et d'aller faire dodo. Personne ne se souciera de tes résultats en maths dans six ans. Crois-moi.

Si seulement je pouvais lui expliquer que rien, même le plus grand des désastres, n'a d'importance à l'échelle de l'univers.

Tu trouverais ça tordu que je te dise que tu es jolie ? Tu es jolie.

Des milliers de petites bulles virevoltent dans mes veines, des bulles de bonheur.

Et tu trouverais ça tordu que je te dise que j'aime discuter avec toi-même si tu ne parles pas ? J'aime bien discuter avec toi.

« Où tu vas comme ça ? » me demande Miaka le lendemain soir, à la seconde où je pose ma main sur la poignée de la porte. Moi qui avais cru pouvoir filer à l'anglaise. Elizabeth a mis sa musique à plein volume et cela fait plus de vingt minutes qu'elle et Miaka causent chiffons.

« Me promener. Peut-être faire un tour au supermarché. Tu as besoin de quelque chose ? »

Elle me toise des pieds à la tête et analyse ma tenue. À la maison, je ne me sépare jamais de mes combishorts ou de mes joggings et je ne me serais pas changée pour une simple promenade. Ma jupe – un peu trop élégante pour une soirée pâtisserie, je le reconnais, mais j'ai envie de me faire belle – lui donne déjà un indice sérieux.

« Non. Rien ne me tente depuis quelque temps.

— On devrait partir s'installer dans un autre État. Ou un autre pays, carrément. Je ne sais pas toi mais moi, il suffit que je change d'ambiance pour que ça m'ouvre l'appétit.

— Bonne idée ! On devrait préparer ça dans les moindres détails. Nos déménagements sont parfois trop spontanés à mon goût.

— D'accord. Une stratégie, ça ne peut pas faire de mal. »

Miaka me sourit.

« Eh bien, peut-être qu'à ton retour on aura des sujets de conversation à foison. »

Je suis certaine que mon sourire me trahit aussi sûrement que ma jupe. Tant pis. Au diable les secrets.

J'achète les ingrédients nécessaires à ma recette et je mets le cap sur la résidence étudiante d'Akinli. Je suis en retard. L'accès à la résidence est réservé passé six heures aux personnes munies d'une pièce d'identité et je dois attendre qu'un étudiant passe sa carte dans le lecteur. Le garçon ouvre la porte et je me glisse derrière lui.

« Tu as besoin d'un coup de main ? » me demande-t-il, avec un regard un peu trop appuyé.

De la tête, je lui fais comprendre que je peux me débrouiller seule.

« Allez, laisse-moi faire. C'est trop lourd pour toi. »

Il s'approche de moi et, pour la énième fois, je maudis le magnétisme que nous exerçons sur les humains. Je sais que je ne risque rien, mais cela ne rend pas ce genre de rencontres moins pénibles. Je refuse une nouvelle fois son aide d'un signe de tête.

« Sérieusement, tu habites à quel étage ? Je peux…

— Hé, Kahlen ! »

Je tourne la tête, Akinli est en train de remonter le couloir. Il porte un T-shirt gris et, par-dessus, une chemise qu'il n'a pas pris la peine de boutonner mais je constate avec plaisir qu'il a fait l'effort d'en mettre une.

« Je commençais à m'inquiéter. Salut, Sam.

— Salut. »

Le type lance à Akinli un regard noir, manifestement mécontent d'avoir été évincé par un rival, et se dirige vers l'escalier. Je sens ma bonne humeur revenir. Mon premier rendez-vous galant est officiellement sur les rails.

« Donne-moi ça. » Akinli me débarrasse d'un sac et me guide jusqu'à l'ascenseur. « La cuisine est au premier. Figure-toi que je me suis un peu entraîné ce matin », déclare-t-il, non sans fierté. Je lui lance un regard interrogateur.

« Oui, je me suis préparé une omelette. Une catastrophe. »

Je me retiens d'éclater de rire. L'ascenseur fait entendre un petit tintement et quelques secondes s'écoulent avant que les portes s'ouvrent.

« Je pense que le problème vient du fait que je n'avais personne pour me piloter, alors ça se passera sûrement beaucoup mieux avec le gâteau. »

Nous arrivons sur le seuil de la cuisine – qui pourrait tenir dans un mouchoir de poche – et je constate qu'il n'est pas resté les bras croisés. Il a déjà sorti un fouet, un saladier et deux moules aux diamètres différents. Il pose le sac sur le plan de travail et me montre un autre objet, plus inattendu celui-là.

« Il était accroché à notre porte. Mon coloc n'a pas trop apprécié que je le prenne mais si tu as besoin de quoi que ce soit, tu n'as qu'à l'écrire. »

Et il me tend un tableau blanc déjà bien usé. Je suis à deux doigts de fondre en larmes, tellement je suis touchée.

Je le regarde sortir, avec mille précautions, les œufs, le sucre et la farine, puis les aligner contre le mur afin de nous laisser assez de place pour travailler.

« C'est de l'extrait d'amande ? La classe. J'ai déjà raté une recette aujourd'hui, n'oublie pas, alors tu vas devoir me montrer chaque étape. »

Sans un mot, je pose la recette que j'ai imprimée à côté du saladier.

« C'est parti mon kiki. »

Il s'empare de la feuille, la parcourt du regard et c'est la mine inquiète qu'il en achève la lecture.

« Très bien, Kahlen. Apprends-moi à cuisiner ! »

7.

« Tu vis depuis longtemps en Floride ? »

Je fais non de la tête et je casse un autre œuf. Comment expliquer ma situation sans ouvrir la bouche ? J'esquisse de la main un geste vague que j'accompagne d'une grimace.

« Tu as vécu un peu partout, c'est ça ? »

Hochement affirmatif.

« Tes parents sont militaires ? J'ai passé une année avec un de mes meilleurs amis au lycée avant que son père se retrouve stationné ailleurs. On m'a dit qu'un an, c'est plutôt court, même dans l'armée. »

Je l'écoute d'une oreille attentive, en espérant qu'il abandonne ce sujet.

« J'ai grandi dans une toute petite ville du Maine. Port Clyde. Tu en as entendu parler ? »

Non. Il me passe le gobelet mesureur qu'il a rempli de sucre. De l'index, je retire l'excédent que je fais tomber dans l'évier.

« Oh, c'était trop ? »

J'écris sur le tableau blanc : *Faire un gâteau, c'est jouer au petit chimiste.*

« Euh... très bien. Je vais ranger cette info dans un coin de mon cerveau. Donc, je disais, Port Clyde. C'est tout petit et on y pêche le homard. On trouve aussi une résidence d'artistes, et des types extravagants viennent y séjourner. C'est pour cette raison que j'ai pensé que tu en avais sûrement entendu parler. Tu dessinais l'autre jour, donc tu es un peu artiste. »

Je lui intime d'un geste de la main de ne pas s'enflammer. Même avec l'aide du tableau blanc, j'aurais du mal à expliquer que j'aime dessiner parce que la personne qui me tient lieu de sœur est une artiste à part entière et que je souhaiterais voir le monde à travers ses yeux.

« Mes parents vivent à Port Clyde et ils n'attendent qu'une chose, c'est que j'y retourne. Je suis fils unique, ils se sentent un peu seuls sans moi. Ma mère m'appelle tous les jours, sans exagérer. Je lui ai conseillé d'adopter un chiot mais elle m'a dit qu'un chien, ça ne valait pas un fils, et j'ai pris ça comme un compliment. Tu trouves que je parle trop ? »

Il marque un temps d'arrêt et plonge son regard dans le mien, inquiet.

Je le rassure d'un signe. *Non, je t'écouterais parler d'à peu près n'importe quoi. Avec toi, un simple coup de fil devient une aventure.*

« Tant mieux. Ma mère s'inquiète parce que je n'ai toujours pas choisi ma filière. J'avoue que ça ne me fait ni chaud ni froid. J'ai encore le temps d'y penser. Et toi ? »

Je claque des doigts, ce qui signifie « non » en langue des signes. Et pour être sûre de bien me faire comprendre, je secoue aussi la tête.

« Cool. Qu'est-ce que tu étudies ? L'art ? Tu as un petit côté artiste, ajoute Akinli d'un air connaisseur. Je t'assure. Je ne saurais pas dire pourquoi précisément, mais tu donnes l'impression d'avoir créé puis détruit pas mal d'œuvres avant de repartir de zéro. Ce qui ne veut rien dire, on est d'accord. Mais tu as ça en toi. »

Je commence à mélanger la pâte. Quel soulagement qu'il ne se doute pas à quel point il est proche de la vérité ! J'ai brisé bien des choses tout au long de ma vie – des paquebots qui coûtaient des millions de dollars, des vies trop nombreuses et trop précieuses pour qu'on leur donne un prix – mais j'aime l'idée d'avoir en moi une force créatrice.

Je passe le saladier à Akinli. Il faut qu'il participe.

« Aïe. Bon, puisque tu insistes. Je prends le fouet. D'accord… »

Et il s'attaque à la pâte.

Tandis qu'il s'active, j'ajoute quelques gouttes d'extrait d'amande. Au bout de quelques secondes, il relève la tête et il m'observe, comme captivé. Je l'interroge du regard. *Quoi ?*

« Oh. Désolé. Beau travail d'équipe, répond-il, et il grimace comme s'il venait de dire une idiotie. Et puisqu'on parle de travail d'équipe, je pense que tu pourrais me donner ton avis sur un sujet qui me concerne particulièrement. »

Je hausse un sourcil.

« Écoute-moi jusqu'au bout. Bon, tu ne parles pas mais tu passes presque chaque seconde de tes journées à tendre l'oreille, à absorber les moindres détails de ton environnement, pas vrai ? »

Je hoche la tête. Il n'a pas tout à fait tort.

« Grâce à ça tu dois être très perspicace. Du coup, je voudrais savoir quelles études tu me conseillerais de faire. »

Je le regarde bouche bée.

Que je te dise quelle filière suivre ?

« Exactement. J'ai déjà posé la question à plusieurs amis, mais je crois qu'ils se sont payé ma tête. L'un d'eux m'a suggéré de devenir musicothérapeute alors que j'étais déjà nul en flûte à bec. »

Je le trouve drôle quand il s'agace comme ça.

« S'il te plaît. Il me faut un cap dans la vie. Lance une idée. »

Je fixe du regard ce garçon que, de mon propre aveu, je connais à peine. Pourtant j'ai la sensation qu'il n'a aucun secret pour moi. Chaleureux, ouvert, débordant de joie de vivre. Qu'ai-je fait pour attirer son attention ? Comme il attend ma réponse avec impatience, je me concentre. Je l'imagine bien en défenseur des enfants maltraités ou des handicapés, et c'est ce que j'écris sur le tableau blanc.

« Que je travaille dans le social ? »

Je bats des mains. Akinli part d'un rire mélodieux.

« Ça m'intrigue. Très bien, Kahlen, je vais me renseigner et on en reparle prochainement. » Il jette un coup d'œil au saladier, puis il lève le fouet et me le rend, enrobé de pâte. « Ça va comme ça ? »

Je goûte la pâte que j'ai récoltée sur mon doigt. L'essence d'amande a opéré sa magie. Parfait. Je me noie dans le regard bleu d'Akinli.

Je hoche vigoureusement la tête, il goûte à son tour.

« Hé, pas mal pour une première tentative, tu ne trouves pas ? »

Je suis ravie. Pas mal du tout, même.

Je beurre les moules en me réjouissant d'avance : comme ils n'ont pas le même diamètre, notre gâteau va avoir l'allure d'une mini-pièce montée.

« Je sais que j'insiste lourdement, mais je t'admire beaucoup, tu sais. Tu as beau être muette et avoir des difficultés pour communiquer, tu te passionnes pour l'art, tu cuisines comme une chef et, le plus hallucinant, tu sais danser le jitterbug ! Au fait, j'en ai parlé à ma mère et elle réclame une preuve vidéo. Elle refuse de me croire. Mais oui, je trouve génial que tu ne laisses pas un petit obstacle te ralentir. Bravo. »

Une fraction de seconde j'ai envie de me féliciter, moi aussi. Même s'il ignore tout de moi, il a raison. Ce n'est pas un mince exploit d'injecter de la nouveauté dans sa vie, de se trouver une passion. Même cette rencontre est un petit miracle. Je devrais être fière de ce que j'ai accompli.

Je voudrais remercier Akinli par le truchement du tableau blanc mais le feutre semble avoir rendu l'âme.

« Je me disais bien qu'il allait lâcher. Tu veux venir avec moi pour en chercher un autre dans ma chambre ? »

Reste calme. Je hoche la tête, aussi désinvolte que possible.

« Génial. Suis-moi. Je crois que mon coloc est de sortie, donc tu n'auras pas à supporter sa présence, et c'est déjà pas mal. On dirait qu'il a pour objectif de devenir l'enflure ultime, je t'assure. »

Nous arrivons devant une porte sur laquelle un carré blanc indique l'endroit qu'occupait le tableau effaçable. Deux noms inscrits sur deux petits cartons : Neil Baskha et Akinli Schaefer.

Schaefer. J'aimerais le dire à voix haute. J'en brûle d'envie. Mais je vais devoir ronger mon frein et attendre d'être seule… loin du capharnaüm qui règne dans sa chambre. Il s'avère que la philosophie personnelle de Neil ne reconnaît pas l'utilité des poubelles et des corbeilles à papiers. Sûrement trop préoccupé par cet autel branlant de canettes qu'il édifie près de la fenêtre.

Akinli a transformé son coin en petit nid douillet. Au lieu de recouvrir son lit d'une couette achetée au supermarché, il a une courtepointe cousue main. Pas de posters, mais des photos. Et la bière a été remplacée par trois bouteilles de boisson gazeuse à base de plantes qu'il semble garder pour les grandes occasions. Il ne m'a pas encore dit s'il a des frères ou des sœurs, mais je remarque sur certaines photos un garçon un peu plus âgé que lui, mêmes yeux, même menton, je vois un couple – ses parents, sûrement – et je le vois lui, enfant, un homard dans chaque main, souriant d'une oreille à l'autre.

Il sort un feutre neuf du tiroir de son bureau et je m'arrache à mes observations silencieuses.

« Désolé pour le désordre. Neil… eh bien, c'est quelqu'un de pas facile. »

Je souris, attendrie par les petits fragments de son intimité que j'ai l'occasion d'observer, ne serait-ce que quelques secondes.

De retour dans la cuisine, nous jouons au pendu sur le tableau blanc pendant que le gâteau cuit dans le four.

Tout est simple entre nous, naturel. Lorsque nous réussissons à poser l'étage supérieur sur la base – un peu de travers – et à napper notre œuvre de crème au beurre, Akinli prend la pose devant à la façon d'un acteur.

« Le moment de vérité. Vais-je enfin mettre derrière moi ma réputation de pire cuisinier des États-Unis ? Kahlen, la fourchette, s'il te plaît. »

Je lui passe une fourchette et j'en prends une, moi aussi. Je suis certaine qu'Aisling serait impressionnée par le résultat.

« C'est. Trop. Bon ! s'exclame Akinli en enfournant deux autres bouchées. On ne peut pas garder quelque chose d'aussi beau pour nous. Viens. » Il se charge du plat et sort dans le couloir. « Qui veut du gâteau ? »

Une fille coiffée de nattes sort la tête de sa chambre.

« Moi ! »

Un garçon ouvre sa porte et nous aboie dessus.

« Pourquoi tu brailles comme ça, mec ?

— On a fait un gâteau !

— Génial ! »

Quelques minutes plus tard, la moitié de l'étage nous a rejoints, armés qui d'une spatule, qui d'un gobelet en carton, pour réclamer sa part.

« Franchement, j'ai bossé comme un dingue, explique Akinli à un voisin, mais c'est Kahlen qui a presque tout fait. »

Des gens me tapent dans le dos et me remercient. Une fille me complimente sur ma jupe. Je suis si heureuse que j'en ai la tête qui tourne. C'est ça, la vie normale d'une fille de dix-neuf ans ? Habiter une résidence étudiante, laisser les autres mêler leur existence à la sienne, même temporairement ? S'absorber dans une discipline tout en s'imprégnant du monde extérieur ? Se faire remarquer d'un garçon, s'épanouir sous son regard, consciente que cette expérience confine à l'universel, à l'infini, tout en étant profondément personnelle ? Aujourd'hui, c'est à moi de le vivre. Et pas question de faire une croix dessus !

Le mécanisme de mes pensées s'enraye dans ma tête. Comment pourrais-je vivre une chose pareille ? J'ai déjà toutes les peines du monde à aller jusqu'au bout de cette soirée, où puiser l'énergie toute ma vie ? J'observe Akinli, son sourire charmeur, son charisme. C'est un moment exceptionnel, un moment inoubliable. Mais cela ne peut pas durer. Il finirait par nourrir des soupçons. Par trouver étrange que je ne me blesse jamais, que je ne vieillisse pas, que mon poids reste invariable. Soudain, je me sens bête. Dans le meilleur des cas, il avancera en âge sans que moi je prenne une ride et, une fois libérée de mes responsabilités de Sirène, je l'oublierai.

Autant nous éviter cette épreuve et me volatiliser, purement et simplement. Couper les ponts. Pour le bien de chacun.

Je m'éloigne à reculons, lentement, et je m'éclipse sans que personne le remarque.

8.

Lorsque je rentre à la maison les filles ne sont pas là, et cela me va très bien. Qu'elles profitent pleinement de leur dernière nuit à Miami. Je gagne ma chambre et, inventoriant mes affaires du regard, je me rends compte que je n'ai pas grand-chose « à moi ». Je n'ai jamais eu quoi que ce soit.

Au moment de ranger les carnets dans ma malle, cela me revient : je ne suis pas encore arrivée au bout de la liste des passagers de l'*Arcatia.* C'est la première fois que j'interromps mes recherches en plein milieu. Cela m'arrive de les abandonner faute de trouvailles intéressantes mais en cours de route, c'est une première. Akinli a réussi à me faire oublier qui je suis, à toucher ma part d'humanité, ma part de normalité. Et je lui en serai éternellement reconnaissante.

Je dispose dans la malle quelques vêtements auxquels je tiens, une très jolie brosse en bois achetée aux puces, une épingle rouillée qui retenait mes cheveux au moment de ma transformation et que j'ai gardée en souvenir de ma mère. L'unique objet qui me rattache à elle. J'y ajoute plusieurs babioles mais le coffre ne pèse pas grand-chose. Je l'approche de la porte d'entrée. Les filles le verront dès qu'elles franchiront le seuil, elles comprendront le message.

Je sors par la porte de derrière et je vais m'asseoir sur le ponton, le regard fixé sur l'Océan. Je L'entends qui lèche le rivage et S'enroule autour des pilotis. Je Lui porte un amour absolu. C'est en Elle que nous nous réfugions lorsqu'une guerre éclate ou lorsque nous attirons des regards soupçonneux. Elle permet à la vie de se perpétuer ; Elle assure notre subsistance, Elle assure la subsistance de l'humanité tout entière. Pourtant, Elle éveille en moi de la rancœur car Elle est à la source de ma culpabilité et de mes rêves brisés.

Je distingue le grincement de la porte d'entrée – ce bruit m'est devenu familier – et je retourne à l'intérieur. Elizabeth et Miaka étudient ma malle, muettes. Miaka semble au bord des larmes et Elizabeth grommelle tout en jouant nerveusement avec les brides des escarpins qu'elle tient à la main.

« Pourquoi ?

— J'ai besoin de changer d'air. » Je suis presque mal à l'aise, gênée par ma faiblesse de caractère.

« Eh bien, pas moi, réplique Elizabeth en lâchant ses escarpins. Miaka non plus. On veut rester.

— Je comprends, mais ce n'est plus possible pour moi.

— Tu veux toujours qu'on aille vivre dans une grande ville, dans un endroit où on se fondra dans la masse ! Et après tu ne fais aucun effort pour t'intégrer. Nous, on est heureuses ici ! »

Quand j'ose poser les yeux sur ma petite sœur, son attitude confirme mes soupçons. Je prends une inspiration mal assurée.

« Cela ne me dérange pas de partir seule. Ce sera peut-être pour le mieux. Aisling est heureuse malgré sa vie d'ermite, alors pourquoi pas moi ? Il y a aussi le risque que je n'arrive pas à me débrouiller sans vous. L'avenir me le dira. Si vous souhaitez rester, libre à vous. Je vais charger ma malle dans le coffre de la voiture, attendre une demi-heure et partir seule si personne ne me rejoint entre-temps. Dans ce cas, nous nous reverrons au prochain naufrage. »

Assise au volant, je sors mon téléphone afin de démarrer le compte à rebours et je découvre deux SMS non lus.

Deux SMS envoyés par Akinli. Le premier n'a rien d'original :

Salut, tu t'es enfuie ? Ça va ?

Quant au second :

Voilà mon problème. Je suis beaucoup trop maigre pour un étudiant qui se gave de cochonneries. J'espérais que tu m'aides à trouver une solution. On pourrait tenter des brownies la prochaine fois ?

Un smiley ponctue sa question, pour faire bonne figure. Il ne me tient pas rigueur d'avoir laissé son premier texto sans réponse. Est-il possible que j'aie croisé la route de la personne la plus gentille de l'univers ? Il atteindra bientôt le statut de créature légendaire, au même titre qu'une Sirène.

Enveloppée par l'obscurité, je chuchote :

« Schaefer. Akinli Schaefer. »

Mes doigts restent suspendus au-dessus des touches du téléphone. J'hésite à répondre, à lui présenter des excuses en bonne et due forme, à lui expliquer que je dois déménager en catastrophe. Mais lui répondre cette fois-ci, ce serait mettre le doigt dans l'engrenage.

J'éteins le téléphone et je glisse la clef dans le contact pour allumer l'horloge encastrée dans le tableau de bord. Je regarde les minutes défiler et, au bout de la vingt-neuvième, je me laisse aller au désespoir. Je ne sais pas où aller. Au bord de la mer, c'est quasiment obligatoire car il est impossible de prévoir à quel moment Elle va faire appel à nous. De plus, j'ai besoin de discuter avec Elle de temps en temps. Mais l'heure est aux choix. La gorge nouée, je tourne le contact. À l'instant où le moteur revient à la vie, Miaka colle sa figure souriante à la vitre.

« Tu m'ouvres le coffre ? J'ai pris plus de pinceaux et de toiles que prévu au départ. »

J'obtempère, en culpabilisant deux fois plus. Je lui avais promis de préparer soigneusement ce déménagement et voilà que je l'oblige à boucler ses valises en moins d'une demi-heure.

Elle s'installe sur le siège passager et se fait un chignon à la va-vite.

« Je ne sais pas pourquoi mais je pensais que l'horizon s'éclaircissait dans ta vie. J'ai cru que tu prenais tes marques. J'ai dû mal interpréter.

— Tu n'as que dix ans de moins que moi. Tu sais combien cette vie est cruelle. Je n'arrive pas à trouver ma place. Ce n'est pas faute d'essayer, je t'assure.

— Je sais, répond-elle, sa main posée sur mon genou. Tu nous as accompagnées pendant des dizaines d'années dans nos pérégrinations. Si tu as besoin de te poser quelques mois, tu peux compter sur nous.

— On dirait bien que tu es la seule à le penser. »

Un quart de seconde plus tard, le coffre se referme avec un grand bruit et Elizabeth prend place sur la banquette arrière.

« J'ai envoyé un e-mail au propriétaire, on a laissé de l'argent pour couvrir les frais de ménage. C'est parti. »

Elle chausse ses lunettes de soleil, même si la nuit est déjà tombée, et croise les bras. Je ne dis rien mais je n'en pense pas moins. Mes sœurs m'aiment.

Je conduis du début à la fin. Au bout de trois heures de route, c'est Elizabeth qui choisit la musique. Trois heures plus tard, le soleil apparaît à l'horizon. Sept heures plus tard, nous faisons notre entrée dans Pawleys Island et nous trouvons une agence qui propose à la location des bungalows sur la plage. Comme c'est la basse saison, et comme il nous trouve « jolies comme des cœurs », l'agent immobilier s'accommode très bien de trois filles muettes et de leurs liasses de billets. À midi, nous avons posé nos valises dans un petit bungalow gris tout au bout de la rue principale. L'endroit est calme, coincé entre une rangée de maisonnettes vides sur la gauche et, s'étirant à perte de vue à l'opposé, des dunes couvertes d'herbe ondoyante. Assez près de l'eau pour contacter l'Océan à chaque fois que le besoin s'en fait sentir, assez loin du bourg pour éviter trop d'interactions avec les humains. Idéalement situé, en somme.

« Original, commente Miaka, admirative. Je peux prendre une des chambres qui donnent sur la plage ?

— Comme tu veux, répond Elizabeth en lâchant ses sacs. Alors c'est ici qu'on va habiter maintenant, marmonne-t-elle en étudiant sans cacher son dégoût les rideaux à fleurs et les napperons en crochet.

— Pour quelques mois, pas plus. Nous n'allons pas rester éternellement. »

Elle s'approche de moi, me serre dans ses bras.

« Je vais m'y habituer, pour toi. Peut-être même que je vais apprendre à tricoter. »

Je me détache d'elle pour la fixer d'un regard incrédule. Tricoter ? À d'autres.

« Quoi ? J'ai dit "peut-être".

— Merci d'être venue avec moi.

— Comme si j'avais le choix. Miaka est comme une sœur jumelle, mais je savais qu'elle n'allait pas te laisser partir. Et j'ai besoin de toi, moi aussi. J'aime Miami, mais ça n'a rien à voir avec l'amour que je vous porte à toutes les deux.

— Je vous adore aussi. Je serais perdue sans vous.

— Oh ! s'exclame Elizabeth. Des DVD ! »

Derrière moi se trouve un mur tapissé de DVD destinés à distraire les vacanciers les jours de pluie. Elle qui adore les films et les séries télé, elle est servie ! Pour l'instant, en tout cas.

Je projette mon regard par la baie vitrée et j'observe l'Océan. Je vais devoir aller Lui parler bientôt.

Miaka débarrasse sa chambre du lit et de la commode pour en faire un atelier. « Quelle lumière ! répète-t-elle. Somptueux ! » Elizabeth regrette le confort qu'elle avait en Floride mais elle essaie de remédier à la situation en achetant édredons et coussins, ainsi qu'un filet dont elle couvre son lit. Je vais même jusqu'à lui donner le téléviseur qui se trouve dans ma chambre, ma façon à moi de la remercier, et au bout de quelques jours, elle grommelle moins.

Je m'installe dans la seconde chambre qui a vue sur la mer et je L'observe depuis ma fenêtre. Je ne sais pas ce qui bloque chez moi, mais je manque de volonté. Enfin, au bout d'une semaine d'indécision, je traverse la plage et je me risque dans l'eau.

« *Oh, tu as changé d'endroit ?*

— Je ne me sentais pas bien en ville. Les autres m'ont accompagnée.

— *Qu'est-ce qui te posait problème ?* »

Je fonds en larmes.

« Tout. »

Sentant Son inquiétude prendre de l'ampleur, je vérifie que je suis bien seule sur la plage. En cette fin d'octobre, la fraîcheur de l'automne commence à s'imposer. Les baigneurs se comptent sur les doigts d'une main. Je m'enfonce dans l'eau, craintive et triste.

« *Tout se bouscule dans ta tête,* me dit-Elle. *Tu dois ralentir tes pensées.*

— Je suis complètement déboussolée. Pourquoi n'y a-t-il que moi qui fais des cauchemars ? Même quand je ne dors pas, je ne trouve pas le repos. Et qu'est-ce qui m'effraie tant chez les humains ? Comment Aisling arrive-t-elle à vivre seule sans perdre la raison ? Pourquoi m'as-Tu choisie plutôt qu'une autre ? Je suis perdue. Et fatiguée…

— *Tu réfléchis beaucoup trop. Une question à la fois. Nous allons trouver une solution.*

— J'ai eu quatre-vingts années pour faire la paix avec moi-même et je n'y suis toujours pas parvenue. Suis-je anormale ?

— *Commençons par là. Non, tu n'es pas anormale. Tu dois être la Sirène la plus loyale et la plus digne de confiance que Je connaisse.*

— *L'une des meilleures, alors ? M'en voudras-Tu si je Te dis que cela ne me rassure pas du tout ?* »

Elle tourbillonne autour de moi, tâchant ainsi de me réconforter. « *Aucune personne dotée d'un cœur qui bat ne prendrait plaisir à tuer ses semblables.*

— Je ne suis pas humaine. Je n'ai plus aucune humanité en moi.

— *Kahlen, Ma chère enfant, ton humanité ne fait aucun doute. Ton corps a beau être inaltérable, ton âme présente une grande flexibilité. Crois-Moi, au plus profond de toi, rien ne te distingue de tes congénères.* »

Mes larmes se mêlent à Ses vagues. « Comment expliques-Tu que je sois si mal à l'aise en présence d'un humain ? Elizabeth a ses amants…

— *Comme de nombreuses Sirènes avant elle. Cela n'a rien de surprenant, vu votre beauté.*

— Si c'est tout à fait normal, pourquoi en suis-je incapable ? »

Elle part d'un rire bienveillant, comme si Elle me connaissait mieux que je ne me connais moi-même.

« *Parce que toi et Elizabeth, vous êtes deux personnes très différentes. Elle, elle recherche la passion et les aventures d'un soir. Dans les ténèbres de son monde, ces interludes sont comme des feux d'artifice. Toi, tu t'attaches à la sincérité, à l'amour. Voilà pourquoi tu protèges tes sœurs aussi farouchement, pourquoi tu viens Me voir sans que j'aie à te convoquer, et pourquoi prendre des vies t'est insupportable.* »

Je m'abîme dans mes réflexions. Je me demande quels éléments du passé reviennent nous hanter dans notre nouvelle vie. Elizabeth a grandi à l'époque de l'amour libre et sans contrainte ; moi à celle de la chasteté et du caractère sacré des liens du mariage.

« *Je crains que cela soit toujours pour toi un problème insoluble. Tu dois réussir à te contenter d'un petit cercle de proches. Et en admettant que tu rencontres un jour ton âme sœur, tu ne pourras pas unir ta vie à la sienne.*

— Ah bon ? » Je cache tout ce qui concerne Akinli dans le recoin le plus inaccessible de mon cerveau. Je ne comprends pas pourquoi je remets en cause sa déclaration, puisque c'est précisément cela qui m'a poussée à quitter Miami.

« *Oui, pour des raisons purement techniques – tu ne vieillis pas, tu risques de dévoiler un jour tes pouvoirs surhumains – et tu ne pourras pas dissimuler très longtemps qui tu es.*

— Une Sirène ?

— *Non. Ma fille.* »

Je fronce les sourcils, perplexe. Je crois que je n'ai jamais envisagé notre relation sous cet angle jusqu'à présent.

« *Pourquoi crois-tu que Je ne prends que des jeunes filles à Mon service ? Impossible d'enrôler des mères, ou des femmes mariées.*

— Pourquoi impossible ?

— *Une épouse se languira de son mari. Attirer d'autres hommes dans ses filets, c'est une torture pour une femme vraiment fidèle. Et séparer une mère de son enfant, Je ne connais pas plus cruel. C'est condamner cette pauvre mère à la folie. À une souffrance indicible. Cela pourrait déstabiliser cette Sirène. Et présenter un danger pour nous toutes. Mais une jeune fille qui n'a que ses parents ? Une fille finit toujours par quitter le nid, c'est dans la logique des choses.*

— C'est vrai. Même si je n'avais pas de grandes ambitions avant ma vie de Sirène. À la réflexion, je n'en ai pas vraiment non plus à l'heure actuelle.

— *Là n'est pas la question. Ta motivation est énorme. Tu finiras par trouver un domaine dans lequel investir toute cette énergie et personne ne pourra se mettre en travers de ton chemin. Tu t'acquittes consciencieusement de tes devoirs de Sirène quand bien même tu n'en tires aucun plaisir, parce que ton tempérament t'empêche d'agir autrement. Je trouve cela très beau, Kahlen.* »

Ses paroles, ainsi que l'idée que mon avenir n'est pas aussi fermé que je le craignais, me consolent un peu. Et même s'il est difficile d'accepter des compliments quand on ne laisse que la mort dans son sillage, je suis fière d'être considérée comme compétente.

« *Et Je vais répondre à ta dernière question sans te laisser le temps de revenir à la charge. Tu as envie que Je te dise que toi et tes sœurs, vous avez quelque chose qui vous fait sortir du lot, que J'ai une méthode très rigoureuse pour sélectionner mes Sirènes. La vérité, c'est que J'en enrôle une quand une autre quitte Mon service. Je tâtonne. Parmi les cinq passagères qui auraient pu faire l'affaire dans le naufrage de ton paquebot, c'est toi qui as appelé au secours. Quand Je t'ai adressé la parole, tu M'as répondu. C'est toi que J'ai choisie. Aussi simple que ça.*

— Rien d'autre ?

— *J'ai bien peur que non.* »

C'est plutôt déconcertant de découvrir qu'Elle procède au petit bonheur, même si je ne sais pas ce que j'espérais entendre. Elle semble comprendre mon trouble car Sa voix s'adoucit.

« *Il y a une chose cependant que Je dois t'avouer. Même si Ma sélection n'a rien de rationnel, tu M'es devenue extrêmement précieuse une fois Mienne. Vous le devenez toutes. Ne va pas penser que ta vie est gâchée, parce qu'à Mes yeux, elle est inestimable.* »

J'éclate à nouveau en sanglots. J'ai peur de L'avoir insultée, d'une manière ou d'une autre, en lui posant ces questions.

« *Je ne Me sens pas du tout insultée. Je sais que nos vies respectives n'ont aucun point commun. Je t'accepte comme tu es.* »

Je tente d'endiguer le flot de mes émotions. *Je me sens submergée.*

« *Je le vois bien. Et tu peux te sentir submergée jusqu'à la fin du siècle que tu passes à Mon service. Que cela ne t'empêche pas de profiter de tes sœurs, et de Moi. Nous t'aimons.* »

Je hoche la tête.

« *Cela fait beaucoup pour une seule journée, Kahlen. Va à l'air libre. Amuse-toi.* »

L'Océan me pousse délicatement vers le rivage. Je traverse la plage et ce n'est qu'à l'instant où j'atteins les marches qui mènent à la véranda que je m'autorise à repasser dans mon esprit Ses paroles, et tout ce qu'elles impliquent. Son caractère possessif me frappe plus que jamais mais, malgré Ses mises en garde, je ne cesse de penser à Akinli. J'ai l'impression que l'affection que je lui porte a pris une dimension nouvelle alors même qu'il n'est pas à mes côtés. Je me répète que c'est passager, que cela se fanera aussi vite que cela a bourgeonné. Pourtant, son absence est une souffrance de chaque instant.

À cette douleur s'ajoute l'inquiétude que je nourris pour mes sœurs. J'ai mal agi en les forçant à me suivre, en leur mettant en quelque sorte le couteau sous la gorge, mais sur le moment, j'étais complètement perdue. Nous voilà enterrées dans ce village, par ma faute, loin de toute source de plaisir et d'amusement.

Je veux panser mes plaies. Me forger une armure que rien, ni chagrin ni douleur, ne pourra pénétrer.

Après cet échange, je doute que cela soit possible. Sans doute suis-je condamnée à souffrir éternellement.

Elle m'a dit de m'amuser…

Sauf que je n'ai vraiment pas la tête à ça.

9.

Je reste la plupart du temps claquemurée dans ma chambre. J'attends un déclic, un sursaut, même si je ne me fais pas d'illusions. Lorsque l'on vit cloîtrée, rien ne vient perturber le train-train.

Elizabeth, bien évidemment, est la première à s'aventurer dehors. Au bout d'un mois de quasi-réclusion, elle vient frapper à ma porte.

« Miaka vient de vendre un autre tableau. On fait une virée shopping pour fêter ça. Tu veux quelque chose ?

— Des collants, peut-être. Un pull ou deux. Avec ça, je pourrai affronter l'hiver si je suis obligée de sortir.

— C'est un projet que tu as l'intention de mener à bien dans les jours qui viennent ? Sortir, je veux dire ? »

Elle pose cette question sur un ton détaché, mais elle scrute attentivement ma réaction. Je me replonge dans mon livre.

« Je n'en sais rien. Pas aujourd'hui.

— Tu en es sûre ? Tu pourrais choisir tes collants toi-même. Je sais que tu vas nous attirer des tombereaux d'ennuis, mais fais un effort », me taquine-t-elle.

Je lui offre un pâle sourire.

« Je suis bien ici. »

Elizabeth reste quelques instants sur le seuil de ma chambre, comme si elle comptait revenir à la charge.

« Très bien dans ce cas. Nous ne serons pas parties longtemps. »

Elle laisse la porte entrouverte et je l'entends chuchoter, inquiète, à Miaka :

« J'ai essayé de jouer la carte de l'humour, mais elle dit qu'elle veut rester.

— Elle a simplement besoin de temps. Soit il lui est arrivé quelque chose et elle n'est pas encore prête à s'ouvrir à nous, soit elle ne peut plus supporter d'être une Sirène. Elle déprime.

— Qu'est-ce qu'on peut faire pour l'aider ? Je ne tiendrai pas longtemps dans cette ambiance.

— Elle le ferait pour nous. En un certain sens, elle l'a déjà fait.

— Tu as parlé à l'Océan ? Tu Lui as dit ce qu'il se passe avec Kahlen ?

— Elle est au courant. D'après Elle, la patience est la meilleure voie à suivre. »

Je ferme les yeux. Je sais que je ne suis pas au mieux de ma forme en ce moment, mais cela m'étonne qu'elles le prennent tellement au sérieux. Et qu'elles soient allées consulter l'Océan, cela m'étonne doublement. Je dois me faire violence pour ne pas me ruer au salon et leur demander de se mêler de leurs affaires. À cet instant, j'entends Son appel.

« *Vite ! Votre nouvelle sœur vous attend. Et elle est terrorisée.* »

Je quitte précipitamment ma chambre, je vois que Miaka et Elizabeth ont déjà pris la direction de la plage déserte.

Nous nous jetons dans l'eau et nous nous éloignons du rivage pour nous laisser entraîner par les vagues.

« Où allons-nous ?

— *En Inde. Prenez des pincettes avec celle-ci.*

— Bien entendu. »

Cela me rappelle désagréablement le jour où Miaka a rallié notre groupe. Elle avait vécu dans un village de pêcheurs sur la côte nord du Japon. Elle n'aurait jamais dû se trouver à bord du bateau que nous avons fait couler. Elle avait dit et répété à sa famille qu'elle avait une peur terrible de l'eau et qu'elle acceptait de travailler deux fois plus dur s'ils l'autorisaient à rester sur la terre ferme.

Ils ne l'avaient pas écoutée. Ils l'avaient forcée à monter sur le bateau de pêche.

Et ils l'avaient perdue.

J'ai gardé quelques souvenirs de ma vie passée : une image floue du visage de ma mère, la certitude que mon père portait la moustache et que j'avais deux frères dont le prénom m'échappe toujours. Miaka, quant à elle, ne se rappelle que du nom de son village et de certains détails de son sauvetage parce que nous le lui avons raconté. Elizabeth se raccroche à beaucoup de choses, surtout par rancœur. Elle ne portait pas sa famille dans son cœur et elle semble avoir gravé leurs noms dans sa mémoire pour pouvoir les maudire éternellement. « Tu vois, Jacob. J'ai voyagé en Europe. Tu vois, Maman. J'ai mangé dans les meilleurs restaurants. Regardez, bande d'abrutis. J'ai fait plus de choses que vous tous réunis. »

Je ne sais pas ce dont Aisling se souvient. Le sujet n'est jamais venu sur le tapis.

Mais c'est l'image de la petite Miaka, bouleversée après avoir basculé par-dessus bord, qui est restée gravée dans mon esprit et qui me presse à aider cette inconnue. Même si nous filons à une vitesse folle, je regrette que nous ne soyons pas plus rapides.

« Kahlen ! » Je me retourne. Aisling nous a rejointes.

« Aisling, ça s'annonce compliqué. Il va falloir qu'on soit très prudentes cette fois-ci.

— C'est toi qui devrais prononcer le discours.

— Mais je ne me suis encore jamais chargée de ça. Tu es l'aînée. C'est à toi que revient cet honneur !

— Je serai bientôt partie, Kahlen. D'ici quelques semaines. Il vaudrait mieux qu'elle l'entende de la bouche d'une Sirène avec qui elle aura le temps de se lier. »

Je n'arrive pas à cacher ma nervosité. C'est une responsabilité énorme qui m'attend, celle d'expliquer à notre nouvelle sœur la tâche qu'elle va devoir accomplir, à condition qu'elle scelle le pacte.

Aisling glisse sa main dans la mienne. « Je prendrai le relais si tu flanches, d'accord ? »

Il y a du bon sens dans ses paroles. Je ne peux pas laisser la peur de l'échec me paralyser et je ne peux pas décevoir Aisling non plus. L'Océan me l'a rappelé : je ne sais que me consacrer corps et âme à ma mission.

« D'accord. »

Concentrées, nous fouillons du regard la surface de l'eau, cherchant une silhouette en position horizontale. Arrivées dans la mer d'Oman, nous ralentissons.

« Par ici ! » lance Miaka. Nous nageons vers la jeune noyée, inquiètes. Nous nous redressons et nous émergeons, posant les yeux sur le spectacle le plus affligeant qu'il m'a été donné de voir depuis de nombreuses années.

La jeune fille porte un sari tout simple, sans ornements, et en lambeaux. Ce n'est pas parce qu'elle est tombée à l'eau que son sari est dans cet état, non. Quelqu'un a déchiré son vêtement avant de s'acharner sur elle. Ses membres sont couverts de bleus et nous découvrons, détail horrible, qu'elle a des briques accrochées aux chevilles et aux poignets. Des lests. On a tenté de la noyer.

« Défaites les cordes. Vite », dis-je en montrant l'exemple.

La malheureuse tourne la tête vers moi, hors d'haleine, épuisée par sa lutte contre la mort.

« Pitié, ne me tuez pas.

— Non. Nous ne te ferons aucun mal. Nous allons t'enlever ces cordes, et ensuite nous pourrons discuter.

— Terminé de mon côté, annonce Elizabeth.

— Du mien aussi », déclare Aisling avant d'aider la jeune fille à s'asseoir.

Celle-ci observe ses bras meurtris.

« Pourquoi ? s'exclame-t-elle alors. Ce n'est pas de ma faute.

— Qu'est-ce qui n'est pas de ta faute ?

— Si je suis une fille. »

Miaka et Elizabeth s'approchent d'elle et lui glissent des paroles réconfortantes, mais Aisling se tient en retrait. J'essaie de parler d'une voix douce et posée.

« Comment t'appelles-tu ?

— Padma.

— Et tu as quel âge ?

— Seize ans, annonce la jeune fille après quelques secondes de réflexion.

— De quoi te rappelles-tu, Padma ?

— Je ne veux me rappeler de rien.

— Ce n'est pas grave. Peux-tu seulement nous dire comment tu t'es retrouvée dans l'eau ? »

Elle nous dévisage, une curiosité mêlée de honte peinte sur ses traits.

« Mon père.

— Je vais vomir, chuchote Elizabeth.

— Sois forte. Pour Padma », lui répond Aisling.

C'est vers Padma que je dois diriger mon attention, pas vers mes états d'âme. Maintenant, j'éprouve à mon tour la nervosité que Marilyn a dû ressentir lorsqu'elle s'est chargée du discours de présentation devant moi, puis devant Miaka, et ce qu'a ressenti Aisling face à Elizabeth. Je ne veux pas que Padma meure, tout simplement.

« Il m'a jetée à l'eau, avoue-t-elle, fixant ses mains. Pas de dot. Une fille, ça coûte trop cher. Il a frappé ma mère et il m'a frappée ensuite. Je ne sais plus comment je suis arrivée au bord de l'eau, mais je sens encore les planches du ponton contre mon dos. J'ai repris connaissance au moment où il m'a poussée. Ça avait l'air de lui procurer du plaisir. »

La gorge nouée, j'essaie de retrouver mon sang-froid.

Je savais que la famille de Miaka se moquait bien qu'elle ait peur de l'eau. Je savais que celle d'Elizabeth n'appréciait guère son côté rebelle. Mais aucune de nous n'avait enduré une épreuve pareille.

« Padma, je m'appelle Kahlen. Voici Aisling, Elizabeth et Miaka. » Je prie intérieurement : *faites que je sois assez éloquente, assez claire. Faites que mon discours lui donne envie de rester auprès de nous.* « Nous sommes des jeunes femmes d'un genre particulier et nous te proposons d'intégrer notre groupe.

— Intégrer votre groupe ? répète Padma, méfiante.

— En effet. Nous sommes des chanteuses, des Sirènes. Tu as peut-être lu des histoires sur nous dans des livres, entendu des contes. Nous sommes au service de l'Océan. Nous chantons pour qu'Elle puisse Se nourrir et, par la même occasion, qu'Elle nourrisse la Terre. Est-ce que tu comprends ?

— Non.

— Moi non plus je n'avais rien compris au départ, rit Aisling.

— Pour moi aussi c'était du chinois », avoue Elizabeth tandis que Miaka hoche vigoureusement la tête.

Padma ose un petit sourire.

« Ta peau est si claire ! » souffle-t-elle, fascinée par le teint de lis d'Elizabeth.

Elizabeth lui présente sa main et Padma fait courir ses doigts dessus jusqu'au moment où Elizabeth sursaute. « Désolée ! Ça chatouille ! »

Padma laisse échapper un petit rire, baisse les yeux. Soudain, elle semble comprendre que quelque chose sort de l'ordinaire.

« Est-ce qu'on flotte sur l'eau ?

— Effectivement. Nous appartenons à l'Océan. Si tu choisis de venir avec nous, tu Lui appartiendras toi aussi. Tu ne vieilliras pas, tu ne tomberas jamais malade. Tu resteras telle que tu es pendant les cent prochaines années. »

Je m'interromps quelques instants, pour lui laisser le temps de digérer ce message. Je regrette de n'avoir pas été assez attentive à cette partie du discours le jour où Marilyn a fait de moi une Sirène.

« Pendant cette centaine d'années, tu deviendras une sorte d'arme. Ta voix sera fatale à quiconque l'entendra et tu ne devras le révéler à personne, pour ta sécurité mais aussi pour la nôtre. Lorsque ce siècle sera écoulé, tu récupéreras ta voix et ta vie. En attendant, tu te mettras au service de l'Océan. Tu ne seras jamais seule. Nous veillerons sur toi, et l'Océan aussi.

— Et ma famille ?

— Je suis désolée, mais tu ne les reverras plus. »

La pauvre Padma fond en larmes.

« Tu t'en sortiras, lui assure Miaka. Moi aussi, avant, ma famille me manquait, mais ta nouvelle vie saura largement le compenser.

— Je ne veux pas retourner auprès d'eux, bafouille Padma. Je préférerais mourir. Mais je ne veux pas mourir non plus. Alors c'est d'accord. Je suis si contente de leur échapper ! »

J'échange un sourire avec Aisling.

« Tu acceptes de rester avec nous ?

— Oui ! Oh, oui ! S'il vous plaît, emmenez-moi loin d'ici ! »

J'interroge l'Océan :

« Pouvons-nous rester avec elle à ses côtés ? Pendant la métamorphose ?

— *Oui, Je pense que ce serait plus sage.*

— Qui a parlé ? s'étonne Padma.

— Nous avons beaucoup de choses à t'expliquer. Mais avant cela tu dois plonger avec nous. Il y a en toi une infime partie de l'Océan, ce qui explique pourquoi tu L'entends, mais il faut qu'Elle achève ce qu'Elle a commencé. Regarde Elizabeth et fais comme elle. »

Ma sœur se met debout, esquisse quelques pas puis saute gracieusement dans l'eau avec la même facilité que si elle quittait le trottoir pour traverser la rue.

« Tu vois. C'est très simple. Viens. »

Avec Miaka et Aisling, je sers d'escorte à Padma. Avant de se laisser avaler par l'Océan, elle retient sa respiration, une précaution attendrissante. Nous formons un cercle autour d'elle tandis que l'Océan lui ouvre la bouche et la force à avaler une étrange substance noire. Je sais que le même liquide coule dans mes veines, mêlé à mon sang, et m'aide à rester en vie. Et je sais aussi qu'un sortilège est attaché à mes poumons et à mes cordes vocales, transformant ma voix en un instrument de mort.

Les meurtrissures de Padma s'estompent en quelques secondes, sa peau se couvre d'une pellicule lumineuse et, sans vieillir d'une journée, elle prend soudain l'apparence d'une personne posée, en paix avec elle-même. Lorsque l'Océan en a fini avec elle, Padma réapprend, un peu nerveusement, à respirer.

« Partons d'ici », dit Miaka, puis elle prend Padma par la main et met le cap sur notre maison.

Le sari déchiré se détache d'elle sans qu'elle s'en rende compte et le sel s'agglomère sur sa peau pour lui tisser sa première robe de Sirène.

Lorsque nous atteignons notre plage, Padma porte sur sa nouvelle enveloppe corporelle un regard admiratif.

« J'ai survécu à la mort ! Je suis une déesse ! »

Rayonnante, elle se laisse conduire dans la maison par Miaka et Elizabeth. Les pieds toujours dans l'eau, je pense : *Tu as fait le bon choix.*

« *C'était un cas difficile, pour être tout à fait franche. Elle était tiraillée entre l'envie de vivre et celle de tout abandonner.*

— Parce qu'elle voulait quitter définitivement sa famille ?

— *J'imagine, oui. Je t'avoue que les images qui peuplaient son esprit étaient insoutenables. Elle vous a déjà parlé de son père, mais sa mère ne valait pas mieux. On aurait dit… qu'elle considérait Padma comme le résultat d'un crime et elle a créé un gouffre infranchissable entre elle et sa fille.*

— J'ai du mal à imaginer qu'une mère soit capable de cela. J'espère que ses souvenirs commencent déjà à s'effacer.

— *Je le pense. Vous êtes toutes différentes mais J'ai dans l'idée qu'elle se détachera de tout cela dès que possible.* »

Remplie d'une joie immense à l'idée que Padma ait accepté de se joindre à nous, je suis du regard les ombres de mes sœurs qui circulent dans le salon. Son arrivée éveille en moi une curiosité en sommeil depuis que nous avons quitté Miami.

« J'ai une question. L'as-Tu choisie dans ce but ?

— *Dans quel but ?*

— Savais-Tu qu'elle allait me tirer de ma léthargie ?

— *J'en avais l'espoir.*

— Moi aussi.

— Kahlen ! » lance Elizabeth, au mépris de toutes les règles de prudence que nous nous sommes fixées. Il n'y a pas un chat sur la plage, mais cela ne veut pas dire qu'il n'y a personne dans les environs. Ici, les voix portent. « Padma essaie déjà de te voler une paire de chaussures ! »

Elizabeth éclate d'un rire ravi et je pousse un soupir. Padma se comporte comme si elle était là depuis toujours.

« Dis-lui qu'elle peut prendre tout ce qu'elle veut. »

10.

Du jour au lendemain, notre petite maison devient pleine à craquer. Elizabeth prend Padma sous son aile et Aisling décide de rester quelque temps avec nous, puisqu'elle ne va pas tarder à nous quitter définitivement.

Nous passons la première nuit sur la plage, autour d'un feu de joie, à boire un café délicieux et à initier Padma à l'univers merveilleux des marshmallows grillés.

« Mais nous ne sommes pas obligées de manger, alors ? demande-t-elle pour la énième fois.

— Non. Ni manger, ni boire, ni dormir, lui explique Aisling. Nous le faisons de temps à autre, pour le plaisir, mais ce n'est pas un besoin vital.

— Et je ne peux pas me blesser ?

— Non, répond Elizabeth, surexcitée. Regarde. »

Elle s'approche du feu, enfonce sa main dans les flammes. Je me tourne vers Padma, qui n'en croit pas ses yeux.

« Tu sens quelque chose ? Une douleur ? »

Elizabeth retire sa main du feu avec un haussement d'épaules.

« C'est chaud, mais ça ne fait pas mal. J'ai du mal à trouver le terme adéquat.

— Alors je ne peux pas m'enrhumer non plus ? enchaîne Padma. Avoir de la fièvre ? Attraper une maladie ? »

J'interviens :

« Non. Tu as tout de la super-héroïne. Ou de la super-méchante. » J'hésite encore. La présence de Padma me rend si heureuse que même la perspective d'être une super-méchante ne me démoralise pas. « Quoi qu'il en soit, tu es forte à présent, et tu ne risques rien. Aucune Sirène n'a jamais eu de fièvre, à ma connaissance. »

Notre nouvelle recrue pousse un soupir. Elle n'a pas voulu retirer sa première robe en cristaux de sel, dans son enthousiasme de débutante, et elle passe la main sur l'étoffe qui scintille.

« Un jour je me suis coupée, la coupure s'est infectée et j'ai eu de la fièvre pendant plusieurs jours. J'ai cru que j'allais mourir. Je me souviens d'un matin en particulier, où je me suis réveillée en nage. C'est difficile d'imaginer que je ne tomberai plus jamais malade. »

Je jette un coup d'œil à Aisling, qui semble aussi perplexe que moi.

« Padma, c'est un souvenir très précis », s'inquiète-t-elle.

Padma sourit, sans comprendre qu'il y a là un problème.

« J'ai eu très peur. On n'oublie pas facilement ce genre de choses.

— C'est ce qui pose problème, justement. La majorité des Sirènes oublient leur passé à une vitesse étonnante. Je ne sais plus comment mes parents s'appelaient, encore moins si j'ai été malade un jour.

— J'ai dû faire de gros efforts mais moi, je me souviens de certains noms. J'ai même suivi de loin le parcours de ma famille pendant un temps. Il fallait toujours que je sois irréprochable à leurs yeux et cela m'arrivait de dénicher une information sur eux ; par exemple, le divorce de mes parents ou le fiasco de mon frère dans ses études de droit. J'en ai tiré de la satisfaction parce qu'ainsi, ils m'ont montré qu'eux non plus n'étaient pas parfaits. »

Je fixe Elizabeth du regard. Nous savons toutes pourquoi elle se cramponne à son passé mais ce qu'elle vient de raconter, elle ne l'a jamais raconté à personne. Padma a en elle certaines qualités qui incitent les autres à s'ouvrir à elle. Je comprends à présent qu'Elizabeth a elle aussi tenu un carnet, mais dans sa tête uniquement.

« Ce que nous essayons de te dire, c'est qu'il est très inhabituel pour une Sirène de retenir ce type de détails, même au bout de quelques heures, reprend Aisling.

— Alors je ne suis pas en bonne santé ? Pas comme vous ?

— Comment tu t'es fait cette coupure ? lui demande Miaka.

— C'est Papa. Il m'a frappée avec une casserole. »

Miaka n'a pas l'air surprise par cette réponse.

« Tu n'as pas eu une vie facile, Padma. Tu as plus souffert que nous, c'est certain. Mais tu peux tourner la page à présent. Ton père ne viendra jamais te chercher ici et, s'il le fait, il n'y survivra pas. »

Padma enfouit son visage dans ses mains et se met à sangloter. Aussitôt, je la prends dans mes bras et nous formons autour d'elle un cercle protecteur.

« Je veux tout oublier, déclare-t-elle d'une voix plaintive. Je veux tout oublier de ma vie d'avant.

— Ne t'inquiète pas. Ces souvenirs finiront par disparaître. En attendant, nous sommes là pour te soutenir. »

Je sens ses épaules s'affaisser sous l'effet du soulagement.

« Nous voyageons beaucoup, déclare Elizabeth. Tu vas avoir l'occasion de visiter le monde entier.

— Et nous ne mangeons que ce qui se fait de mieux, ajoute Aisling avec un sourire encourageant.

— Nous avons toutes appris la langue des signes, afin de communiquer même dans une foule. Nous allons te l'enseigner. Tu n'as plus aucun souci à te faire à partir d'aujourd'hui. »

Je lui caresse les cheveux et elle hoche la tête, acceptant nos promesses comme autant d'offrandes. Cela fait une éternité que je n'ai pas pensé au caractère presque sacré que revêt notre lien, au fait que nous nous épaulons quelles que soient les circonstances. Pour la première fois depuis bien longtemps, je me réjouis de ne pas être seule.

Padma trouve peu à peu ses marques et je me place en retrait afin qu'Elizabeth et Miaka s'occupent de notre nouvelle sœur. Je vais m'asseoir sur une dune en compagnie d'Aisling et les laisse lui montrer comment nous communiquons avec l'Océan. Elles lui expliquent, par gestes, de quelle manière Elle arrive à entrer en contact avec nous quel que soit l'endroit où nous nous trouvons. Nos messages lui parviennent par différents canaux : flocons de neige, flaque de boue, nappe de brouillard.

« Elles arrivent à être sérieuses quand elles le veulent », dis-je en jouant avec les hautes herbes qui poussent devant l'une de ces petites palissades qui empêchent le vent de tout emporter.

Aisling répond par un éclat de rire.

« Je pense que la souffrance de Padma remet leurs problèmes en perspective. Je ne dis pas que leur douleur ne compte pas, mais ce qu'elle a enduré les rapproche.

— J'ai l'impression d'avoir fait preuve d'égoïsme. Nous savions que la vie de Miaka n'a pas été toute rose et qu'Elizabeth était considérée comme quantité négligeable par sa propre famille. Cette seconde vie a été une aubaine pour elles alors que moi, je la considère comme une prison.

— Tu n'as pas tort, en un certain sens.

— C'est invivable pour moi. En tout cas, c'est ainsi que je vois les choses.

— Comment expliques-tu cela ?

— Ma vie était bien différente de la leur. Ma famille ne manquait de rien, au contraire. Même durant la crise financière, nous avons vécu dans l'opulence. Et on m'a toujours mise sur un piédestal. » Je plisse les yeux, tâchant de faire ressurgir des souvenirs définitivement enterrés. « J'étais l'aînée, l'unique fille. Mes parents avaient certaines attentes par rapport à moi, mais rien qui m'ait traumatisée. Nous étions heureux. La plupart du temps.

— Je suis désolée que tu sois si malheureuse depuis ton arrivée parmi nous. »

Je pousse un soupir, le regard perdu à l'horizon.

« Kahlen, c'est toi que je connais le mieux. Je t'ai vue pleurer des journées entières après certains naufrages et t'arracher en hurlant à tes cauchemars. Je t'ai vue te replier sur toi-même alors que les autres s'épanouissaient. Il ne me reste plus que quelques semaines parmi vous. Comme le prochain naufrage est encore à plusieurs mois de distance, Elle m'a autorisée à partir dès que l'envie m'en prend. J'ai réclamé un peu de temps pour vous dire au revoir, pour aider Padma à trouver sa place et pour m'y préparer. »

Je contiens mes larmes. La joie d'avoir gagné une nouvelle sœur est gâchée par la douleur d'en perdre une.

« J'ai du mal à me convaincre que tu ne seras bientôt plus là.

— Moi aussi. Cela me fait presque peur. Mais c'est hors-sujet. Kahlen, je souhaite plus que tout au monde t'aider à faire refleurir l'espoir, à retrouver le goût de vivre. Que puis-je faire ? Je ne veux pas que tu passes les vingt prochaines années à souffrir alors que tu me sembles promise à un destin exceptionnel. »

Je suis au bord des larmes.

« Il n'y a pas que les naufrages. C'est déjà terrible pour moi, mais… je… »

Aisling me serre contre elle. « S'il te plaît, dis-moi ce qu'il se passe. Je ne vais pas te juger, je ne vais pas non plus te démotiver. Ton fardeau est devenu trop lourd pour le porter seule, c'est évident.

— J'ai gardé ça pour moi. Je ne veux pas que les autres soient au courant.

— Si tu as besoin de te confier, crois-moi, je sais garder les secrets comme personne. »

Je scrute ma sœur, je me demande si je vais pouvoir enfin me libérer de ce qui me broie le cœur depuis des semaines. J'ai enfoui Akinli dans un recoin de ma mémoire, persuadée qu'en le reléguant le plus loin possible, j'allais voir la lame de la douleur progressivement s'émousser. L'occasion de décharger ma conscience se présente enfin. Aisling va bientôt partir, ce que je vais lui confier disparaîtra avec elle.

« J'ai rencontré un garçon.

— Ma belle, tout un tas de Sirènes rencontrent des garçons, plaisante Aisling.

— Non, pas comme ça… je crois que je suis amoureuse.

— Oh. Oh, ma pauvre Kahlen.

— Je sais. Au début, j'ai voulu croire que ce n'était qu'un béguin. Cela a duré en tout et pour tout dix jours. Comment penser qu'on peut s'attacher à quelqu'un en si peu de temps ? Pourtant, je pense à lui tous les jours. Je le chasse de mon esprit lorsque je rentre dans l'Océan, parce que je sais d'avance ce qu'Elle va me dire.

— Pas de mères, pas de femmes mariées. Elle refuserait que tu sois amoureuse, déclare Aisling, une pointe d'amertume dans la voix.

— Exactement. »

Le silence s'installe quelques instants, seul le bruit du vent et des vagues nous berce. Je ne vois pas comment Aisling pourrait m'aider.

« Sans me dire son nom, parle-moi de lui. Qu'est-ce qui te dit que tu es amoureuse ?

— Est-ce que quelqu'un t'a déjà regardée ? Sans s'arrêter à ton apparence, à ta beauté ? Lui, il m'a vraiment regardée. Et grâce à lui, j'ai eu l'impression que je pouvais me racheter, qu'il y a du bon en moi aussi. Et mon silence ne représente pas un obstacle pour lui. Il l'a contourné sans aucun problème, Aisling. Il semblait anticiper ce que j'allais lui répondre, et il s'est toujours débrouillé pour me rendre la communication plus facile. Le pire… le pire, c'est que dans vingt ans, j'aurai tout oublié de ce que nous avons vécu. Et éprouver la même chose pour un autre homme, ce serait comme le tromper. J'ai bien conscience qu'il est ridicule de penser qu'une relation aussi brève peut bouleverser une vie, mais c'est pourtant le cas.

— Je te crois. Je suis tombée amoureuse une fois, ça a été le coup de foudre.

— Tu t'en souviens encore ? Est-ce que tu… tu as un amant ?

— Non. Mais j'ai une fille. »

Je suis frappée de stupeur.

« Enfin, j'*avais* une fille, précise Aisling. Et par la suite j'ai eu un petit-fils, qui est en pleine forme malgré son âge avancé. Et maintenant j'ai une arrière-petite-fille. Elle porte mon nom, figure-toi, ajoute-t-elle, les yeux voilés de larmes.

— Mais comment…

— Je n'aime pas trop m'épancher. Lorsque mon navire a coulé, je me suis accrochée à la vie et j'ai repoussé Tova si loin dans mon esprit que l'Océan ne l'a pas vue. Je ne pensais qu'à ma survie. Plus tard, j'ai continué à dissimuler son existence lorsque j'étais avec Elle, comme toi avec ce garçon. Et je ne l'ai pas oubliée. »

Aisling affiche un large sourire, fière d'avoir gardé cet incroyable secret pendant si longtemps.

« Tu étais mariée ?

— Non. Le père de Tova m'a très vite quittée. Il prétendait être amoureux de moi, et, à la seconde où je lui ai annoncé ma grossesse, il s'est volatilisé. J'ai oublié son nom. Mes parents m'ont tourné le dos, je leur faisais honte. Ils m'ont envoyée vivre chez une tante dans le Nord. Elle et son mari n'avaient pas d'enfants et ils étaient ravis de m'héberger, même dans ma situation. Quand Tova est née, elle est devenue mon rayon de soleil. Et comme son père nous avait abandonnées, elle était tout à moi. »

Sa joie se métamorphose presque instantanément en tristesse.

« Mes parents m'ont envoyé une lettre où ils me suppliaient de rentrer, ils voulaient se réconcilier. Avec Tova, je devais embarquer à bord d'un vapeur et rentrer au sein de ma famille. Dès que mes parents poseraient les yeux sur ma fille, je savais qu'ils seraient fous d'elle. Tout était prévu… sauf que Tova est tombée malade. Je n'ai pas voulu prendre le risque de voyager avec elle avant qu'elle soit parfaitement remise. J'ai décidé de la laisser à la garde de ma tante. La meilleure décision que j'aie prise de ma vie.

— Qu'est-elle devenue ?

— Elle a grandi dans le Nord. Je ne sais pas pourquoi mes parents ne l'ont pas recueillie. Et je n'ai pas pu leur poser la question. De temps en temps j'y retournais, cachée sous un foulard ou déguisée en vieille femme. J'ai vu ma fille grandir, tomber amoureuse, fonder une famille. Je l'ai regardée vivre, et c'était merveilleux. Enfin, jusqu'à un certain point. »

Aisling fixe le sable du regard. Je me dis qu'elle doit être la Sirène la plus extraordinaire de toutes les Sirènes de la création.

« Je te raconte cela pour plusieurs raisons. D'abord pour que tu comprennes les dispositions que j'ai prises par rapport à mon avenir et pour que tu veilles à les appliquer à la lettre. Ensuite, pour te convaincre que je vais emporter ton secret avec moi. Enfin, pour pouvoir t'expliquer la prochaine étape.

« L'Océan refuse de prendre à Son service des femmes mariées. Des mères. Je suis mère, grand-mère et arrière-grand-mère et cela ne m'a pas empêchée d'être loyale envers Elle. »

Je médite ces paroles qui jettent une nouvelle lumière sur les quatre-vingts années qui viennent de s'écouler. Aisling n'a jamais effacé le passé de sa mémoire. Elle n'a pas coupé les ponts avec sa vie d'avant, elle s'est arrangée pour suivre de loin le parcours de sa fille et, malgré tout, elle a assumé ses responsabilités de Sirène avec une loyauté sans faille, si bien que l'Océan n'a jamais nourri aucun soupçon. Aisling est la preuve vivante que l'Océan n'a pas toujours raison.

« Si ce garçon compte autant, ne te détourne pas de ce que t'offre la vie. Peut-être que tu ne pourras jamais former un couple avec lui. Que tu le verras en épouser une autre. Le risque est réel. Mais tu peux aussi lui rendre visite si le cœur t'en dit. Te teindre les cheveux, te grimer. Tout cela sans qu'il se doute qu'il est observé. Laisse-le vivre sa vie et réjouis-toi pour lui. Si cette façon d'agir te semble envisageable, lance-toi. Mais si tu trouves cela trop dur alors, pour le bien de tous, oublie-le.

— Merci, Aisling. Tu m'as ouvert les yeux.

— N'en parle à personne.

— Promis. »

11.

La veille de Noël, l'Océan nous emmène toutes en Suède pour répondre aux souhaits d'Aisling. Elle a demandé à passer une dernière nuit dans sa maisonnette bien-aimée avant de retrouver les humains. Notre tâche consiste à l'accompagner du mieux possible dans sa nouvelle vie car elle sera livrée à elle-même après sa métamorphose.

« Nous allons te laisser le lit pour cette nuit, dit Miaka. Ce sont les vêtements que tu as choisis ? »

Aisling étudie le petit sac à dos en cuir qu'elle a posé dans un coin, puis la robe et les collants propres suspendus au mur.

« Oui, répond-elle d'une voix lasse.

— Pourquoi cet air si triste ? lui demande Elizabeth. Tu devrais être plus heureuse que jamais, non ? C'est Noël et tu vas recevoir un cadeau fabuleux ! Tu n'es pas surexcitée ?

— Bien sûr que si. Mais j'appréhende aussi un peu.

— Je vais commencer à préparer le repas, annonce Miaka. Je pense que manger va nous faire le plus grand bien.

— Tu as besoin d'aide ? » propose Padma, qui saute sur chaque occasion de s'intégrer dans le groupe. J'imagine que cela ne doit pas être facile pour elle d'assister au départ d'une sœur qu'elle ne connaît que depuis quelques semaines.

« Je ne dirais pas non à un coup de main. Je vais avoir besoin de toutes les bonnes volontés !

— Je t'enlève Kahlen, dit Aisling. J'ai quelque chose à lui montrer.

— Bien sûr. À tout à l'heure. »

Aisling et moi troquons notre robe en cristaux de sel contre une tenue chaude et confortable. Je vois qu'elle scrute chacun de ses mouvements, comme si elle voyait en elle-même un sujet d'étude. Elle enfile ses bottes, ses gants et même un bonnet en m'encourageant à l'imiter. Je comprends alors qu'elle va m'ouvrir la porte d'un autre secret. La neige n'est rien d'autre qu'un amas d'eau solidifiée qui transmet toutes nos pensées à l'Océan. Une toute petite surface de peau qui entre en contact avec une flaque de boue et cela suffit à ouvrir les voies de communication qui nous relient à Elle, que cela soit notre objectif ou non. Aujourd'hui, Aisling a décidé de se couper d'Elle et elle renouera le lien de sa propre initiative.

Notre haleine forme des volutes sous les branches des arbres qui dissimulent la petite maison. Aisling se tient immobile, les traits tendus, visiblement émue.

« Dis-moi en quoi je peux t'être utile.

— L'une de vous doit savoir où me conduire. Suis-moi. J'ai quelques petites choses à régler en route. »

Aisling ne desserre pas les dents. Je lui emboîte le pas sans un mot, et le silence n'est rompu que par le crissement de la neige sous nos pas. Nous progressons ainsi un bon moment avant que les premières habitations n'apparaissent, des petites maisons accolées à de vastes bâtiments agricoles. Nous arrivons à la lisière de la ville, des boutiques se succèdent aux immeubles résidentiels et l'artère principale débouche sur une place qui semble sortie d'une carte postale.

Cet endroit offre un contraste saisissant avec les métropoles grouillantes de vie. Des guirlandes électriques égaient les arbres et les vitrines. Des enfants font la course dans la rue emmitouflés dans leurs manteaux en laine, hurlant des chants de Noël comme s'il s'agissait de cris de guerre. Le parfum de la cannelle et des oranges flotte dans l'air et cette atmosphère me met du baume au cœur.

Je lui dis, en langue des signes :

« Je comprends pourquoi tu aimes tant cet endroit.

— J'ai peur de le détester après ma transformation.

— Cela ne risque pas d'arriver. Ce village fait partie intégrante de toi. »

Aisling me donne de l'argent et me demande d'aller acheter des fleurs dans une petite épicerie. Décontenancée, je m'acquitte de ma tâche et je reviens avec un bouquet de fleurs rouges dont j'ignore le nom. Elle me remercie, me prend le bouquet des mains et se remet en marche. Elle progresse d'un pas sûr ; de toute évidence, elle connaît le chemin. Je la suis à quelques pas, sentant que nous sommes en terre consacrée. À l'entrée d'un cimetière, elle s'arrête quelques secondes et reprend son souffle avant de pousser le portail. Des empreintes de pas dans la neige prouvent que d'autres personnes sont venues rendre visite à leurs chers disparus en cette journée si particulière. Lorsqu'elle trouve ce qu'elle cherche, une tombe usée par les intempéries, Aisling se poste devant, ramasse un bouquet fané qui doit dater de sa dernière visite, et le remplace par les fleurs que je viens d'acheter. J'étudie les dates gravées sur la pierre tombale et je fais un rapide calcul. Vingt-six. Vingt-six ans que la fille d'Aisling est morte. Je tente de me rappeler avec précision où nous vivions il y a vingt-six ans de cela. Aisling avait-elle laissé paraître qu'elle était en train de traverser une épreuve qu'aucune mère ne devrait traverser ? Où a-t-elle puisé la force de vivre après le décès de Tova ?

Au terme d'un silence pesant, les épaules d'Aisling sont secouées par les sanglots. D'un coup d'œil circulaire, elle vérifie que nous sommes bien seules et elle laisse échapper un cri terrible. Me précipitant vers elle, je la prends dans mes bras.

« Ne craque pas, Aisling. Elle a pu vivre sa vie. Grâce à toi.

— Ce n'est pas sa mort qui m'attriste, répond Aisling, essuyant ses larmes d'un revers de main. Ce qui m'attriste, c'est que demain, je l'aurai totalement oubliée. »

Elle lâche une plainte et se cramponne à la tombe de sa fille, comme si elle voulait l'étreindre. Elle va devoir lui dire adieu.

Tout oublier, les bons comme les mauvais moments, ce n'est peut-être pas le soulagement auquel j'aspirais. Aisling a l'air d'en souffrir atrocement.

Une date gravée sur la tombe attire mon regard. Celle qui balise la courte vie d'Aisling Evensen. Je me demande ce que ses parents ont mis en terre afin de symboliser cette fille qu'ils ont perdue dans un naufrage.

Aisling se frotte le visage, remet de l'ordre dans ses cheveux.

« Je voulais simplement lui dire une dernière fois que je l'aime.

— Si ton arrière-petite-fille a hérité de ton prénom, je suis certaine que ta fille n'en a jamais douté.

— Merci », répond Aisling avec un petit sourire.

Elle appuie sa tête contre la mienne et nous restons dans cette position quelques minutes. Tout le mal que je lui souhaite, c'est d'atteindre au cours des prochaines heures une forme de sérénité.

« Je suis prête », chuchote Aisling.

Nous quittons le cimetière. Elle ne jette même pas un regard en arrière.

« Il y a un pensionnat dans le village. Je voudrais qu'on me laisse devant la porte.

— La porte d'un pensionnat ? Tu es sûre ?

— Certaine. Tu vas devoir écrire une lettre qui explique pourquoi tu as dû abandonner ta sœur. J'ai mis assez d'argent de côté pour couvrir deux années d'études. J'espère que les habitants m'accepteront le temps que j'en sorte diplômée. Ensuite, je pourrai trouver du travail.

— Tu n'as pas d'autres passions, d'autres ambitions ? C'est une vie dont tu te contenteras ?

— Mon arrière-petite-fille enseigne dans cette école. Je veux devenir l'une de ses élèves, vivre et mourir avec les membres de ma famille, rien de plus. Le reste est accessoire.

— Tu es certaine que personne ne se doutera de rien ? Personne ne te reconnaîtra ?

— J'ai passé énormément de temps avec vous et j'ai vécu aussi à d'autres endroits. Je ne suis venue ici qu'une ou deux fois par an. Et très souvent déguisée. Par ailleurs, ce n'est pas un village où tout le monde se connaît. Quand on reste un peu à l'écart, on peut encore passer inaperçu.

— Tu vas chambouler leurs habitudes…

— Certaines des filles que je vois ici semblent déprimées. Elles ne partent jamais en vacances. Cela les amusera de côtoyer une nouvelle tête qui apparaîtra sur leur seuil le jour de Noël. Et une fois que mon histoire aura fait le tour du village, elles ne s'apitoieront plus sur leur sort, qui n'est pas si noir.

— Qu'est-ce que tu insinues ?

— Je serai la fille abandonnée par sa famille. Cela remettra leurs petites misères en perspective, déclare Aisling avec une certaine fierté dans la voix.

— Je suis très impressionnée, Aisling. Par ton plan, par la façon dont tu as vécu ta vie. J'ai du mal à croire que cela soit possible.

— Maintenant tu peux y croire. À ce propos, tu as commencé à prendre des dispositions pour ton avenir ?

— Pas encore. J'ai le sentiment que je pourrais être aussi maligne que toi, mais certainement pas aussi forte.

— Tu te sous-estimes. Crois-moi. »

Nous nous réfugions dans le silence. Dans le village, Aisling me montre le pensionnat ainsi que la porte devant laquelle nous devons la laisser. Avec ses murs blancs et ses hautes fenêtres, le bâtiment semble accueillant. Quelques filles vêtues de leur uniforme bravent le froid avec des gobelets de thé fumant sur les marches du perron et je visualise Aisling assise au même endroit, riant avec ses nouvelles amies. J'espère que son amnésie ne l'empêchera pas de croquer la vie à pleines dents.

J'essaie de rendre cette soirée aussi plaisante que possible pour Aisling. Nous ne lui offrons pas de cadeaux d'adieu, car elle ne peut pas emporter grand-chose avec elle, mais nous la forçons à se remplir l'estomac avant de l'accompagner une dernière fois dans l'Océan.

« *Au revoir, Aisling. Tu M'as servie avec loyauté.*

— J'en suis honorée. Merci pour cette vie hors du commun que Tu m'as accordée. Je n'aurais pu rêver mieux.

— *Ne Me remercie pas. Es-tu prête ?*

— Oui.

— *Ferme les yeux.* »

Aisling obéit mais ses paupières s'entrouvrent quelques secondes plus tard lorsqu'elle recrache la substance noire qui nous unit à l'Océan. Elle semble prise de convulsions et protège sa gorge de ses mains, comme pour empêcher quelqu'un de l'étrangler, agite violemment bras et jambes puis retombe inanimée. Nous sortons son corps inerte de l'eau aussi vite que possible.

Monsieur Strout, directeur du pensionnat,

Nous vous demandons de prendre soin de notre sœur bien-aimée, Aisling. Pour des raisons qu'il ne nous est pas possible d'exposer ici, nos chemins doivent se séparer. Dans son sac, vous trouverez la somme qui couvrira les frais de ses études et nous sommes certaines qu'une fois inscrite sur la liste des élèves, elle vous impressionnera par son intelligence, sa discipline et son sérieux. Nous avons conscience que cette requête sort quelque peu de l'ordinaire mais nous vous implorons de veiller sur elle. Nous ne pouvons pas faire mieux.

À l'attention d'Aisling, notre guide et notre inspiration ; construis ta vie en gardant en tête que nous t'aimons d'un amour que peu connaissent ici-bas. Nous te souhaitons une existence pleine de bonheur et de joies de toutes sortes.

Jamais nous ne t'oublierons.

Avec tout notre amour,

Tes sœurs

12.

Tandis que Miaka, Elizabeth et Padma trouvent refuge dans l'Océan, j'attends, cachée dans un bosquet à proximité de l'école, qu'Aisling reprenne conscience. Un peu avant l'aube elle semble se réveiller ; de toute évidence, elle ne comprend pas ce qu'il se passe. Elle fond en larmes et cela sonne l'alerte. Une femme d'âge mûr lui ouvre la porte de l'école et la fait entrer. Une fois certaine qu'elle ne risque plus rien, je prends la direction du cimetière. Il est désert en ce matin de Noël. Je m'agenouille devant la tombe de Tova et je retire quelques fleurs du bouquet laissé la veille pour les poser sur la tombe d'Aisling car ma sœur appartient désormais au passé. Je rabats ma capuche à l'instant où la neige se met à tomber et je retrouve l'Océan.

Durant le voyage jusqu'en Caroline du Sud, la solitude me pèse. J'ai déjà vu Marilyn et Nombeko récupérer leur statut d'humaines mais, cette fois-ci, ce n'est pas pareil.

« *Bien sûr que ce n'est pas pareil* », intervient l'Océan. Elle a lu dans mes pensées. « *Tu la connais depuis des décennies. Miaka vivra la même expérience quand elle organisera ton départ.*

— Tout à fait logique. J'ai la sensation que son départ a créé un trou béant dans notre existence.

— *Comme elle était introvertie, Je suis certaine qu'en poursuivant l'apprentissage de Padma, tu auras l'impression que rien n'a changé.*

— J'espère bien. »

À la maison, l'heure est à la bonne humeur et à la distribution de cadeaux.

« Il y a une pile qui t'attend par ici, me dit fièrement Miaka, pour que je ne me sente pas laissée pour compte.

— Je sais, j'ai des cadeaux pour vous aussi. Mais je dois d'abord enfiler des vêtements secs. Laissez-moi quelques biscuits.

— Désolée, mais pour les biscuits je ne peux rien te promettre », hurle Elizabeth depuis la cuisine.

Le sourire aux lèvres, je monte dans ma chambre prendre une douche et me changer, histoire de chasser ma tristesse. C'est Noël, après tout, et je mérite moi aussi un cadeau.

Sortant mon téléphone de mon fidèle coffre en bois, je branche le chargeur et je l'allume pour la première fois depuis plusieurs mois. Immense surprise : j'ai des SMS non lus.

Les deux textos qu'Akinli m'a envoyés après notre dernière soirée sont toujours là, mais d'autres ont suivi.

Miss gâteaux ! Tu es là ? Excuse-moi si j'ai fait une gaffe. Viens faire un tour à la bibliothèque un de ces quatre.

Je me mets à culpabiliser. Cela m'ennuie qu'il se sente responsable de mon départ. Il a été adorable avec moi. Poussant un soupir, je passe au message suivant.

Salut, tu es toujours là ? J'aurais bien besoin de me confier à une oreille attentive. Envoie-moi un SMS si tu peux.

Je m'attarde quelques instants sur ce message. Je m'en veux terriblement de ne pas avoir répondu présent alors qu'il lançait un appel à l'aide. Une boule dans l'estomac, je fais défiler ses messages.

Désolé, je sais que ça sort de nulle part. J'ai mangé du gâteau aujourd'hui. Pas terrible. Enfin bref, j'espère que ça va de ton côté.

Son dernier texto, daté d'environ un mois, m'arrache un sourire. Cela me rassure qu'il ne m'ait donné signe de vie que cinq fois. Assez pour montrer qu'il pense à moi de temps en temps. Pour me convaincre que je resterai gravée dans sa mémoire, quelle que soit l'existence qui sera la sienne.

À cette pensée, le nuage qui assombrissait mon cœur se dissipe. Ce soir-là, dans le couloir de la résidence étudiante, j'avais pensé qu'il serait plus facile d'être oubliée que d'oublier. À présent, j'ai la sensation que même si son nom et son visage s'effacent de mon esprit, Akinli se souviendra de moi quoi qu'il arrive.

Au cours des semaines qui suivent le départ d'Aisling, les choses reviennent peu à peu à la normale. La nouveauté de la présence de Padma finit par s'émousser et je passe de plus en plus de temps seule dans ma chambre. Rien n'a changé en fin de compte. Pour être franche, certains jours, l'humeur de notre nouvelle recrue semble aussi sombre que la mienne et ne fait que décupler mon angoisse. J'essaie de faire abstraction du prochain naufrage, qui se rapproche inexorablement. Je sens que l'Océan souffre, qu'Elle est rongée par une faim dévorante. Elle va repousser l'inévitable aussi longtemps qu'Elle en est capable, mais Elle ne tiendra pas longtemps.

Je me jette à corps perdu dans mes recherches et je passe des centaines de sites Web au peigne fin dans l'espoir d'identifier le dernier passager de l'*Arcatia*, que je finis par trouver : Robert Temlow, cinquante-trois ans, courtier en assurances. Une photo de son visage hâlé, en lame de couteau, rejoint mon carnet et, pour la première fois, je peux dire que je suis arrivée au terme d'une liste de passagers. Je referme mon carnet, pensant que ce vide si familier va être remplacé par une autre sensation. Le sentiment du travail accompli, de la satisfaction. Non, rien.

L'un des premiers dossiers que j'ai constitués concernait les Sirènes, à l'époque où je débutais dans le métier, si l'on peut dire. J'avais voulu me renseigner de façon exhaustive sur ma nouvelle vie. Je sors mes anciennes notes et je les compulse à nouveau. J'avais pisté des dizaines d'œuvres d'art et une quantité inimaginable de contes qui, en règle générale, se fondaient sur des faits réels. Dans certains cas, la présence de deux Sirènes était rapportée ; dans d'autres, cinq (il est vrai que cinq, c'est le nombre maximal de Sirènes que l'Océan emploie à Son service. Il est impossible d'accomplir cette tâche seule mais, en même temps, nous ne pouvons pas être trop nombreuses).

Je tombe sur beaucoup d'absurdités. Des descriptions de femmes dotées d'un corps d'oiseau, des portraits malsains que font de nous certains artistes et qui me mettent mal à l'aise allant jusqu'à nous représenter sous des traits de succubes. C'est alors que je pense à Elizabeth et au nombre de ses conquêtes, et je me dis que ces artistes ne sont pas uniquement dans le fantasme.

Nulle part il n'est fait mention du service que nous rendons à l'Océan bien souvent contre notre gré. Ni de nos origines. Ni de la façon d'échapper à notre destin. Au début, j'avais cherché partout des réponses à mes questions, fébrilement. L'Océan était devenue ma seule vérité. Ma boussole. Mon objectif. Je repousse le dossier, je me laisse tomber dans le fauteuil surdimensionné placé dans un coin de ma chambre et je contemple l'horizon. Aisling me manque terriblement, ce qui paraît paradoxal puisque nous ne vivions pas sous le même toit la plupart du temps. Peut-être parce qu'elle a été la seule à comprendre ce que je ressens, même si cela n'a duré qu'un temps. Grâce à elle, je me sens moins emprisonnée dans mon chagrin. Tout en admirant les vagues qui s'écrasent sur le rivage, je me surprends à penser à Akinli. Il m'a dit qu'il avait grandi dans un petit village de pêcheurs du Maine. Port Clyde. Peut-être qu'à cet instant il boit un chocolat chaud avec ses parents et regarde lui aussi les vagues paresseuses lécher le sable de la plage. Ou peut-être qu'il passe ses fêtes en famille avec des cousins éloignés. Je suis prête à parier qu'il porte un de ces pulls hideux qu'une grand-tante lui a tricoté, pour ne pas vexer la vieille dame. Il est possible également qu'il boucle déjà ses valises et se prépare à mettre derrière lui les températures glaciales du Nord, qu'il soit surexcité à l'idée de reprendre les cours. Je me demande si son colocataire est devenu plus facile à vivre ou s'il continue à édifier dans leur chambre des sculptures avec des canettes de bière. Avec un peu de chance, il passera de temps en temps devant notre arbre et il se demandera si je referai mon apparition un jour…

J'en ai assez de pleurer. Assez de l'eau salée – de mes larmes, et de l'Océan. Mais je ne vois pas comment je pourrais y échapper.

Ce que je voudrais, c'est rejoindre Akinli, où qu'il soit. J'ai l'impression que je lui dois des excuses parce que j'ai filé sans lui dire au revoir, parce que je l'ai abandonné quand il avait besoin de se confier, parce que je me suis imposée dans sa vie. Et j'ai au creux de ma poitrine une boule qui enfle un peu plus chaque jour, qui pèse autant qu'une brique, et dont j'aimerais tant me délester.

Je me sens accablée. Aisling n'est plus là mais je dois toujours taire son secret. Padma n'arrive pas à se libérer des liens du passé. J'éprouve envers l'Océan un amour mêlé de haine. Et Akinli me manque tellement que je le sens jusque dans ma moelle.

Je vais me blottir sous ma couette. Je n'ai pas besoin de dormir mais j'ai besoin que tout s'arrête un moment.

Lorsque je m'arrache après plusieurs heures à un sommeil heureusement sans rêves, j'entends mes sœurs parler de moi au salon.

« Ce n'est pas toi qu'elle évite, explique Elizabeth, et je comprends aussitôt qu'elle s'adresse à Padma. Cela lui arrive d'être comme ça, voilà tout.

— Elle sert l'Océan depuis plus longtemps que nous, ajoute Miaka. C'est difficile pour elle. Il faut qu'on la laisse respirer. »

Je quitte mon lit et je regarde les rideaux à fleurs, les marines accrochées aux murs et, soudain, tout me dégoûte. Cette maison s'est refermée sur moi comme un piège. Je me suis réfugiée ici pour fuir un amour sans espoir mais je n'ai pas pu échapper à moi-même.

Je pousse la porte de ma chambre et le silence s'installe au salon. Miaka et Elizabeth ont l'air gênées, je sais qu'elles craignent que j'aie surpris leur conversation.

« Je crois qu'il est temps de quitter cet endroit. »

13.

Le réveillon passe, comme tous ceux qui l'ont précédé, et aucun navire ne fait naufrage. Le mois de février s'écoule, aucun raz-de-marée ne balaie les côtes. Pas de tempête en mars non plus. Tandis que les journées d'avril s'égrènent, la perspective d'un naufrage semble inévitable et une appréhension familière me ronge. L'Océan peut tenir douze mois, tout au plus, entre deux catastrophes, Sa faim augmente à chaque pleine lune et cela fait près d'un an qu'Elle ne l'a pas assouvie.

J'achète un carnet neuf et je me prépare psychologiquement. La faim de l'Océan se communique à moi dans le bruit des vagues. C'est une douleur sourde qui se répercute dans mes propres veines. Ce n'est pas pour autant que j'attends avec impatience l'antidote.

« Où aimerais-tu habiter, Elizabeth ? Cela fait quelque temps que tu n'as pas eu ton mot à dire », fait remarquer Miaka.

Chose promise chose due, cette fois-ci nous débattons ensemble de la ville où nous souhaitons poser nos valises.

« Je retournerais bien à Miami, mais j'imagine que c'est hors de question », répond Elizabeth en me coulant un regard.

Le printemps est revenu et Akinli a sûrement repris les cours depuis un bon moment. Je pourrais mettre un chapeau, troquer mes robes contre des jeans. Si je reste à bonne distance, jamais il ne me remarquera dans la foule. Mais comment résister à l'envie de renouer le contact ?

« Je ne pense pas que ce soit une bonne idée.

— Qu'est-ce qu'il y a à Miami ? demande Padma.

— Une belle plage. Et toi, Padma ? Où est-ce que tu aimerais vivre, si tu avais le choix ?

— À New York ! J'ai envie de voir la Grande Dame, s'exclame Padma, le bras levé.

— La Statue de la Liberté !

— Oui ! J'en rêve depuis toute petite ! J'ai dit un jour à mon père que je voulais aller à New York voir la statue verte. Il m'a mis une gifle et il a répondu que tout ce que je verrais, ce seraient les murs de la maison de mon mari, que je n'étais bonne à rien d'autre. »

Elle contient son chagrin quelques instants avant de fondre en larmes.

D'après ce que je vois, Padma a gardé la cicatrice de dizaines, peut-être même de centaines de moments où elle a été maltraitée tant physiquement que verbalement par son père, et qu'elle se fissure sous le poids de ce fardeau. C'est perturbant, et je pèse mes mots.

« Vous m'aviez promis que j'allais finir par oublier. Pourquoi mes souvenirs sont toujours là ? veut savoir Padma.

— Ils vont s'effacer, la rassure Miaka. Mais si tu t'y accroches, cela prendra plus de temps que tu ne le souhaites. Tu dois tourner la page.

— C'est pour cela qu'Elizabeth a plus de souvenirs que Miaka et moi. Et Aisling avait elle aussi des choses qu'elle gardait pour elle.

— Vraiment ?

— Oui. Elle n'en a parlé à personne, mais des pans entiers de son passé faisaient partie intégrante de sa vie de Sirène. Que le comportement de ton père t'ait gâché ta vie de mortelle, nous le comprenons. C'est pour cette raison qu'il continue de te hanter. Arrête de lui attacher de l'importance et il se volatilisera.

— Tu crois que je le fais exprès ? hurle Padma dans un accès de fureur. Je suis là, belle, immortelle... et moi, tout ce que j'ai en tête, c'est qu'il ne sera jamais puni. Il ne paiera jamais pour tout ce qu'il a fait. C'est terriblement injuste.

— Une injustice terrible, oui, renchérit Elizabeth. Mais le mieux que tu puisses faire à présent, c'est savourer ta liberté. Il ne peut plus te faire de mal. Il n'a aucun pouvoir sur toi. »

New York, ce n'est pas l'idée du siècle. Certes, il y a de l'eau tout autour mais il est particulièrement difficile d'y accéder sans susciter de regards curieux. Et les murs des appartements sont parfois aussi épais que du papier à cigarettes ; nos voisins pourraient être en constant danger de mort. D'un autre côté, si cela peut aider Padma à panser ses plaies...

« Padma, tu peux prouver à ton père qu'il s'est fourvoyé au moins sur un point. Veux-tu t'installer quelque temps à New York ?

— Vous êtes sérieuses ?

— Bien sûr. La dernière arrivée a le droit de choisir l'endroit où elle veut vivre. C'est une règle dans notre groupe, ment Elizabeth sans se départir de son sourire.

— Vous ne vous moquez pas de moi, j'espère ? bafouille la pauvre Padma.

— Pas du tout, la rassure Miaka avant d'ouvrir son ordinateur portable. Je vais voir si je peux nous trouver un chouette appartement pas trop loin de l'eau.

— N'aie pas peur de prospecter en dehors de Manhattan, lui conseille Elizabeth. On pourra aller en ville quand l'envie nous en prendra. »

J'apporte mon grain de sel :

« Éviter la promiscuité, ce serait préférable. Autant ne pas être dérangées par des voisins trop envahissants. Et il faudra toujours parler à voix basse.

— On peut trouver un endroit d'où je verrai la Statue de la Liberté tous les soirs ?

— Les filles ! s'écrie Miaka. Faites-moi confiance, d'accord ? Je vais nous trouver la maison de nos rêves. »

Padma pousse un cri strident et se met à tourner sur elle-même, temporairement soulagée. D'ici un ou deux jours, en fonction de l'endroit où l'Océan trouvera un navire à engloutir, nous partirons chanter. J'espère que la perspective de New York compensera l'horreur de son premier naufrage et des mauvais traitements qu'elle doit essayer de mettre derrière elle.

« Surtout, ne les regarde pas dans les yeux », tel est le conseil que je donne à Padma tandis que nous filons vers le site du naufrage. « Certains vont crier et c'est difficile d'en faire abstraction mais concentre-toi au maximum sur la chanson.

— Je ne sais même pas ce que je dois chanter, s'affole Padma.

— Cela te viendra naturellement, explique Miaka. Elle te dira quand commencer et tout ce que tu as à faire, c'est obéir.

— J'en suis capable. Chanter, rien d'autre ? »

Je hoche la tête. « Chanter, rien d'autre. »

Elizabeth à la tête de notre petit groupe, nous ralentissons et nous émergeons. La température est idéale. Le lieu nous donne une idée du désespoir auquel Elle est réduite. Pas de tempête où Elle pourrait attirer un navire, pas de récifs sur lesquels Elle le ferait s'échouer. Rien que quelques nuages tropicaux et la ligne de l'horizon, à perte de vue.

Elizabeth se tourne vers Padma. « Comment te sens-tu ?

— J'ai peur. Je ne veux tuer personne. »

Miaka se rapproche d'elle.

« Personne ne veut tuer qui que ce soit. L'Océan non plus, j'en suis certaine, mais c'est le cycle de la vie : quelques-uns sont sacrifiés au profit de la majorité. C'est difficile à comprendre, mais quand tu marcheras dans les rues de New York pour la toute première fois… »

Padma affiche un grand sourire, le regard plein d'étoiles.

« Rappelle-toi simplement que les personnes que tu croiseras dans les rues à ce moment-là peuvent vivre parce que d'autres sont mortes aujourd'hui même, précise-t-elle en montrant le navire d'un mouvement de la tête.

— Je comprends. Je suis prête. »

Nous nous mettons en position. Je m'allonge sur l'eau, comme le faisait Aisling. Miaka s'agenouille derrière, déployant sa robe.

« Padma, tu restes avec moi, dit Elizabeth, sa main dans celle de sa sœur. C'est normal d'être angoissée. Tu n'as qu'à me serrer la main, je serai là.

— D'accord. »

J'adresse un sourire à Elizabeth, trop occupée pour remarquer cette marque de sympathie. Je suis certaine qu'elle a mis son côté rebelle en sourdine à Pawleys Island et qu'il se manifestera de plus belle à New York. La petite Padma fait rejaillir ses qualités, cela saute aux yeux.

« *Comment te sens-tu aujourd'hui ?* me chuchote l'Océan.

— Nerveuse, pour changer. J'essaie de me projeter dans l'avenir au lieu de rester bloquée sur le moment présent.

— *C'est très bien.*

— Je fais de mon mieux. »

Mais déjà je me demande quel visage ou quelle voix va hanter mes rêves, va se mêler aux fantômes qui semblent me poursuivre.

« *Chantez.* »

Pas la peine d'encourager Padma du regard. Elle est entre de bonnes mains. Comme d'habitude, la chanson enfle en nous et s'élève dans le ciel, comme une volute de fumée, tiède et liquide. Je vois le bateau dévier de sa trajectoire et mettre le cap sur la source de cette musique. Ce n'est ni un bateau de pêche, ni un ferry, mais un énorme paquebot. Il ne fait aucun doute que la personne qui tient la barre nous a repérées. Tous doivent avoir le souffle coupé. Incroyable ! Quatre filles ! Quatre filles qui chantent sur l'eau !

Surgie de nulle part, une bulle énorme explose sous la surface de l'eau et fait pencher le paquebot. Un hurlement de détresse déchire l'air. Je me bouche les oreilles et je chante sans m'interrompre, dans l'espoir d'accélérer le processus. Ce n'est qu'à l'instant où le paquebot nous écrase presque, incliné à un angle dangereux, que ce naufrage se transforme en un authentique cauchemar.

Sur le pont, une piscine avec toboggan se vide lentement dans l'Océan. Je remarque un mur d'escalade, un écran de projection... Les passagers sont trop nombreux pour que j'arrive à les compter.

Tous sont vêtus avec élégance. Une jeune femme qui porte une robe en satin bleu est avalée sans un bruit par les flots, hypnotisée. Un homme en queue-de-pie suit le même chemin. Autour de nous, des gens vont à la mort en tenue de soirée.

Je comprends que c'est une noce lorsque j'aperçois la mariée.

Un long voile blanc flotte autour d'elle, sa robe en dentelle est gorgée d'eau de mer. Elle m'observe, le regard vitreux. Cela devait être le plus beau jour de sa vie, pas le dernier. Impossible de dire qui est le jeune marié ; tous les hommes sont habillés de la même façon. Peut-être a-t-il déjà été englouti par l'Océan.

Soudain, la nausée me gagne. Cette femme avait trouvé l'amour, tout comme moi. Mais aucune de nous deux n'aura droit à son *happy end*. Bouleversée, j'arrête de chanter.

Même si mes sœurs poursuivent leur œuvre, mon silence brise le sortilège et la mariée, soudain lucide, se débat dans les flots.

« Michael ! s'écrie-t-elle. Michael ? » Alors, elle m'implore du regard. J'aimerais détourner le mien, mais j'ai l'impression que la regarder mourir lui rendra sa dignité, d'une certaine façon. Des larmes roulent sur mes joues.

« Pitié », lance-t-elle d'une toute petite voix qui couvre celle de mes sœurs.

Spontanément, j'avance dans sa direction. À peine le temps d'esquisser quelques pas : Elizabeth me rattrape, me fait tomber, m'attrape par les cheveux et me foudroie du regard. Je me débats.

« Lâche-moi !

— *Chante*, m'ordonne l'Océan.

— Chante ! » insiste Elizabeth. Derrière nous, Miaka et Padma persévèrent dans leur sinistre besogne. « Tu ne vois pas que tu aggraves la situation ? Chante. Finis ce que tu as commencé ! »

Je contemple nos victimes. Certaines s'arrachent progressivement à notre emprise.

« S'il te plaît, Kahlen, m'implore Elizabeth. Tu nous fais toutes courir un grave danger. »

Au lieu de lui obéir, j'implore la clémence de l'Océan. « Sauve-la ! Il y a de la place pour une cinquième Sirène ! »

« *Pas de femmes mariées. Pas de mères. Tu voudrais la condamner à cette vie ?* » Il y a du chagrin dans Sa voix.

Je me tais. Non. Un siècle de meurtres, c'est mille fois plus cruel que quelques secondes de terreur.

Je blottis ma tête au creux de l'épaule d'Elizabeth et je me remets à chanter. La voix de ma sœur se mêle à la mienne. Je me concentre exclusivement sur Miaka et Padma, dont les visages trahissent un mélange d'émotions contradictoires : compassion, déception, colère, méfiance. Nous chantons jusqu'à ce que s'éteigne le dernier cri, jusqu'à ce que le paquebot sombre au fond de l'Océan. Le silence est tranchant comme la lame d'un rasoir, beaucoup plus douloureux que les hurlements des noyés.

Miaka, dans une colère noire, m'attrape par les épaules et me secoue.

« Elle aurait pu te tuer ! Elle l'a déjà fait, pour moins que ça ! Qu'est-ce qui t'est passé par la tête ? Tu as pensé à nous ? »

Je ne m'attendais pas à cette réaction. Mes sœurs sont censées me comprendre. Elles seules ont les clefs.

Je ferme les yeux. « Je suis fatiguée de la mort.

— Nous sommes toutes fatiguées de la mort », rétorque Elizabeth sans prendre la peine de masquer sa colère. Elle pleure sans la moindre retenue

– c'est la première fois que je la vois pleurer – et ses larmes me font honte car je sais que j'en suis la cause. Padma, elle aussi, semble émue. Pour d'autres raisons, sûrement, et je m'en veux d'avoir semé le trouble dans son premier naufrage. Elizabeth me tire par le bras pour capter mon attention.

« Il ne te reste plus que vingt années, alors fais ton travail. »

J'attends que l'Océan Se manifeste, qu'Elle aille dans le sens d'Elizabeth en précisant qu'il n'y avait aucun survivant qui clamerait partout qu'il a vu des Sirènes. Le naufrage a été un succès total. Mais Elle Se tait.

Jamais je ne me suis sentie aussi seule.

Je me détache de mes sœurs et je plonge dans l'eau.

« Excuse-moi.

— C'est sans importance.

— *Ne t'isole pas tout de suite. Cela ne va pas arranger les choses.* »

J'accélère et je me déplace aussi vite que j'en suis capable sans Son aide. « Je ne peux pas supporter leur présence. Je n'ai même pas envie d'être seule. J'ai passé des années à essayer de me convaincre que je ne suis pas le mal incarné. Et pourtant, c'est vrai. C'est la pure vérité. »

La douleur me broie le cœur. Assister à la mort de la jeune mariée a fait remonter tous mes doutes à la surface.

Comment pourrais-je être amoureuse d'Akinli ? J'assassine l'amour à chaque fois que j'ouvre la bouche !

« *Non. Tu n'as rien à te reprocher. Tu as le cœur le plus pur qu'il M'ait été donné de voir chez une Sirène. Si quelqu'un doit s'en vouloir, c'est Moi, parce que Je vous impose ce fardeau.* »

Je ravale mes larmes, les mâchoires crispées, dévorée par la colère.

« Tu sais quoi ? Tu as raison. C'est Toi qui es malfaisante. Tu m'as tout pris. Je n'ai pas de famille, pas de vie. Je n'ai même plus d'espoir. Tu as tué tout ce que j'aimais, et je Te déteste.

— *Je suis désolée. Pour tout. Sincèrement.*

— Et sors de ma tête, bon sang ! »

Je me laisse guider par la lumière d'un phare, j'escalade des rochers dans la fraîcheur du crépuscule, je m'éloigne de l'Océan et je me laisse tomber sur de l'herbe, exténuée. Je n'arrive pas à oublier le regard implorant de la jeune mariée. Combien de vies vais-je encore devoir faucher pour que le compte soit bon ?

J'ai l'impression d'avoir vécu mille ans. Je ne sais pas combien de temps je vais réussir à tenir, à semer la mort autour de moi sans perdre la raison. Je n'arrive pas à effacer de ma mémoire les visages des gens que j'ai tués. J'ai fait des efforts surhumains pour accepter ce que je suis devenue mais jamais, pas une seule fois, je n'ai été en paix avec moi-même.

Que faire à présent ? Demander à l'Océan d'en finir avec moi, peut-être. Mon cœur se racornit petit à petit. La vie vaut-elle encore la peine d'être vécue dans ces conditions ?

Je me réprimande immédiatement, embarrassée d'avoir envisagé un scénario aussi sordide. À quoi servirait une autre mort ? Il faut que je trouve une solution alternative.

« Kahlen ? »

Il y a des choses que l'on n'oublie jamais. Si je pouvais à nouveau serrer ma mère dans mes bras, par exemple, j'espère pouvoir reconnaître ce contact malgré le temps qui a passé. La voix qui vient de prononcer mon nom m'est aussi familière que les battements de mon cœur, une voix que rien ne saurait effacer de ma mémoire.

Je me tourne vers Akinli en songeant que, de nous deux, c'est lui la créature surnaturelle.

14.

Je me dirigeais complètement à l'aveugle mais, par un miracle que je ne m'explique pas, ma fuite précipitée m'a amenée ici. À Port Clyde, sur les côtes du Maine. Le village d'Akinli, l'endroit que je m'étais imaginé comme un rêve hors d'atteinte.

Akinli surgit de l'ombre projetée par le phare et me scrute, estomaqué. Cela fait seulement six mois que nos chemins se sont séparés et il a énormément changé. Ses cheveux lui arrivent aux épaules, il ne s'est pas rasé depuis quelques jours, il a troqué son pantalon en toile contre un jean en piteux état et la tristesse qui se lit dans son regard fait écho à ce que je ressens.

« Est-ce que ça va ? »

Je pourrais lui retourner la question, mais je me contente de faire non de la tête. J'ai l'impression d'être une loque humaine.

Abasourdi, il s'agenouille devant moi et fait courir ses mains sur mes bras, pour s'assurer que je ne suis pas blessée. Les attentions dont il m'entoure me remontent un peu le moral.

« Tu es trempée. Tu es tombée d'un bateau ou quoi ? Par pitié, ne me dis pas que tu as voulu piquer une tête dans ta robe de princesse ! Tu ne saignes pas, en tout cas. Tu crois que tu as quelque chose de cassé ? »

Non.

« Qu'est-ce que tu fabriques ici ? Je ne comprends pas comment... Je ne sais même pas quelle question te poser. Je... tu as un endroit où aller ? »

Non.

Akinli semble agité. « Dans ce cas, suis-moi. » Il se met debout, me tend la main. Je fixe ses ongles incrustés de terre. Je ne suis pas à ma place ici. Je viens de commettre un acte abominable. Je me suis détournée de mes sœurs, détournée de l'Océan. Je sème la mort dans mon sillage.

Mais comment répondre à son invitation ? Dois-je l'envoyer balader et prétendre que tout va bien ? Ou me jeter à l'eau, même si l'Océan me fait horreur en ce moment ?

Il pourrait m'héberger pour cette nuit. Une fois au chaud et au sec, il me sera plus facile de réfléchir, d'étudier ma situation. Je glisse ma main glacée dans celle d'Akinli et je le laisse me guider dans les ténèbres.

J'étudie Akinli tout au long du trajet. Il garde une main sur mon dos ; il a la paume rugueuse, couverte de cals, signe qu'il manipule des charges plus lourdes que des livres. Il semble plus posé, moins extraverti. Que fait-il encore à Port Clyde ? Il devrait être de retour à Miami, à la fac.

« Il fait drôlement bon. Tu as choisi la soirée idéale pour te perdre en pleine nature. Regarde-moi cette lune. On ne peut pas rêver mieux, pas vrai ? »

Difficile de résister à son humour. On dirait que nous nous sommes quittés hier, que je n'ai pas disparu sans laisser de trace il y a six mois.

« J'ai beaucoup pensé à toi, ajoute-t-il sans me regarder. Quand tu n'as plus donné de nouvelles, j'étais vraiment inquiet. Je suis parti à ta recherche, mais je n'avais que ton prénom. L'université n'avait pas d'étudiante répondant au nom de Kahlen dans ses fichiers, je n'ai pas réussi non plus à te trouver sur Internet. Un peu comme si je t'avais imaginée. Et pourtant, tu es bien là. »

La panique m'envahit. Comment lui révéler ma véritable nature sans tisser une toile de mensonges dans laquelle je vais inévitablement m'empêtrer ? Prenant une profonde inspiration, je tente de garder mon sang-froid. Et si je prenais à nouveau la fuite ? Si je me volatilisais une nouvelle fois, et pour de bon ce coup-ci ?

Akinli m'observe du coin de l'œil. À quoi pense-t-il ? Quelles idées lui passent par la tête ? Impossible qu'il se doute de quoi que ce soit ; personne n'est assez fou pour penser que les Sirènes existent. Mais je sens bien qu'il a sous les yeux les pièces d'un puzzle qui ne s'agencent pas correctement.

Il finit par briser le silence.

« Je m'accrochais à l'espoir que tu reviennes un jour à la bibliothèque. »

Les yeux baissés, je joins les mains pour lui montrer que j'implore son pardon, que je n'avais pas l'intention de le faire souffrir.

« Pas de souci. Je n'étais pas fâché. J'étais simplement inquiet. Cela me fait plaisir de savoir que tu vas bien. Enfin… j'espère. Suis-moi. »

Nous arrivons devant une maison sur deux niveaux, façade peinte en bleu ciel et volets noirs. Les rares voisins se sont enfermés chez eux pour la nuit, la lumière tremblotante du poste de télévision filtre à travers les rideaux. Plus loin, la route dessine un virage. J'entends les vagues qui battent la côte à proximité.

« J'étais triste que tu aies disparu, mais je ne t'en veux pas. Moi-même j'ai dû quitter Miami peu de temps après. »

Je le regarde, perplexe. Qu'est-il arrivé ? Nous montons les marches et nous traversons la véranda. Akinli se passe la main sur le visage, comme pour effacer son chagrin.

« Julie ? lance-t-il au moment où il ouvre la porte. Mets la cafetière en route. On a de la visite. Julie est la femme de mon cousin, m'explique-t-il ensuite. Elle a une formation aux premiers secours, alors tu es entre de bonnes mains. »

Nous pénétrons dans la cuisine et je ne sais pas trop qui Julie s'attendait à voir, mais elle s'arrête net lorsqu'elle émerge du salon et pose son regard sur moi.

« Euh, salut. » Elle regarde Akinli.

« Qui est-ce ?

— Kahlen. On se connaît de la fac, je l'ai trouvée échouée sur la plage près du phare. Elle, euh, elle est muette.

— Tu l'as trouvée habillée comme ça ? s'étonne Julie, montrant ma robe du doigt.

— Oui. »

Ses réflexes de secouriste lui reviennent aussitôt et elle commence à palper mes bras, à scruter mes pupilles. « Elle est frigorifiée. Et peut-être en état de choc. Je vais monter à l'étage chercher des couvertures. Ben ! Viens par ici ! » lance-t-elle en montant l'escalier quatre à quatre.

Akinli me conduit au salon et m'installe dans un fauteuil au tissu élimé. Il ouvre un placard et jette un plaid sur moi, puis il retourne à la cuisine, fouille à l'intérieur d'un tiroir et revient avec un stylo et du papier.

« Tiens. Tu peux me dire ce qu'il s'est passé ? »

Je fixe la feuille comme si une réponse allait apparaître d'un coup de baguette magique. Enfin, j'écris : *Je n'en sais rien.*

« Tu ne sais pas ou tu ne sais pas comment le dire ? »

Je lui fais signe qu'il y a un peu des deux.

« D'accord. Tu veux que je prévienne quelqu'un ? De la famille, des amis ? »

Je secoue la tête.

« Personne ? »

J'étudie mes mains. Cette fois, je me suis mise dans un sacré pétrin. Comment lui expliquer que personne n'est à ma recherche parce que ma seule famille, c'est un groupe de créatures fabuleuses ?

À cet instant, Julie revient accompagnée de son mari. J'ai déjà vu Ben sur les photos collées aux murs de la chambre d'Akinli, je le reconnais immédiatement. Il a le même menton et les mêmes yeux qu'Akinli, et il affiche une expression aussi comique que celle que sa femme porte sur son visage.

« Qu'est-ce que c'est que cette histoire ?

— Je n'ai rien fait ! s'insurge Akinli. Je viens de la croiser sur la plage. J'essaie de trouver un moyen de contacter ses proches, mais elle a l'air d'avoir oublié pas mal de choses. Et elle est muette, ce qui ne m'aide pas beaucoup. »

Julie pose une main sur l'épaule de Ben.

« On ferait peut-être mieux d'appeler la police. Il y a forcément un avis de recherche qui a été publié. »

Je secoue furieusement la tête, j'attire leur attention en tapant sur la feuille de papier et j'écris *NON. Pas la police. Je vais bien.*

Je supplie Julie du regard. C'est elle qui joue le rôle de mère dans cette maison. Elle écarquille les yeux, touchée.

« Que pouvons-nous faire pour t'aider ? Si tu ne veux pas de la police, on peut t'emmener ailleurs ? À l'hôpital ? »

Tout va très bien. C'est juste que je me suis échouée ici.

Je joins les mains et je laisse Julie lire ce que je viens de noter. Je sais précisément ce que je veux, sauf que je ne sais pas comment le demander. Akinli prend connaissance de ce que j'ai écrit par-dessus l'épaule de Julie.

« Et si on l'hébergeait ? » suggère-t-il. Julie le dévisage, abasourdie, et Ben fronce les sourcils.

« Je ne sais pas si c'est une très bonne idée, chuchote-t-il, comme si j'étais sourde en plus d'être muette. On ne peut pas accueillir une inconnue chez nous.

— Mais ce n'est pas une inconnue, contre Akinli. Comme je l'ai dit à Julie, c'est une amie de fac. Regarde, j'ai même une photo… » Il sort son téléphone, appuie sur des touches. « Tu vois, c'est elle. »

J'avais presque oublié le selfie que je lui ai envoyé, emmitouflée dans ma couette. Ben grimace, il ne peut que reconnaître que je suis bien la même personne. Au contraire de son mari, Julie semble immédiatement convaincue.

« Tu es sûre que tu vas te plaire ici ? me demande-t-elle. Tu n'as vraiment nulle part où aller ? »

Cela me gêne de m'imposer comme je le fais. Mais à ce stade, je n'ai pas d'alternative. Je ne peux pas repartir en pleine nuit, l'air de rien, et il est hors de question qu'ils me conduisent au poste de police ou à l'hôpital. Je ne dois pas laisser passer cette chance.

J'ébauche un signe négatif de la tête. *J'aimerais rester, si cela ne vous dérange pas. Rien que pour cette nuit.*

Julie n'a pas l'air pleinement rassurée.

« Si ça peut te rendre service. »

Toujours fragile, j'observe Akinli et je souris. Au terme d'un court débat, Julie décide de me faire dormir dans la chambre d'invités ; elle va préparer le canapé-lit, puis elle m'apporte un pyjama. Quel soulagement de pouvoir me débarrasser de ma robe en cristaux de sel, même si le pyjama a l'air trois fois trop grand.

« Il y a d'autres couvertures dans ce placard au cas où. Même au printemps, les nuits sont fraîches dans le Nord. Je ne sais pas trop si tu viens de Floride, alors, eh bien, voilà, bafouille Julie, afin de meubler le silence. Je vais aussi mettre un gobelet et une brosse à dents neuve dans la salle de bains du rez-de-chaussée. Si tu as besoin d'autre chose, tu n'as qu'à demander. »

Un signe de tête en guise de remerciement. Le vrai cadeau de Julie, c'est le temps qu'elle m'accorde, mais ces petites attentions me la rendent incroyablement sympathique. Elle opine du chef à son tour, les mains sur les hanches.

« Quelle situation bizarre, pas vrai ? » fait-elle en balayant la pièce du bras.

Je lui réponds par une grimace.

« Bizarrerie à part, tu peux rester aussi longtemps qu'il le faut. Les amis d'Akinli sont nos amis. Et ces derniers temps ça a été le désert de ce côté-là, avoue-t-elle tristement. Tu es un changement bienvenu. »

J'ai la sensation que Julie et moi, nous sommes dans le même camp, pour le moment du moins, et je me réjouis d'avoir trouvé une alliée.

« Je vais te laisser t'installer. Bonne nuit. »

Elle referme la porte et je contemple l'Océan par la baie vitrée. Je L'entends qui m'appelle.

« Où es-tu ? Est-ce que tout va bien ? »

Je lève les yeux au plafond. Comme je ne peux pas mourir, je ne risque pas grand-chose. Elle le sait. Alors je décide de faire la sourde oreille, j'enfile le pyjama que Julie m'a prêté et je retrousse le bas du pantalon.

Je sors de la chambre d'amis et je trouve Akinli sur le canapé, en pyjama lui aussi ; il m'attend. Le bonheur m'envahit.

« Coucou. Je peux te faire à manger si tu as faim. »

Je lui réponds non en langue des signes. Il a retenu la signification de ce geste dès notre premier rendez-vous.

« D'accord. Tu veux regarder la télé ? Si tu es fatiguée, tu peux aller te coucher, moi je comptais rester ici encore un moment. »

À la lumière de la lampe, je remarque les cernes sous ses yeux. Il semble avoir gagné en maturité, mais son regard est toujours aussi chaleureux.

Je ne peux pas rester, il faut que je me mette ça dans le crâne. Je vais devoir partir demain matin, retourner auprès de mes sœurs. Par conséquent, je n'ai pas du tout envie d'aller me coucher ; je préfère passer chaque moment en sa compagnie. Peut-être pourrais-je jouer la comédie du couple, rien que ce soir.

Nous nous installons sur le canapé. Je me recroqueville ; je ne me sens pas à l'aise dans le pyjama de Julie. Akinli se persuade que j'ai froid, il attrape un plaid posé sur le dossier du canapé et le déplie sur moi, un peu n'importe comment, presque sans réfléchir, avant de s'emparer de la télécommande et d'augmenter le volume du poste de télévision.

Il regarde une chaîne consacrée au sport. Sur l'écran, des solides gaillards vêtus de combinaisons moulantes. Akinli remarque mon étonnement et s'esclaffe.

« C'est un concours de force. Ces trucs-là me font hurler de rire. »

Les concurrents charrient des réfrigérateurs, soulèvent des blocs de roche et s'affrontent au lancer de pneus de tracteur. La compétition prend une tournure surréaliste. Lorsqu'un costaud se présente pour tirer un gigantesque semi-remorque au bout d'une chaîne, je gigote sur le canapé en montrant l'écran de l'index. Impossible qu'un humain soit aussi fort !

« Je sais ! Je te l'avais dit ! s'exclame Akinli. C'est fou, non ? »

J'acquiesce, un sourire idiot aux lèvres. Regarder la télé est une activité qui ne m'a jamais semblé aussi palpitante.

Au bout d'un moment, Akinli baisse le volume. Il paraît nerveux, son regard passe furtivement de moi à la télévision, et l'interrogatoire démarre.

« Tout va comme tu veux ? Depuis octobre ? »

Il me tend le stylo et le bloc-notes, mais je ne sais pas quels mots utiliser pour exprimer mon état d'esprit, alors j'agite mollement la tête.

« Je suis devenu nerveux quand tu as disparu comme un fantôme. »

Encore une fois, je n'ai rien à répondre. Akinli s'agite un peu, change de position, puis il se place face à moi.

« Bon, je me rends bien compte que tu es coincée ici cette nuit, alors ce n'est peut-être pas très élégant de te poser cette question, mais ça me travaille. J'ai fait quelque chose de travers ? »

Je conteste avec vigueur.

« Tu en es sûre ? Parce que j'avais l'impression qu'on passait un bon moment ensemble avant que tu te volatilises, et j'ai rejoué cette soirée dans ma tête des centaines de fois pour tenter de comprendre. »

Je pousse un long soupir et j'attrape le bloc-notes. Le stylo reste longtemps suspendu au-dessus de la feuille de papier, car je ne trouve pas les mots tout de suite.

Rassure-toi, tu n'as rien à te reprocher.

« Est-ce qu'un étudiant ce soir-là t'a dérangée ? Je sais qu'ils étaient tous un peu foufous, mais... »

Je secoue à nouveau la tête et je pointe le stylo sur moi.

« Donc tu ne pouvais pas rester, c'est ça ? »

Hochement de tête gêné.

« Alors c'était toi ? Toi seule ? Personne ne t'a poussée à partir ? »

J'ai l'estomac noué. C'est le caractère possessif de l'Océan, ainsi que les règles qu'Elle nous impose, qui m'empêche d'être libre, mais je suis partie de mon plein gré. Ou est-ce que je me berce d'illusions ?

« Tu sais, il n'y a pas que ça. Avant de partir tu n'as pas eu le temps de me dire quelle était ta couleur préférée. »

Impossible de réprimer un sourire. *Il y en a plein, mais j'aime surtout la couleur de l'automne.*

« La couleur de l'automne, lit Akinli en détachant les syllabes. Oui, quand on a l'impression que tout flambe. »

Alors qu'en fait tout est en train de mourir sous nos yeux ! La mort peut être belle, parfois.

« Bien dit. Pour ma part j'aime bien le bleu. Peut-être parce que j'ai grandi au bord de l'eau. Quoi d'autre ? Ah oui, ta nourriture préférée ? »

Les pâtisseries, bien sûr.

« Bien sûr, suis-je bête ! Au fait, il y a quelques mois j'étais dans un magasin et j'ai vu que l'extrait d'amande, ça coûte un bras. On aurait dû les faire payer, ces parts de gâteau ! »

Non ! Ça m'a fait plaisir !

« En tout cas, on aurait dû être moins partageurs. Les autres n'ont pas arrêté de me réclamer un autre gâteau jusqu'à mon départ. Je ne plaisante pas. Sache que tu as brisé le cœur de tout le dortoir quand tu es partie. Tout le monde était accro à ton gâteau. »

Je suis contente qu'Akinli me taquine. Je craignais qu'il ne soit fâché contre moi, ou qu'il m'en veuille. Cela rend nos retrouvailles plus faciles. Trop faciles.

« Oh, j'ai une autre question. Je pense que celle-là en dit beaucoup sur les gens. Ton odeur favorite ? »

Je réfléchis quelques instants.

« Je vais répondre en premier, si tu veux bien. J'adore l'odeur de l'herbe fraîchement tondue. On m'a expliqué que c'est la façon que l'herbe a de dire qu'elle passe un mauvais moment : elle dégage des molécules spéciales, ce qui me gâche un peu mon plaisir, mais j'aime bien malgré tout. »

Je prends le bloc-notes. *Alors, qu'est-ce que ça dit sur toi ? Que tu aimes la nature ? Que tu voudrais être libre ? Que tu passes la tondeuse sans rechigner ?*

Il éclate de rire. « Un peu de tout ça à la fois. Et toi ? »

Je passe à la page suivante. Ce n'est qu'à l'instant où la pointe du stylo entre en contact avec le papier que je fais revivre un souvenir qui est resté enfoui en moi. C'est un cadeau inestimable.

Le parfum des fleurs. Ma mère aimait bien avoir des fleurs fraîches à la maison.

« Pas de fleur en particulier, les fleurs en général ? »

Signe affirmatif de la tête.

Le sourire d'Akinli s'estompe. « Une petite seconde. Tu parles de ta mère au passé. Elle n'aime plus les fleurs ? »

Je ferme les yeux, mise au pied du mur. Je n'avais pas l'intention de mettre ce sujet sur le tapis.

« Ta mère est morte ? »

Je hoche la tête.

« Et ton père ? »

Nouveau mouvement affirmatif.

« Comment ? » souffle Akinli, comme effrayé par sa propre question.

Noyés.

Je préfère considérer le naufrage comme un accident, même s'il se rapproche plus d'un meurtre, voire d'un suicide collectif.

« C'est à peine croyable », répond Akinli d'une voix étranglée.

Un long silence, il évite soigneusement mon regard.

« Quelques semaines après ton départ, ma mère m'a appelé. Ce n'était pas une surprise, parce qu'elle m'appelle tous les jours. Mais rien qu'à la façon dont elle m'a dit bonjour… j'ai compris que ça n'allait pas. Elle avait un cancer. Un cancer plutôt grave, du coup j'ai voulu rentrer à la maison sans attendre. Mes parents préféraient que je finisse mon année, alors on a trouvé un compromis et je suis rentré pour Noël. Papa m'a poussé pour que je retourne à la fac, il insistait. Moi je ne le sentais pas, on ne savait même pas si maman allait s'en sortir. Je ne voulais pas le laisser seul, tu comprends ? »

Akinli m'interroge du regard et je lui fais signe que oui, je comprends.

« J'étais censé être avec eux au moment où c'est arrivé, poursuit-il, essuyant aussi discrètement que possible les larmes qui voilent ses yeux. Maman avait rendez-vous chez le médecin, mon père l'y conduisait. Je devais les accompagner, mais maman… je n'oublierai jamais ce qu'elle m'a dit. Elle m'a demandé de rester. Et plus j'essayais d'argumenter, plus elle protestait. Parfois je me demande si elle a eu une prémonition.

« Il pleuvait. Dans la région les routes sont inondées quand il pleut beaucoup. La police ne sait pas si mon père a voulu éviter un chevreuil ou s'il a roulé dans une flaque, mais il a perdu le contrôle de la voiture et foncé dans un arbre. »

Les larmes me montent aux yeux.

« Je m'étais préparé à la mort de maman, mais les perdre tous les deux d'un seul coup… là, je n'étais pas prêt. »

Je viens m'asseoir à côté de lui, je griffonne sur le bloc-notes.

J'aurais dû mourir avec mes parents, moi aussi.

« Tu as failli te noyer en même temps ? »

J'opine. Akinli chasse une larme au coin de mon œil.

« On dirait que tu as rejoué le même scénario ce soir. Que l'eau n'est pas ton amie. »

Je tâche de ne rien trahir par mes mimiques. Nous nous aventurons en terrain miné, une zone où je ne peux pas garder longtemps mes secrets. Akinli semble épuisé et je m'en veux de repousser l'heure de dormir. Alors je lui montre l'horloge, je me désigne du doigt puis la chambre d'amis, pour lui faire comprendre qu'il est temps d'aller se reposer.

« Oui, tu as sûrement raison », concède-t-il.

Je traverse le salon, il se met debout à l'instant où j'atteins la porte de la chambre.

« Tu n'as pas peur toute seule ? Je peux rester avec toi. Je sais que cette soirée n'a pas été de tout repos. »

Il chasse ses cheveux de son visage et je me perds dans ses magnifiques yeux bleus. J'ai eu toutes les peines du monde à me détacher de lui il y a six mois. Après l'avoir vu évoluer chez lui, dans son quotidien, si proche et si humain… je ne sais pas où je trouverai la force et le courage de franchir la porte demain matin. Pourtant, j'y suis bien obligée. Je ne peux pas échapper à l'Océan ; je Lui dois encore dix-neuf années de ma vie. Où Akinli en sera-t-il dans dix-neuf ans ? Sera-t-il marié ? Père ? Et moi ? Une fille à peine sortie de l'adolescence qui aura passé un siècle entier à tuer des innocents, sans argent, sans état civil, sans but dans la vie.

Je le rassure en claquant des doigts, soulagée qu'il existe entre nous un mot qui se passe de traduction. *Oui.*

« D'accord. Bon, je suis dans le coin si tu as besoin de moi. Et aussi, malgré le contexte, ça me fait plaisir de te revoir. »

Avec un sourire, je ferme la porte de la chambre d'amis.

Il n'y a plus les plaisanteries et les éclats de rire d'Akinli pour me distraire et j'entends à nouveau les appels désespérés de l'Océan. À quelques centaines de mètres d'Elle, à peine, je suis hors de Sa zone d'influence.

« *Où es-tu ? Tes sœurs s'inquiètent. Reviens. Kahlen, reviens.* »

Je m'allonge sur le lit et j'écoute Sa complainte. Je L'imagine qui Se tord les mains et fait les cent pas, comme une mère qui a perdu son enfant dans la foule. Peut-être va-t-Elle enfin comprendre ce qu'endurent les amis et les proches des gens qu'Elle a dévorés depuis l'aube des temps. Par ailleurs, Elle en fait un peu trop. Ne suis-je pas indestructible ?

« *Reviens. Où es-tu partie ? Pourquoi ne réponds-tu pas à Mes appels ?* »

Elle ne cesse de me supplier. Je vais revenir. Évidemment. Ai-je vraiment le choix ?

J'entends la porte de la chambre grincer sur ses gonds et je fais semblant de dormir à poings fermés.

Une main m'effleure le front, puis la joue. Akinli. Je reste immobile.

« D'où viens-tu, ma silencieuse beauté ? » chuchote-t-il. Au bout d'un moment, il quitte la chambre sur la pointe des pieds et referme la porte derrière lui. Je me mords la lèvre. La tendresse qu'il met dans ses gestes est presque intolérable.

Jamais au cours des dix-neuf premières années de ma vie d'humaine je n'avais croisé le chemin d'un homme avec qui je me serais imaginée construire mon avenir et il n'est pas certain que cela m'arrive une fois que j'aurai quitté mes oripeaux de Sirène.

Pourquoi Akinli vient-il me perturber dans mon existence glacée et stérile ? Cela va forcément se conclure par un désastre.

Je ne peux pas rester ici éternellement.

Mais une journée, pourquoi pas…

15.

Le soleil se lève et je n'ai pas fermé l'œil une seule minute, trop bouleversée par les événements de la veille. Ça s'agite dans la cuisine. Je me redresse dans mon lit et je regarde par la fenêtre. L'Océan Se lamente toujours mais je ne me sens pas encore prête à L'affronter. Ni à quitter Akinli.

« Donc je vais passer la matinée sur le bateau et il faut aussi que j'en discute avec Evan. » Ben parle la bouche pleine.

« Je ferai une sortie en mer avec toi demain, promet Akinli. Pour l'instant on n'a pas à se plaindre, on remplit nos quotas.

— Ne t'en fais pas. Je sais que tu es *indisposé* aujourd'hui. »

Je ne peux réprimer un petit sourire : Akinli est à moi pour toute la journée.

Les voix se taisent, des portes s'ouvrent et se referment, des voitures démarrent. Au bout d'un moment, je n'entends plus qu'Akinli qui s'affaire dans la cuisine.

Vers huit heures il frappe à ma porte et glisse sa tête à l'intérieur. Me voyant fraîche et dispose, il m'adresse un sourire.

« Bonjour, ma princesse. »

Je vérifie d'un regard que ma robe est toujours en un seul morceau. Je vais devoir m'en débarrasser avant qu'elle ne se désagrège.

Akinli entre chargé de deux assiettes et il vient s'asseoir à côté de moi pour savourer le petit déjeuner. Rien d'extraordinaire, ce qui m'amène à penser que c'est lui qui a tout préparé. Ce n'est pas un cordon-bleu, je le sais, mais il a fait un effort non négligeable.

« Ben et Julie seront absents une grosse partie de la journée. Tu veux faire du tourisme ou tu as rendez-vous quelque part ? La région est très chouette, même si ça n'a rien à voir avec Miami. Je me souviens que tu as grandi un peu partout, plus ou moins, mais tu es déjà venue dans le Maine ? »

Je réfléchis. Je suis libre comme l'air.

« Bon, j'ai décidé qu'on allait passer une super journée. Aujourd'hui, on positive, on ne voit que le bon côté de la vie. Je pense qu'on mérite tous les deux une journée remplie d'ondes positives, tu ne trouves pas ? »

Je fais oui de la tête.

« Bien. Je voulais te remercier de m'avoir écouté hier soir. Ben est comme un frère pour moi, et Julie, eh bien… Julie est géniale, oui. Je suis vraiment content qu'ils m'aient accueilli chez eux mais parfois, c'est difficile de se confier à eux. »

Je lui mets un petit coup de coude, ma façon de l'encourager.

« Et merci de m'avoir parlé de ta famille, aussi. Je sais que c'est compliqué. »

Je hausse les épaules.

« Cela va peut-être te paraître bizarre mais juste après notre rencontre, j'ai mené ma petite enquête sur Internet. Je trouvais ça fascinant que tu sois muette sans avoir de problèmes auditifs. Et j'ai découvert que les gens qui ne souffrent pas de surdité ont perdu l'usage de la parole pour deux raisons. Soit il s'agit d'un problème de nature physique, comme par exemple une déformation de la langue, soit ils ont vécu un événement traumatisant au point de leur nouer la langue. Je me demandais… »

Levant deux doigts, je lui montre que c'est la seconde option. C'est une telle souffrance de parler. De chanter. De rire. Ma voix, synonyme de mort, me fait horreur.

« D'accord. Bon, je croise les doigts pour qu'un jour ça te revienne. J'ai l'impression que tu as dans la tête de quoi écrire des livres entiers. Et ça me plairait bien de les lire. »

Il y a de la douceur dans le regard d'Akinli, il sait trouver les mots qui m'apaisent. Avec lui, je me sens en sécurité. Il m'observe, comme fasciné, et je lui souris.

16.

Julie m'a laissé un jean, un T-shirt et un gilet. Tandis que je me lave les dents, j'étudie sans me presser mon reflet dans le miroir de la salle de bains. Mes cheveux forment naturellement des ondulations que certaines filles se sculptent à l'aide d'un fer à friser et mes yeux brillent, pleins d'espoir. Notre qualité de créature fabuleuse met en relief notre beauté naturelle, c'est vrai, mais aujourd'hui je me trouve jolie, en toute simplicité. Je me sens jeune et normale, merveilleusement normale.

Je descends quatre à quatre les marches de l'escalier et je trouve Akinli assis devant la télévision, prêt à lever l'ancre, lui aussi en jean et T-shirt. Je remarque qu'il s'est rasé et qu'il s'est fait un chignon.

« Parfait. Tu veux aller te balader ? On m'a laissé la camionnette », annonce-t-il en agitant la clef de contact.

Je hoche la tête avec enthousiasme. À peine neuf heures. Nous avons toute la journée devant nous.

« *Nous ignorons encore la cause du naufrage,* déclare le présentateur à l'écran. *Nous voilà confrontés à une nouvelle affaire inexplicable du Triangle des Bermudes.* »

Je n'arrive pas à détacher mon regard des images qui défilent. Des débris flottant sur l'eau, des chaises longues, des vêtements, des fleurs.

« *Les sauveteurs espèrent toujours trouver des survivants mais, à l'heure actuelle, personne ici n'est capable d'expliquer ce qui a pu provoquer cette catastrophe. D'après différents témoignages, le paquebot a changé brusquement de cap et sombré sans raison apparente. Le temps était pourtant au beau fixe et aucun signal de détresse n'a été envoyé, ni par le capitaine, ni par l'équipage. Nous voici face à un mystère. Des familles endeuillées postent sur Internet des images des passagers portés disparus mais ce qui nous attriste le plus, c'est le décès de Karen et Michael Samuels, qui s'étaient mariés quelques heures avant le naufrage. Nous pensons à eux ainsi qu'à leurs proches qui ont tous péri dans la catastrophe.* »

J'arrache la télécommande des mains d'Akinli et j'appuie fébrilement sur les boutons pour faire taire le journaliste.

« Hé, calme-toi. »

Akinli éteint la télévision puis il me serre contre lui.

Je suffoque presque. En temps normal, j'aurais trouvé cette information utile et je l'aurais aussitôt notée dans mon carnet. Mais cette photo de Karen et Michael qui s'embrassent, leurs amis à l'arrière-plan, tant de vies gâchées… c'est plus que je ne peux en supporter.

« Ça va, Kahlen ? Moi aussi j'ai parfois du mal à regarder les infos. Trop de malheur dans ce monde. Mais ça s'est passé hier. Et aujourd'hui, on a décidé que ça allait être une journée géniale, pas vrai ? »

Mon corps se détend brusquement et je lâche la télécommande qui tombe dans la main d'Akinli. Il a raison. Nous n'avons qu'une seule journée, il faut en profiter au maximum. Pour une fois, les nuages doivent se dissiper, l'horizon peut s'éclaircir. Je ne peux pas changer le passé mais cette journée, je peux la savourer pleinement.

Je remercie Akinli en langue des signes.

« Ne me remercie pas. Viens, princesse, suis-moi. Ton carrosse t'attend. »

Toujours galant, il m'accompagne jusqu'à la camionnette et il m'ouvre la portière. Nous sommes au mois d'avril mais l'hiver semble s'éterniser dans cette région. Par les vitres entrouvertes, une brise revigorante s'insinue dans l'habitacle.

« Bonjour, miss Jenkens », lance Akinli à une vieille dame assise devant sa maison.

Il salue à peu près tous ceux qui croisent notre route et son énergie me remonte le moral. Je contemple le paysage avec des yeux nouveaux. À force de vivre dans des villes aussi tentaculaires que Miami, j'ai perdu l'habitude de voir une végétation vigoureuse et des étendues sauvages. Les façades sont peintes dans des tons pastel, je ne sais pas si ces teintes délavées ont été choisies par les habitants ou si le soleil a défraîchi les couleurs au fil du temps.

« Cela te rappelle quelque chose ? me demande Akinli tandis que nous progressons sur une longue route sinueuse. Cela te donne des indices sur la manière dont tu es arrivée ici ? »

Nous longeons une église, puis des maisons plantées au milieu de jardins peuplés de figurines en fer forgé. Des bateaux sont bloqués par des bancs de sable, attendant que la marée vienne à leur secours. Sur le bord de la route, je remarque plusieurs stands où les pêcheurs proposent aux touristes les homards qui se sont pris dans leurs pièges.

Je n'ai jamais vu cet endroit de ma vie, alors je hoche la tête.

« Donc tu as vraiment dû t'échouer sur le rivage. Cette route est la seule voie d'accès à Port Clyde. Hier, la mer était déchaînée. »

Akinli reprend le refrain d'une chanson qui passe à la radio et fredonne quelques instants avant d'afficher un air gêné.

« Je chante vraiment comme une casserole. Ma mère, elle, savait chanter. »

À un moment il montre du doigt le bas-côté. Deux petites croix de bois sont plantées près d'un arbre dont le tronc présente les stigmates d'un accident. Si je devais passer sans cesse près du lieu où j'ai perdu mes parents, mon cœur se briserait à chaque fois.

Mais Akinli sourit, comme si cet endroit lui rappelait de bons souvenirs, et il envoie un baiser aux défunts du bout des doigts.

Nous arrivons à un carrefour et Akinli prend à droite. Au début, j'ai l'impression que nous nous sommes engagés sur une autre de ces petites routes de campagne. Mais la civilisation semble reprendre peu à peu ses droits sur la nature : nous longeons un fast-food, un magasin de bricolage, une station-service couronnée de néons. À un moment la route dessine un angle droit et je vois l'Océan qui se déploie dans la baie suivante. Sa complainte assourdie résonne toujours et je décide d'en faire abstraction pour me consacrer entièrement à Akinli : cette journée nous appartient.

Nous entrons dans une petite ville et nous nous garons dans la rue principale. J'interroge Akinli du regard.

« Nous sommes arrivés à Rockland. La grosse ville, comme on l'appelle ici. »

Je descends de la camionnette sans laisser à Akinli le temps de m'ouvrir la portière.

« Ce n'est pas énorme, mais c'est plus grand que Port Clyde. Je me suis dit que ça t'intéresserait de visiter. »

Je lui réponds oui, en langue des signes, et il imite mon geste.

« Cela fait trois mots que je connais, avec celui-là. Il va falloir que tu me donnes des leçons. Alors on a une bijouterie, un marchand de glaces – il n'ouvre que dans deux ou trois heures mais ses glaces sont succulentes. Tu ne vas pas y couper. Et pour les livres, c'est par ici. »

Je bats des mains.

« Excellent choix. Suis-moi. »

Pas grand monde dans l'artère principale. J'entends des gens parler avec de la nostalgie dans la voix de l'ancien temps, du temps où le terme « authentique » avait encore un sens, et je comprends ce qui les rend si mélancoliques. On a l'impression d'être chez soi dans cette grand-rue aujourd'hui dépeuplée, on y retrouve toujours ses repères. Je parie qu'on y organise des festivals, des marchés, des défilés à la période de Noël.

Je marche d'un pas léger vers la librairie et je reviens au moment présent lorsque ma main frôle par mégarde celle d'Akinli.

Akinli lâche un petit rire. « Nous y voilà. »

La magie opère dès que nous franchissons le seuil. Contrairement aux librairies des grandes villes, semblables à des supermarchés, celle-ci a une âme. Les murs disparaissent sous un véritable capharnaüm, créant une atmosphère décalée et intimiste. Je fais courir mes doigts sur les étagères, déjà amoureuse de tous ces livres. Ils représentent un refuge, un havre de paix. On trouve toujours des histoires édifiantes qui prouvent que nous ne sommes pas seuls à traverser des épreuves et à en sortir vainqueurs. Cela me rassure.

Très vite, je trouve la section la plus intéressante : la jeunesse. On y trouve une petite tente encombrée de coussins et collée contre une étagère. Flanquant la tente, un bureau, une boîte dans laquelle les enfants peuvent laisser leurs lettres et des cubes en plastique sur lesquels sont imprimés des mots que l'on peut agencer pour composer des poèmes.

« Ma reine ! chuchote Akinli. Bienvenue dans votre palais ! »

D'un geste théâtral il montre la tente dans laquelle je m'introduis à quatre pattes. Je feuillette les livres que les petits lecteurs ont abandonnés là tandis qu'Akinli s'amuse avec les cubes.

Dans cet espace confiné nous sommes très proches l'un de l'autre et la chaleur de son corps se communique au mien. Je parcours des histoires qui parlent de pirates, de légumes en colère et de ballerines en herbe. Akinli fait rouler les cubes dans ses mains et les étudie en riant. Il dispose quatre cubes sur mes genoux : « Le bleu est excellent. » Je fais signe que je suis impressionnée par sa composition et j'écris à mon tour : « Respire ce ciel. »

Akinli inspire profondément. « Oui, ça sent bon. » Il manipule à nouveau les cubes. « Tu crois que les enfants savent ce que *mélodieux* veut dire ? »

Je hoche la tête. Quatre-vingts années d'observation muette m'ont permis de découvrir que les enfants sont plus intelligents que le soupçonnent les adultes.

« Les mots sont drôles, quand on y réfléchit. On peut les écrire ou les dire à voix haute, mais il y a combien de langues dans le monde ? Sans oublier le braille. Et la langue des signes. C'est quand même incroyable. »

Je suis d'accord avec Akinli. Les mots, les sons, la communication. Mon monde gravite autour de cela. Et de l'eau, aussi.

« Tu te débrouilles bien en langue des signes, pas vrai ? »

J'opine.

Il s'écarte un peu pour mieux me regarder.

« Raconte-moi une histoire. En langue des signes. Et sois la plus sincère possible. »

Le visage d'Akinli rayonne, littéralement. Les yeux au plafond, je réfléchis. Il ne va absolument rien comprendre…

« J'ai trois sœurs, Miaka, Elizabeth et Padma. L'Océan est ma mère et nous nous disputons souvent. Je ne sais pas grand-chose sur moi-même. J'ai tout oublié. Et pourtant, j'ai vécu presque un siècle. Je m'accroche à des détails insignifiants, comme la couleur des murs sur le paquebot où est morte ma famille, et d'autres ont été effacés de ma mémoire ; par exemple, je ne me souviens pas si j'avais une meilleure amie.

« Certains jours, je me dis que la vie ne vaut pas la peine d'être vécue. J'essaie de garder en moi les vies que j'ai fauchées, mais je ne suis pas sûre que cela serve à grand-chose. Et je fais de mon mieux pour veiller sur mes sœurs, même s'il y a des ratés. Je ne pense pas qu'on puisse consacrer son existence à une autre personne. »

Je m'interromps quelques secondes.

« Ou peut-être que si, en fin de compte. À condition de trouver la bonne personne. En ce moment, j'envisage de te consacrer ma vie. Mais tu ne le sauras jamais. »

Enfin, je m'immobilise. Akinli prend la parole.

« Hormis le passage où tu m'as montré du doigt, c'est comme si tu m'avais parlé chinois... mais c'était très beau. Tu me donnes envie d'apprendre. C'est la deuxième fois que tu m'inspires. »

Je cligne des yeux. Je l'ai déjà inspiré ? Quand ?

« Tu te souviens du jour où tu m'as dit que je devrais me lancer dans le social ? Je suis allé me renseigner. Il y a des dizaines de métiers qui m'ont tapé dans l'œil. J'adore les enfants. Je pourrais travailler à leur contact. »

Je m'enthousiasme en langue des signes.

« Tu as un sixième sens, affirme Akinli. Je t'assure. »

Là-dessus, il se remet à jouer avec les cubes comme s'il cherchait un mot précis. Je sélectionne un autre livre et nous restons assis là, côte à côte, dans un silence qui me met en joie.

Lorsque vient l'heure de partir, nous achetons le dernier livre que j'ai feuilleté. Nous prenons la direction du marchand de glaces et la main d'Akinli effleure la mienne.

Cette fois-ci, aucun de nous n'a de mouvement de recul.

17.

J'avale une énorme bouchée de crème glacée – menthe et copeaux de chocolat – et je ferme les yeux, aux anges. Un délice.

« Tu vois, je n'avais pas exagéré, me dit Akinli. Il paraît que des gens ont fondé une secte et adorent ces glaces comme un dieu. »

Il m'apprend que la réputation du glacier a franchi les frontières de la région. Cela ne m'étonne pas.

« C'est l'une des choses qui me manquait le plus à Miami. Regarder le baseball avec Papa, aussi, mais c'est une autre histoire. Sans lui, ce n'était plus pareil. Et le parfum de ma mère… bizarre, ces choses qui nous font nous sentir chez soi. Encore plus bizarre lorsqu'il faut changer ses repères. »

Si seulement je pouvais lui dire que je suis sur la même longueur d'onde. Parfois, ce qui nous fait nous sentir chez soi, on le déteste. Moi, par exemple, j'en ai assez du sel qui colle à ma peau et du liquide froid qui coule dans mes veines. Assez de ce groupe qui s'élargit ou se resserre au gré des caprices de l'Océan. Assez de déménager constamment, d'être toujours sur mes gardes.

« Et toi, ta maison, à quoi elle ressemble ? »

Je fouille dans mes souvenirs. Malgré le temps que j'ai pu passer dans telle ou telle région, malgré les innombrables villes où nous avons séjourné, aucun de ces endroits ne mérite le nom de « maison ». C'est un concept que je n'arrive pas à définir.

Je hausse les épaules et je plante ma petite cuillère dans ma crème glacée.

« Ce n'est pas grave si tu n'as pas envie d'en parler, me dit Akinli. Un jour, tu te feras de nouveaux souvenirs, tu te construiras une nouvelle maison. Et moi aussi. »

J'ai peur de me laisser séduire par la sincérité qui transpire de sa voix, par ce regard bienveillant qui me promet de m'aider à mettre de l'ordre dans ma vie. Et pourtant, je succombe.

Je dévisage ce garçon qui sait me calmer en quelques mots et qui ignore à quel point il est extraordinaire.

C'est toi, mon refuge, me dis-je.

« Bon, il y tout un tas d'autres boutiques où on peut faire un tour, ou alors on peut rentrer à Port Clyde, résume Akinli en vérifiant l'heure sur son téléphone portable. Ben va bientôt finir sa journée et Julie n'avait qu'un seul rendez-vous. Elle est coiffeuse-maquilleuse. Elle n'a pas des tonnes de clients en ville mais elle se déplace beaucoup et elle est compétente, d'où un planning souvent chargé. Aujourd'hui elle avait un mariage. Parfois, Ben et moi, on lui sert de cobayes. »

Je souris, imaginant les deux cousins disparaissant sous le fard à paupières et le blush.

Akinli parcourt les fichiers de son téléphone. « Tiens, regarde. Elle avait testé sur nous une espèce de masque hydratant. »

Il me met sous le nez une photo qui les montre le visage recouvert d'une substance verdâtre. Ben a une bière à la main, Akinli un verre de lait, et ils trinquent.

Je dois étouffer un gloussement.

« Ça te prouve que je te fais confiance. Personne n'a jamais vu cette photo. Si je la garde, c'est uniquement pour faire chanter Ben un jour. »

Je tambourine des doigts sur la table, afin de lui montrer que je trouve cela désopilant. Il lâche un petit rire, étudie à nouveau le cliché et semble gagné par la mélancolie.

« Ils sont géniaux. Je serais perdu sans eux. »

Je pose ma main sur la sienne, touchée par son humanité, son courage en dépit de la douleur, et ce petit sourire qui flotte perpétuellement sur ses lèvres.

Akinli retourne sa main et entremêle ses doigts aux miens, puis il me fixe de son regard azur. J'ai l'impression de me noyer dans le bleu de ses yeux.

« Viens, princesse, on rentre à la maison. »

Il garde ma main dans la sienne. Il jette son gobelet en carton dans une poubelle et tient la porte à un couple de personnes âgées qui vient s'offrir une petite douceur, le tout sans me lâcher. L'Océan m'appelle toujours, mais je fais la sourde oreille.

Le trajet du retour me paraît interminable. Akinli ne rebranche pas l'autoradio et il se mure dans le silence. On dirait que chacun évalue les forces de la partie adverse. Plus il m'étudie et plus il se convainc que quelque chose cloche chez moi. De mon côté, plus je le regarde et plus je doute qu'il soit capable de supporter la vérité plus de quelques heures.

De retour à Port Clyde, nous longeons la résidence d'artistes, l'unique chambre d'hôtes et la maison de l'adorable miss Jenkens, toujours assise sur son porche avec un pichet de thé glacé.

Une voiture et une mobylette sont garées dans l'allée. J'en déduis que Ben et Julie sont rentrés. Akinli monte les marches du perron les yeux baissés et les mains fourrées dans les poches. Ouvrant la porte, nous les surprenons en position compromettante. Ben s'est posté derrière sa femme, il la serre dans ses bras et Julie est pliée en deux tellement elle rit.

« Un bisou ! s'exclame-t-il.

— Tu sens trop mauvais ! proteste-t-elle en le frappant d'une spatule en bois.

— Mais je t'aime ! »

Ce petit moment de bonheur conjugal me donne envie de pleurer. Les couples, comme les Sirènes, inventent leur propre langage et leurs propres références, se fabriquent un univers bien à eux.

Akinli se racle la gorge sans la moindre discrétion.

« Eh bien, quelle métamorphose, me dit Ben. Tu fais moins peur qu'hier soir. »

Il s'esclaffe, plante un baiser sur la joue de Julie et s'élance dans l'escalier.

« Je vais prendre une douche. Je reviens dans une minute. »

La jeune femme le suit du regard, pousse un soupir et se tourne vers nous.

« Vous avez faim ?

— Je me suis gavé de glace, répond Akinli. Tu as faim, Kahlen ? »

Je réponds *ça va* en langue des signes, un geste qu'il va sûrement comprendre.

« D'accord. Je prépare le dîner de Ben, déclare Julie. Kahlen, mes habits te vont mille fois mieux qu'à moi.

— Tout s'est bien passé aujourd'hui ? lui demande Akinli avant d'aller chercher du jus d'orange au réfrigérateur.

— Très bien. Les mariages, c'est ce qu'il y a de mieux. Enfin, à part celui de l'autre fois.

— Il y a quelques mois, la mariée a balancé une flûte de champagne au visage de Julie », m'explique Akinli.

Je fixe Julie, les yeux écarquillés.

« Je n'ai toujours pas compris sa réaction. Je me rappelle vaguement qu'il y avait un recourbe-cils dans l'histoire mais quand des objets ont commencé à voler à travers la pièce, j'ai remballé mes affaires.

— Pas de mésaventure de ce genre aujourd'hui ?

— Non. Il n'y a eu aucun problème et les fiancés doivent être mari et femme à l'heure qu'il est. Et Ben n'a pas à se plaindre non plus. Il a dû retourner remplir le réservoir du bateau. Toi, ajoute-t-elle en braquant une fourchette sur Akinli, il faut vraiment que tu mettes un terme à tes escapades nocturnes.

— Moi ? s'insurge-t-il.

— Tes petites virées finissent par coûter cher en carburant.

— D'accord, et si j'en profite pour poser des pièges ?

— Il faudra d'abord notre feu vert.

— Tu plaisantes. »

Julie éclate de rire et je sens qu'elle va finir par céder. Akinli aura sans doute un peu plus de mal à convaincre Ben.

Je suis au bord des larmes. Cela me bouleverse de voir comment fonctionne une vraie famille. Et celle-ci, rafistolée après une immense tragédie, dépasse toutes mes attentes. Je vais avoir beaucoup de peine à partir demain matin.

Akinli me scrute à nouveau. Je sais qu'il tente de percer mes secrets, qu'il ne peut plus museler ses soupçons.

Et pourtant…

Il met un bras autour de mes épaules.

« Julie, tu n'as rien de prévu ce soir ?

— Pourquoi tu me poses cette question ?

— Kahlen et moi, on a décidé de passer une journée géniale et je pense qu'une soirée dehors lui ferait le plus grand bien. Tu pourrais lui donner un coup de main pour se pomponner ? »

Julie pose son regard sur moi. Je ne sais pas ce qu'elle voit sur mes traits, mais les siens ne reflètent que de la bienveillance.

« Bien sûr. »

18.

Julie ne veut pas d'argent en échange des soins qu'elle va me prodiguer. Elle préfère nous envoyer, Akinli et moi, à l'épicerie – le seul magasin de Port Clyde – faire quelques courses et lui rendre service par la même occasion.

« Bien le bonjour, Akinli ! C'est qui ton amie ? lance le vieil homme qui tient la caisse.

— Kahlen. Une copine de fac. Elle est venue nous rendre une longue visite. »

« Une longue visite » ? Le pauvre risque d'être déçu quand je me volatiliserai demain matin !

« Ravi de faire ta connaissance, ma jolie. »

J'échange une poignée de main avec l'épicier et je remarque que sa paume est aussi lisse que du papier. Il n'a jamais été pêcheur, c'est certain.

« Est-ce que L'Épuisette est privatisé ce soir ? lui demande Akinli en allant chercher un panier.

— Pas que je sache.

— Génial. Kahlen va goûter nos spécialités locales. »

Akinli m'adresse un clin d'œil et je m'aventure dans les rayons après avoir salué le vieil homme.

« Tu as déjà mangé du homard ? »

Je grimace. Depuis ma transformation, la perspective de manger des crustacés ou des fruits de mer me dégoûte ; j'aurais l'impression de manger un lointain cousin.

« Tu n'as jamais mangé de homard ? Dis-moi que c'est une plaisanterie ? Kahlen, qu'est-ce que je vais faire de toi ? me taquine Akinli en trouvant la chapelure et la soupe sur une étagère. Tu débarques tranquillou en ville, tu parles tellement que je ne peux pas en placer une et ensuite tu m'avoues un crime impardonnable ! Surtout, ne le dis pas à Ben. Il risque de te chasser de la maison, et je n'exagère pas. »

Un sourire aux lèvres, il passe sa main sur les rayonnages en fer-blanc. Je l'imite, savourant la fraîcheur du métal. J'adore ce petit magasin, son atmosphère, ses odeurs. C'est un endroit où j'aimerais revenir.

« Aïe ! s'exclame Akinli en retirant brusquement sa main. Fais attention. »

Il s'est entaillé deux doigts. J'inspecte l'étagère et je repère l'éclat de métal qui a dû le blesser.

« Et toi, ta main ? » s'inquiète-t-il.

Je secoue la tête. Je sais que je n'ai rien.

« Montre, ça va ? »

Akinli m'attrape la main, la retourne. Rien. Pas une marque, pas la moindre goutte de sang.

« Eh bien, tu dois avoir le cuir épais. »

Il plonge son regard dans le mien, comme pour me faire comprendre qu'il n'est pas dupe. Ni accusation ni peur dans son expression, seulement un soupçon de curiosité. Il pousse un soupir.

« Malheureusement pour moi, je ne suis qu'un simple mortel qui doit s'acheter des pansements. Hé, Kurt. Tu as une étagère à réparer. »

Et Akinli s'éloigne en quête du rayon hygiène. Je reste seule un moment et j'essaie de calmer les battements affolés de mon cœur.

Julie passe ses doigts dans mes cheveux tandis que nous étudions notre reflet dans le miroir de la coiffeuse.

« Quel shampoing utilises-tu ? Tes cheveux sont si doux », fait-elle remarquer avec de l'envie dans la voix.

Je dois faire preuve d'imagination pour me faire comprendre. Comment arriver à faire dire à mes yeux « j'ai oublié la marque », à mon front « merci beaucoup » ? Parler, c'est mille fois plus efficace.

« Bon, la priorité des priorités : coiffure et maquillage. Et L'Épuisette, ce n'est pas un restaurant quatre étoiles, donc ta robe de soirée détonnera trop. Tu peux te servir dans mon placard. »

Je la remercie d'un sourire tandis qu'elle branche un fer à friser et ouvre une caisse qui ressemble à s'y méprendre à une boîte à appâts. Sauf qu'en guise d'appâts, elle est remplie de poudriers, de blushs, de lingettes et de mascaras. Stupéfaction. C'est la première fois de ma vie que je vois autant de maquillage.

« Je sais, je sais. Cela aurait besoin d'un bon ménage de printemps mais je t'assure que j'ai utilisé tous ces produits au moins une fois. »

Elle approche plusieurs palettes de ma joue, cherchant la teinte qui me convient le mieux. Elle semble procéder un peu de la même façon que Miaka avec ses tubes de peinture et ses gouaches.

« Je voulais te présenter des excuses, me dit-elle en s'armant d'une brosse. Nous avons dû te paraître distants hier soir. Ce n'est jamais simple d'offrir l'hospitalité à une personne qu'on ne connaît pas. »

Je lui signale que je comprends son attitude. Leur gentillesse et l'accueil que mes hôtes m'ont réservé ne cessent de m'émerveiller.

« Akinli a confiance en toi, de toute évidence, et quel que soit ton parcours sache qu'ici, tu es en sécurité. »

Nos regards se croisent dans le miroir.

« Honnêtement, tu peux bien être une tueuse en série, je m'en fiche », plaisante Julie.

J'espère qu'elle ne remarque pas que je me suis crispée.

« Quelqu'un qui arrive à mettre un sourire sur le visage d'Akinli... tiens, il s'est rasé aujourd'hui. Il m'a aussi demandé de lui couper les cheveux. » Cela semble être un événement d'une portée inouïe. « Je sais que ça te paraît anodin, mais il a beaucoup de mal à reprendre goût à la vie depuis la mort de ses parents. Il t'en a parlé ? »

Je fais oui de la tête.

« Tant mieux. Je m'en voudrais d'avoir révélé ses secrets sans le faire exprès. Je ne sais pas s'il y a plus que de l'amitié entre vous, mais j'ai l'impression qu'il s'est réveillé aujourd'hui. Il était très apathique ces derniers temps. »

Je tombe des nues. En vérité, notre relation se résume à quelques heures passées ensemble à danser, à cuisiner. D'un autre côté, il ne s'est pas écoulé une seule journée sans que je pense à lui. Est-ce là le signe de quelque chose ?

J'ai la conviction profonde que le destin a fini par s'en mêler, comme il est intervenu lorsque Miaka et Elizabeth se sont liées d'amitié. Dans le secret de mon cœur, j'ai envie de dire qu'Akinli et moi ne nous sommes pas rapprochés par hasard, mais je repousse cette pensée. Je dois trouver un moyen de partir demain matin. Cela vaut mieux pour tout le monde.

Akinli me tient la chaise, toujours galant, tandis que je balaie du regard la salle du restaurant. L'endroit est si petit que je serais passée devant sans le voir s'il ne me l'avait pas montré. Des bouées sont suspendues au plafond le long du bar et je peux observer ce qui se passe en cuisine. La porte de service s'ouvre sur un ponton et, à cette heure-ci, le ciel se pare de nuances mauves et roses. La silhouette des bateaux arrimés au ponton se détache sur cette somptueuse toile de fond.

Je crois que je suis tombée amoureuse de Port Clyde. C'est tout petit et il n'y a pas grand-chose à faire, mais c'est surtout un endroit unique au monde. Dans ce cadre enchanteur, j'ai l'impression d'apprendre à connaître Akinli une nouvelle fois, de le découvrir. Oui, il devrait reprendre ses études et oui, vivre dans une une grande ville lui a fait un bien fou, a élargi ses perspectives, mais c'est un pilier du village et je me demande comment les autres se sont débrouillés en son absence.

« Très bien. Je n'arrive pas à déterminer si tu détestes les fruits de mer ou si tu n'en as jamais mangé. Alors, tu te sens d'attaque pour essayer le homard ? » demande-t-il, la bouche en cul-de-poule, en battant des paupières.

Je souris. Bien sûr.

« Sans te mettre la pression, évidemment. Je suis certain que tu vas adorer. »

Je referme mon menu, montrant ainsi ma détermination. Il éclate de rire et j'ai l'impression d'être à deux doigts d'accomplir un exploit énorme.

« Alors c'est parti. »

Pendant que nous attendons nos plats, Akinli dégaine son stylo et son bloc-notes, ses fidèles compagnons. Tout cela va me manquer.

« Alors, qu'est-ce que tu penses de Port Clyde ? Ne mens pas. Je veux un rapport complet. »

Je commence à me demander s'il ne lit pas dans mes pensées. Il me laisse le temps de rédiger une réponse complète et en prend connaissance avec attention.

C'est très beau. J'aime bien son aspect hors du temps et je trouve ça chouette que tu connaisses tous les habitants par leur nom. On s'y sent en paix. Pas loin de la perfection.

« Pas loin de la perfection ? Tu le penses vraiment ? »

Je hoche énergiquement la tête. Je comprends mieux pourquoi les grandes villes ne sont pas faites pour moi. L'anonymat est certes pratique, mais si on s'installe au bon endroit, si on côtoie les bonnes personnes, il vaut mille fois mieux vivre dans un village où les gens se disent bonjour dans la rue avant d'aller travailler.

« Je suis content que tu te plaises ici. Vraiment. »

Nous regardons la nuit tomber par la fenêtre et je ne cesse de penser que je vais devoir quitter cet endroit avant demain matin. Il me manque un motif plausible, car j'aimerais éviter de me volatiliser sans préavis, comme à Miami.

Quelques minutes plus tard, le serveur pose devant moi un homard rouge vif accompagné d'une rondelle de citron et d'une coupelle de beurre fondu. Je me fige, mal à l'aise.

Tu n'es pas un poisson, je me répète. *Tu es une personne.*

Je me sers d'une sorte de casse-noix, de deux fourchettes et, à l'occasion, des doigts d'Akinli, pour extirper la chair des pinces. En fin de compte, je dois convenir que tous ces efforts en valent la peine, largement, et je me lèche les doigts sous le regard ravi d'Akinli. En résumé, je me régale.

Les inflexions de sa voix, son visage expressif… rien ne m'échappe pendant qu'il me fait la conversation. Il me parle de son enfance, de son travail à bord du bateau de son cousin, de l'amour que lui portaient ses parents. Nous commandons en dessert une part de cheesecake à partager et nous quittons le restaurant la main dans la main.

« J'ai encore une chose à te montrer. Si ça ne te dérange pas de partir à l'aventure, bien sûr. »

Je ne vois pas trop comment couronner cette journée déjà parfaite. Je sais cependant que l'heure est venue de prendre élégamment congé. Si j'avais un cerveau en état de marche, je dirais à Akinli de me laisser près de l'épicerie et de transmettre mes amitiés à Ben et Julie.

Mais je n'en fais rien.

Nous prenons la voiture pour traverser Port Clyde et nous longeons le phare, la maison de Ben et une forêt impénétrable avant de nous arrêter devant une maison plongée dans l'obscurité. Akinli se gare dans l'allée et sort de sa poche un trousseau de clefs.

« Terminus. Suis-moi. »

La maison n'est pas un palais mais, comparée à celles que j'ai pu voir dans le village, elle s'en rapproche. Un étage, une immense véranda qui fait le tour de la maison et un jardin aussi impressionnant que le reste. Akinli cherche la bonne clef, ouvre la porte et me fait entrer. La pleine lune a du mal à percer les ténèbres. Akinli sort un briquet de sa poche et allume une série de bougies. Je me demande soudain à quoi il s'occupait pendant que Julie me pomponnait.

Je lui emboîte le pas tandis qu'il éclaire chaque pièce l'une après l'autre, tombant un peu plus amoureuse à chaque bougie qu'il allume.

« Cette maison, c'est mon grand-père qui l'a construite. Du côté maternel. Riche comme Crésus. Papa a passé son enfance sur un bateau de pêche alors que Maman a grandi dans une villa cossue du Maine. Grand-père a moyennement apprécié qu'elle tombe amoureuse d'un simple pêcheur pendant qu'elle était en vacances ici, mais ils ont fini par enterrer la hache de guerre à ma naissance. Il était au septième ciel et il m'a gâté jusqu'à sa mort. On a fait un vide-grenier après l'accident de mes parents. Le peu d'économies qu'ils avaient a été englouti par les frais médicaux de maman quand l'assurance leur a tourné le dos. De toute façon je n'aurais pas pu tout garder, c'était trop douloureux. Et attends de voir le reste », ajoute-t-il avant de m'entraîner dehors, éclairant notre chemin à l'aide d'une bougie.

Nous quittons la véranda et nous arrivons sur une petite plage privée. Je me rapproche dangereusement de l'Océan, qui hurle toujours Sa détresse.

« C'est l'une des rares propriétés qui a une plage de sable fin et pas de galets », m'explique Akinli. Cette « plage de sable fin » tiendrait dans un mouchoir.

« Tu vois cette lumière à l'horizon ? C'est le phare, et un peu plus loin, en continuant le long de la côte, on arriverait en ville. »

Akinli ponctue sa phrase d'un sourire et glisse ma main dans la sienne.

« Et la maison, elle te plaît ? »

Même si personne n'y vit en ce moment, il se dégage une réelle personnalité de cette bâtisse. Je dois reconnaître que c'est un chef-d'œuvre architectural. À cet instant, je sens des gouttes tomber sur ma main. Baissant les yeux, je découvre qu'Akinli a versé de la cire sur mes doigts.

« Eh bien, lance-t-il sur un ton détaché, comme s'il s'y attendait, pas la moindre trace de brûlure. Bizarre autant qu'étrange. »

Un nœud se forme dans ma gorge. Je n'ai pas du tout réagi à la douleur.

« Écoute, Kahlen. Je ne suis pas aveugle. Comment veux-tu que je réagisse face à une fille qui n'a pas de nom de famille, qui me cache tout un pan de sa vie, qui est muette et insensible à la douleur ? J'ai deux hypothèses : soit tu vas m'attirer des ennuis, soit c'est toi qui es dans le pétrin. Je penche pour la seconde solution. »

Si l'Océan consentait à Se taire quelques instants, cela me laisserait le temps de réfléchir. J'aimerais dire à Akinli qu'il se trompe. *Je représente un danger pour toi. Un immense danger. Mais je ne peux pas y faire grand-chose.*

Il prend mon visage entre ses mains. « Je ne suis pas riche, Kahlen, mais cette maison est à moi. Grâce à Ben et Julie, j'économise pour remettre ma vie d'aplomb, mais je n'étais pas convaincu que cela en vaille la peine. Jusqu'à hier. Si tu veux rester ici, je te rendrai heureuse. Si tu veux échapper à ton ancienne vie, même si tu as des choses à te reprocher, je m'en moque totalement, nous veillerons tous sur toi. »

Mon cœur s'emballe. Akinli ne connaît pas mes secrets et pourtant il veut que je reste. Il s'engage à me protéger.

Je ne suis personne, en vérité. Une fille parmi des millions d'autres. Mais, depuis que je côtoie Akinli… je ne suis plus simplement Kahlen.

Alors, poser mes valises à Port Clyde ou pas ? En moins de vingt-quatre heures, j'ai commis quelques erreurs mais ce n'est qu'une question de discipline. L'Océan et mes sœurs peuvent ignorer jusqu'à l'existence d'Akinli, rien ne m'oblige à les mettre au courant. Aisling a bien dissimulé, des décennies durant, l'existence de sa fille. Et cela ne le dérangera pas que je disparaisse quelques heures une fois par an, voire moins, si la chance est avec moi. S'il tient vraiment à moi, et je n'ai aucune raison de soupçonner le contraire, il va devoir quitter Port Clyde avant que ses proches ne commencent à l'interroger sur mes bizarreries. Pour la première fois, je me dis que nous pouvons envisager une vie commune.

Alors, il me sera vraiment possible de consacrer mon existence à Akinli. Car il ferait contrepoids à toutes les horreurs que j'ai vues – et que je verrai encore, inévitablement.

Pas un conte de fées, mais envisageable.

Je hoche la tête. Bien sûr que je vais rester !

« Promis ? »

Promis.

Et Akinli m'embrasse, mon visage toujours entre ses mains. Un baiser qui allume un brasier dans mes veines.

« Tu m'as ramené à la vie », chuchote-t-il, et il m'embrasse à nouveau.

Une éternité que j'ai attendu ce moment. Et j'attendrai encore une éternité s'il le faut. Il était écrit dans les étoiles que ce garçon me prendrait dans ses bras.

Je ne m'embarrasse plus de précautions et je l'attire à moi. Le baiser se prolonge, magique, presque cosmique.

Lorsque nous nous détachons l'un de l'autre, un délicieux vertige m'envahit. J'ai l'impression de ne plus être moi-même, d'avoir changé d'apparence. Mon sang mêlé d'eau de mer bouillonne dans mes veines, je me sens en vie comme jamais. Et deux mots m'échappent :

« Ça alors. »

Aussitôt, je prends conscience de ma bévue. Akinli baisse les paupières et secoue la tête, comme s'il essayait de mettre de l'ordre dans ses idées. Je m'exclame : « Akinli ! », ce qui ne fait qu'empirer une situation déjà catastrophique.

Il perd l'équilibre, s'appuie à moi puis se dirige d'un pas chancelant vers l'Océan.

Je le rattrape et j'enroule mes bras autour de lui.

« NON ! »

Il ne me gratifie même pas d'un regard ; il poursuit résolument sa route. Je le suis, fébrile, cherchant un moyen de le forcer à faire demi-tour. Il s'aventure dans l'eau, poussé par une force aveugle. Heureusement qu'il n'y a pas de rochers ici, sinon il serait réduit en charpie.

Les vagues me lèchent les chevilles, puis les genoux, et l'eau finit par m'arriver à la taille. Je lutte désespérément contre cette masse glacée, me maudissant d'avoir préjugé de mes forces. Akinli peut-il mourir d'hypothermie ? Je suis incapable de le dire, étant moi-même insensible au froid.

Sans la moindre hésitation, il plonge. Je fais de même.

19.

Sa voix m'assourdit presque.

« *Tu n'as pas répondu à Mes appels ! Tes sœurs sont terriblement inquiètes ! Où étais-tu tout ce temps ?* »

Je fais la sourde oreille et j'enroule mes bras autour du torse d'Akinli. Il ne cille pas, le regard dans le vide.

« *Lâche-le.*

— Non. Il faut que je le remonte à la surface.

— *Il a entendu ta voix. Il M'appartient désormais.* »

J'ai l'impression qu'Akinli pèse une tonne. On dirait qu'une corde le retient au fond sablonneux de l'Océan.

« Je T'en supplie. Épargne-le.

— *Sa mort permettra à d'autres de vivre.*

— Et je m'engage à T'en ramener des milliers en échange. Par pitié. Laisse-le vivre. »

Elle n'a pas l'intention de le laisser partir, je le vois. Le temps m'est compté. Ou plutôt : le temps est compté à Akinli.

Entre mon attitude pendant le dernier naufrage et les risques que j'ai fait courir à mes sœurs, je sais que j'ai enfreint à deux reprises Son règlement. C'est la première fois, en quatre-vingt-un ans, que je conteste Son autorité. Je sais aussi que je ne peux pas compter éternellement sur Sa bienveillance. Elle me réserve un châtiment exemplaire, c'est certain. Je m'en moque. Pour une fois – juste pour cette fois –, je Lui demande de ne pas tuer quelqu'un. J'implore l'Océan sans parler, en lui ouvrant mon cœur. Elle ne dit rien Elle non plus mais, soudain, la tension exercée sur Akinli disparaît. Il ne réagit pas lorsque nous perçons la surface et j'ai peur qu'il ne soit resté trop longtemps sous l'eau. Est-ce qu'il respire encore ?

Elle ne me propulse pas comme Elle le fait en temps normal pour m'aider à nager plus vite et je dois fournir un effort immense pour maintenir la tête d'Akinli hors de l'eau tout en gagnant le rivage.

C'est très affaiblie, exténuée même, que je le tire sur le sable. Je le lâche et je pousse un petit cri quand sa tête heurte brutalement une zone plus dense. Toujours aucune réaction.

« S'il te plaît. Je t'en supplie, reste en vie. »

Je colle mon oreille contre sa poitrine et j'entends la plus belle mélodie au monde : les battements de son cœur. Sa poitrine se soulève et retombe. Ouf.

Mon cœur se brise en mille morceaux. Je vais devoir l'abandonner là, seul, dans l'ombre de la maison qu'il vient de m'offrir. Lui qui a tellement souffert, qui ne s'est pas encore remis de la mort de ses parents. Mais il faut que je parte.

Je dépose un baiser sur sa joue et je caresse son visage une dernière fois.

« Je suis désolée. Je ne peux rien faire de plus pour toi. Ne meurs pas, je t'en supplie. Je t'aime. »

Je dois faire appel à toute ma volonté pour m'arracher à Akinli et me jeter dans les vagues crénelées d'écume. Les flots se referment sur moi et Elle m'attire dans Ses profondeurs sans me laisser le temps de me raviser. Je regarde les bateaux amarrés à Port Clyde devenir des petits points noirs au-dessus de ma tête.

C'est la peine de mort que j'encours. Sentant Sa détermination, j'imagine qu'Elle m'emmène dans une sorte de cachot sous-marin. Je suis certaine d'être en train de vivre mes dernières minutes. Mes sœurs n'assisteront pas à l'exécution et cela me soulage immensément. Je n'ai pas envie qu'une autre mise à mort se grave dans la mémoire de Miaka.

Tâchant de mettre ma panique en sourdine, je dirige mes pensées vers Akinli et je prie pour qu'il reprenne connaissance, qu'il finisse par s'en tirer. Je m'attache à toutes les petites choses que nous avons faites aujourd'hui, afin que sa gentillesse m'accompagne jusque dans la tombe.

« *C'est pour cela que Je ne prends pas de femmes mariées à Mon service. Tu ne seras plus digne de foi désormais. Et tu vois comme tu souffres ? C'est ton amourette qui t'a amenée là.* » Sa colère tourbillonne autour de moi. Avant de fondre en larmes, je Lui demande :

« Peux-Tu me tuer le plus rapidement possible ? Je suis terrifiée.

— *Je ne te supprime pas. Pas aujourd'hui.* »

Finalement Elle me relâche sur Son sol et les ténèbres m'engloutissent. Je suis prise au piège, sans espoir de revoir la lumière un jour. Elle m'emprisonne dans des turbulences, des remous qui m'empêchent de remonter à la surface. Je suis condamnée à errer éternellement dans les hauts-fonds.

« *Tu as failli vous compromettre, toi et tes sœurs, à deux reprises ! Et la jeune femme que tu voulais protéger à tout prix a souffert inutilement. Tu as arrêté de chanter, ce qui constitue pour Moi une raison suffisante de te tuer.*

— Je sais. Je m'en rends compte.

— *Et voilà que Je parcours les souvenirs que tu t'es forgée avec ce garçon, tes petites rêveries oiseuses, et je découvre les risques que tu as pris ces dernières vingt-quatre heures. Tu n'as cessé d'éveiller leurs soupçons. Tu as failli parler à plusieurs reprises. Tu aurais pu tous les tuer.* »

Je pleure sans me cacher, visualisant Ben au fond de la baignoire ou Julie sous le robinet de l'évier.

« *Pire encore, tu as pris ce qui Me revient de droit. Ce garçon aurait dû mourir ce soir.*

— Tu as dit que Tu n'allais pas me tuer. C'est vrai ? Pourtant, j'ai enfreint Tes règles. Je sais quel châtiment je mérite. Et, pour être franche avec Toi, si je devais arracher Akinli à Ton emprise une nouvelle fois, je le referais sans hésiter. Je comprends Ta douleur, mais je ne peux pas l'apaiser ! »

J'ai les mains qui tremblent. Mes larmes se mélangent à Ses Eaux.

« Je crains d'être une source de déception pour Toi ces dix-neuf prochaines années. Je ne veux pas vous mettre en danger, ni Toi, ni mes sœurs, et je trouve insupportable d'être séparée de... »

Je plaque ma main sur ma bouche, horrifiée par l'avenir qui se présente à moi. Car, aussi sûrement que le soleil se couche à l'ouest, Elle va m'empêcher de revoir Akinli jusqu'à ce que l'un de nous meure.

« J'assume les conséquences de mes actes. Tue-moi, puisqu'il le faut. »

Un long silence s'ensuit et je La sens qui S'adoucit. Cette étrange affection qu'Elle me porte a pris le dessus sur la colère.

« Tu crois que Je prends plaisir à semer la mort autour de Moi ?

— Pardon ?

— *Il n'y a aucune joie pour Moi dans le fait de te punir ou de prendre des vies. Je fais ce que Me dicte Ma nature. Ta mort ne Me procurera aucun plaisir mais, crois-le ou non, J'en porterai le deuil. Tu sais forcément combien tu comptes pour Moi.*

— Pourquoi moi ? Pourquoi ai-je Ta faveur plus que les autres ? »

Avec des mouvements d'une infinie tendresse, comme si Elle berçait un nourrisson, Elle me soulève. À Son échelle, je suis née il y a quelques heures à peine.

« *Aucune des Sirènes qui t'ont précédée ne M'a considérée avec Tes yeux. Il y avait toujours une distance, un gouffre infranchissable entre elles et Moi. Mais toi... Tu débordes de gentillesse, tu essaies de Me comprendre. Tu viens à Moi même si Je ne t'appelle pas. J'éprouve vis-à-vis de toi ce qu'une mère éprouve pour sa fille. Mettre un terme à ta vie, ce serait mettre un terme à la Mienne.*

— Excuse-moi. Je n'ai jamais voulu Te faire du mal.

— *Je sais. C'est pour cette raison que tu vas rester. Mais tu sais aussi bien que Moi que tu ne peux pas t'en tirer à si bon compte. Miaka et Elizabeth sont très obéissantes et Je ne veux pas qu'elles pensent qu'elles peuvent jouir d'une liberté totale.* »

Je tremble. Elle vient d'énoncer une vérité terrifiante.

« *Je comprends. Alors, Ta décision ?* »

Elle réfléchit quelques instants.

« *Cinquante ans.*

— Quoi ?

— *J'ajoute cinquante années à ta sentence.*

— Non ! Non, Tu ne peux pas faire ça !

— *Te tuer Me serait insupportable. Je viens de t'expliquer à quel point Je tiens à toi. Ce serait vraiment un calvaire pour toi de passer plus de temps à Mon service ?*

— Non, pitié ! Ne me force pas à vivre soixante-dix années de plus sans lui.

— *Écoute-moi bien,* dit l'Océan d'une voix amère. *Bannis-le de tes pensées. Je ne veux pas te tuer, mais Je ne veux pas non plus que tu Me fournisses une raison de mettre un terme à sa vie...* »

Elle laisse Sa phrase inachevée et je suis pétrifiée. La vie d'Akinli dépend de mon obéissance. Lui qui passe tellement de temps sur l'eau, il serait constamment en danger...

« Non ! Tu ne peux pas ! Non ! »

Elle me projette vers la surface et je L'entends appeler mes sœurs.

« Ne fais pas ça, je T'en supplie !

— *Tu vas finir par t'y faire,* m'assure-t-Elle. *Tu t'en sors bien, en définitive.*

— Je ne peux pas. Je n'y arriverai pas.

— *Nous en reparlerons bientôt. Quand tu seras prête.*

— S'il Te plaît. »

Elle me laisse sur une petite plage couverte de galets et de détritus. J'ai l'impression d'avoir été abandonnée dans une décharge. Serais-je devenue un déchet parmi les autres ? On dirait bien, en effet.

20.

J'essaie de comprendre où je me trouve en fouillant les environs du regard. Le ciel nocturne s'éclaire d'une étrange lueur. Je distingue soudain le grondement du trafic et je devine que je suis sous un pont.

Un bruit de pas précipités, trois silhouettes familières. Ce sont mes sœurs qui se hâtent dans ma direction. Derrière elles, New York brille de mille feux.

D'un coup d'œil circulaire, elles vérifient que nous sommes bien seules. Padma s'agenouille près de moi.

« Est-ce que ça va ? »

Je lui réponds non d'un signe de tête.

Elizabeth nous rejoint et se laisse tomber à terre.

« On s'inquiétait pour toi. Tu as arrêté de chanter, tu es partie sans explication. Où est-ce que tu étais ? »

Je secoue à nouveau la tête, le visage baigné de larmes.

« Qu'est-ce qu'il se passe ? s'inquiète Miaka.

— Et-ce qu'on est en sécurité ? je demande entre deux sanglots.

— Oui. Nous sommes sous le pont de Manhattan. Il est déjà tard et le bruit des voitures va étouffer nos voix, donc on ne risque rien.

— Alors, où étais-tu ? insiste Elizabeth, poings sur les hanches et sourcils froncés. L'Océan te cherchait mais il paraît que tu refusais de Lui répondre. »

Miaka pose sa main sur mon épaule.

« Nous savons que le dernier naufrage t'a bouleversée. Mais rien ne t'obligeait à partir. »

Je frémis, rendue nauséeuse par le souvenir du visage de la jeune mariée – le visage de Karen. Rien n'a changé durant ma fugue.

J'inspire profondément.

« Bâillonnez-moi.

— Hein ? fait Padma.

— Bâillonnez-moi, s'il vous plaît ! »

Elizabeth déchire son T-shirt et l'enroule autour de ma tête. Je le tiens serré contre ma bouche et je hurle dedans, à pleins poumons. Le côté brut, presque animal, de ce cri contraste avec les voix harmonieuses qui franchissent d'habitude nos lèvres. Il exprime fidèlement ce que je ressens en cet instant. Il me soulage et fait retomber la pression.

« Kahlen ? »

Je détache lentement le T-shirt de mon visage. « Elle m'a donné cinquante années supplémentaires.

Cinquante années qui viennent s'ajouter aux cent initiales. »

Elizabeth lâche un juron, Padma en a le souffle coupé.

Miaka me prend dans ses bras. « Je suis vraiment désolée. Mais tu es encore en vie, c'est déjà beaucoup.

— Tu crois ?

— Viens. On rentre à la maison. »

Enveloppées par la nuit, nous gagnons une maison en brique située dans le quartier de Brooklyn. Pendant que mes sœurs rangent leurs vêtements et changent la disposition des meubles, je pleure dans un coin. Je passe deux jours entiers à évacuer ma douleur. Et lorsque mes larmes se sont taries, je finis par m'endormir.

Aiguillonnées par l'enthousiasme de Padma, les filles se transforment en touristes. Elles visitent la Statue de la Liberté, vont voir toutes les comédies musicales de Broadway. Elles fréquentent les restaurants et les clubs les plus branchés et Padma devient une fêtarde à leur image. Toute cette comédie me lasse : le cycle perpétuel de la danse, de la drague et de l'alcool qui coule à flots a repris, à mon grand désespoir. J'ai l'impression qu'elles m'ont complètement laissée de côté et qu'elles se contrefichent de mon état moral. Jamais je ne me suis sentie aussi seule.

Un soir, un de ces nombreux soirs où mes sœurs sont sorties s'amuser, je décide de faire du ménage dans mon coffre. J'étudie la pile impressionnante de carnets. Je ne veux plus retomber là-dedans. C'est déjà difficile de savoir que la jeune mariée s'appelait Karen, je n'ai pas la moindre envie d'apprendre le nom de ses parents ou de sa demoiselle d'honneur. Aucune masse d'informations ne pourra me racheter. Peut-on considérer qu'un seul de mes carnets a pu réparer mes fautes ?

Je traîne le coffre dehors, dans la rue. Nous n'habitons qu'à un jet de pierre du pont mais ce n'est pas une promenade de santé de le transporter jusqu'au fleuve. Je me plante pieds nus sur la berge et je jette mes carnets à l'eau, du premier au dernier.

Adieu, Annabeth Levens, toi qui croyais aveuglément au pouvoir des trèfles à quatre feuilles.

Adieu, Marvin Helmont et tes trophées de baseball.

Adieu, ces milliers de vies que je ne peux plus sauver, qui ne pourront pas me sauver non plus.

Je me débarrasse de ma brosse à cheveux, de mes robes vintage, de toute ma documentation sur les Sirènes. Elles ne me sont d'aucune utilité à présent.

Le dernier objet dont je me défais, c'est mon épingle à cheveux, l'unique lien qui me rattachait à ma mère. Je la contemple quelques instants au creux de ma main et je regarde ma paume se colorer de rouille.

Plus rien ne me retient à cette vie, plus rien de matériel en tout cas.

Les filles ne remarquent pas que mon coffre a disparu, ce qui est assez révélateur. Cela prouve, s'il fallait une preuve supplémentaire, que je deviens peu à peu invisible, un boulet qui les empêche de profiter de la vie.

New York est une métropole empreinte d'une magie inédite pour Elizabeth et Miaka. Une ville qui ne dort jamais, c'est le paradis pour deux filles qui ne dorment jamais non plus. Padma les suit docilement et participe sans regimber à leurs incessantes escapades, mais je vois bien que ce mode de vie commence à lui peser. Un soir, elle craque.

« Tu ne vas pas rester cloîtrée ici, insiste Elizabeth. Il paraît que c'est le club le plus cool de toute la ville !

— Comme celui où on est allées la nuit dernière, lui rétorque Padma pour la taquiner.

— La mode, ça change du jour au lendemain. Allez, viens, tu ne peux pas rater ça !

— Laisse-la tranquille, s'interpose Miaka. Cela ne fait pas très longtemps que Padma est une Sirène et je suis à peu près certaine que sa vie d'avant n'était pas aussi trépidante.

— Merci de prendre ma défense. Non, c'est vrai. Une soirée tranquille, ça va me faire le plus grand bien. En plus, je pourrai tenir compagnie à Kahlen. »

Je suivais leur conversation d'une oreille, recroquevillée sur le canapé, mais je me redresse lorsque j'entends mon nom. Je découvre qu'elles braquent toutes leurs yeux sur moi. Enfin, elles semblent se rappeler mon existence. Quelle gentillesse de leur part.

« Ça ne te dérange pas si je reste avec toi ce soir, dis-moi ? » demande Padma, m'implorant du regard.

Je me force à sourire, gênée. Padma ne fait que suivre l'exemple de ses aînées dans sa façon de vivre, dans sa façon de réagir à ma présence. Je m'en veux un peu de lui offrir ce spectacle désolant.

« Pas du tout, Padma.

— Très bien, soupire Elizabeth. Fais comme tu veux. »

Vingt minutes plus tard, Miaka et Elizabeth nous ont faussé compagnie et Padma a pris place à l'autre bout du canapé, vêtue d'un legging et d'un T-shirt ample. Elle a quitté sa tenue traditionnelle si facilement que je me sens à nouveau enlisée dans le passé.

« C'est sympa de sortir, déclare-t-elle, de voir des choses, mais ça fait beaucoup à digérer d'un coup.

— Je comprends. J'ai essayé une fois d'adopter leur mode de vie, de sortir boire un verre, d'aller danser. Je n'ai jamais recommencé. »

Padma éclate de rire. « J'ai du mal à t'imaginer en train de te déhancher en mini-jupe dans une boîte de nuit.

— Ce n'était pas pour moi. Je suis plus... » *Plus du genre à danser le jitterbug,* ai-je envie de dire, mais cette pensée me ramène à une époque que j'aimerais oublier. « ... plus casanière.

— Moi, j'aime bien. Il y a quelque chose d'excitant dans le fait d'être réveillée en pleine nuit entourée d'inconnus. Cela peut détourner ton attention de certaines choses. J'aimerais bien que ça ne s'arrête jamais. »

Je vois sous un nouveau jour les semaines qui viennent de s'écouler. Je me suis tellement focalisée sur ma propre souffrance que j'ai négligé celle de Padma.

« Tu n'as rien oublié de ton ancienne vie, pas vrai ?

— Je suis allée voir l'Océan il y a quelques jours, Elle a essayé de me laver les pensées.

— Je ne pense pas que cela fonctionne de cette manière.

— J'imagine que non. »

Padma a l'air malheureuse comme les pierres. Je ne sais pas la soutenir comme elle le mérite. Elle a encore un siècle de souffrance devant elle. Sa détresse aurait-elle moins de valeur que la mienne ? Mon égoïsme m'a aveuglée.

« Je suis désolée, Padma. Je sais que j'ai été plutôt distante ces derniers temps.

— Ce n'est pas grave. J'ai pleuré pendant des heures après le naufrage. Miaka m'a dit que j'allais me blinder, mais ça m'étonnerait. Je comprends que tu n'arrives pas à t'en remettre. Et l'Océan qui ne trouve rien de mieux que de t'ajouter cinquante ans… tu as bien le droit de te sentir mal. »

Mes yeux s'embuent.

« Merci de m'avoir comprise. Je te présente mes excuses, je n'ai pas été une sœur digne de ce nom.

— On dirait que tu as pris sur toi pendant des dizaines d'années. Je ne t'en veux pas. J'aimerais simplement être aussi capable que les autres. Kahlen, tu es la plus âgée d'entre nous. Tu peux me dire ce que je dois faire pour oublier ? » Elle éclate en sanglots. « Je ne peux plus porter ce poids sur les épaules. S'il te plaît. Ça me fait tellement mal. »

Je la serre de toutes mes forces dans mes bras.

« Je ne sais pas quoi te dire. Tes souvenirs vont s'estomper, je t'assure. Mais si tu t'accroches malgré tout à ces images tout au long du siècle, ce que je ne te souhaite pas, le jour où tu ne seras plus Sirène, tu les oublieras pour de bon.

— Ah oui ?

— Bien sûr. Tu crois que tu pourrais vivre longtemps avec le souvenir que l'Océan Se nourrit d'humains ? Que tu as passé une centaine d'années à L'aider à tuer des innocents ? Tout finit par s'effacer. Tu dois te dire que tu as droit à trois vies. Une première vie où tu tâtonnes, une deuxième où tu es dotée de pouvoirs inimaginables et une troisième où tu te retrouves en phase avec tes facultés réelles et la possibilité de réaliser toutes tes ambitions.

— Ça me console un peu. Mais c'est encore très loin.

— Je sais. Mais ne t'inquiète pas. Bientôt, ta douleur disparaîtra. Je te le garantis. Il n'y a aucune raison qu'ils continuent à te hanter. »

Nous restons silencieuses quelques instants. Je vois bien que Padma est préoccupée.

« Je hais mon père, Kahlen, reprend-elle. Il m'a traitée comme une moins-que-rien, il a voulu me tuer. Pendant ce temps ma mère est restée les bras croisés, complètement passive. Je la déteste, elle aussi.

— Il faut que tu laisses ça derrière toi. La haine t'empêche d'oublier.

— Et s'il n'y a plus de place pour l'amour dans mon cœur ? demande-t-elle d'une voix assourdie.

— Ne raconte pas n'importe quoi. Il y a toujours de la place pour l'amour. Même si la porte n'est qu'entrebâillée. Ça suffira. »

Deux semaines plus tard, un SDF commet l'erreur d'agresser Elizabeth. Elle lui chuchote à l'oreille, il se détache d'elle et va se jeter dans le fleuve. Nous devons boucler nos valises et quitter la ville sans traîner.

Moi, je n'ai même pas de quoi remplir une valise.

21.

Une villa abandonnée sur une île au large de l'Italie.

Une petite maison près d'une sardinerie au Mexique.

Un appartement en location dans la péninsule Olympique.

Des noms différents pour désigner le même endroit.

Trois déménagements en moins de sept mois, c'est trop. Beaucoup trop. Elizabeth, qui croit comme ses sœurs que j'ai besoin d'espace, besoin d'un endroit où je pourrais parler à voix haute sans crainte, a pris la décision de quitter New York. Je pense que Padma a poussé les autres à s'établir dans un paysage paisible, un lieu isolé. Elles espèrent qu'un changement de décor m'arrache à ma dépression. Et même si j'apprécie leur bonne volonté, rien ne me sera d'aucun secours.

Dès que je m'en sentirai capable, j'irai vivre seule. Peu importe où. Je suis lasse de jouer un personnage, lasse d'avoir l'impression d'être un fardeau pour mes sœurs.

Nous habitons une grande maison au bord d'un lac, flanquée d'un vaste terrain qui descend en pente douce vers une plage de galets face à l'Océan. Elle est loin de tout, on y accède uniquement par un chemin de terre criblé de nids-de-poule. Le village le plus proche est à une bonne demi-heure de route.

Mes sœurs ont bien choisi. La possibilité de parler sans me cacher me fait du bien, même si elle ne peut apaiser la souffrance. L'Océan veut me parler mais j'ignore Son appel, faisant en sorte de rester hors de Sa portée. Des heures durant je regarde des oiseaux pêcher leur déjeuner et écouter la mélodie du vent dans les arbres. Cela ne me procure aucune joie. En fait, aucune occasion de sourire ne s'est présentée à moi depuis le jour où j'ai abandonné Akinli sur sa plage. Ce qui m'arrache un petit rire, en cette journée que rien ne distingue des autres, c'est la sensation extraordinaire que j'ai dans la jambe.

Elle me gratte.

Soudain captivée par cette démangeaison exaspérante qui m'irrite le mollet, j'étudie cette région de mon corps, un peu plus rose qu'ailleurs, et cette variation dans la couleur ne me dit rien qui vaille. Notre peau, comme le reste de notre organisme, est censée être inaltérable et pourtant, j'en suis presque à me féliciter. Ce changement infime me donne l'impression que j'ai encore en moi une part d'humanité.

« Kahlen ? »

Je jette un regard par-dessus mon épaule. Miaka m'apporte une tasse de thé. Je ne bouge pas de mon rocher, pensant au fait que nous sommes cernées par l'Océan. J'ai vu Ses différents visages : plane comme une feuille de papier, impatiente comme un enfant, tapageuse comme une fête foraine. En ce moment, c'est mon ennemie intime.

Miaka vient s'asseoir à côté de moi.

« À quoi penses-tu ?

— Laisse-moi d'abord mettre de l'ordre dans mon cerveau, et je t'en reparle. »

Miaka sourit et sirote son propre thé.

« Alors, tu te plais ici ?

— Assez.

— Assez ? Kahlen, nous faisons de notre mieux pour t'aider.

— Je ne sais pas quoi te dire. Peut-être devriez-vous vous installer en ville et me laisser ici. Ce n'est qu'une phase à traverser, j'imagine. »

D'un mouvement de la tête, Miaka désigne l'Océan.

« Elle s'inquiète pour toi. Tu t'en rends compte, pas vrai ?

— Elle me prend pour une gamine capricieuse. Je le sens bien. » Je tiens ma tasse à deux mains, absorbant sa chaleur. « La vérité, c'est que je ne sais pas comment Lui pardonner.

— Elle aurait pu te tuer.

— J'aurais préféré.

— Tu es courageuse, Kahlen, et très intelligente. Soixante-dix ans, ça passera vite.

— Il n'y a pas que ça. » Je me redresse, à bout, et je vrille mon regard dans le sien. « J'ai rencontré un garçon. »

Miaka m'étudie, perplexe.

« En une journée ?

— Non, il y a un an environ, à Miami. Il étudiait à l'université. Je l'ai rencontré à la bibliothèque. Il m'a adressé la parole et, dans son regard, j'ai eu enfin l'impression d'exister.

« Le jour où j'ai arrêté de chanter, je me suis rendue dans sa ville natale. Ses parents sont morts dans un accident de voiture, il a dû arrêter ses études.

— Le pauvre. Il lui reste de la famille ?

— Il est hébergé par un cousin qui est marié. Figure-toi que j'ai passé la nuit chez eux et ils m'ont fait comprendre que je pouvais rester aussi longtemps que je le souhaitais. Ils m'ont ouvert leur porte comme si j'étais un chat errant.

— Pourquoi es-tu partie, dans ce cas ?

— J'ai passé la journée avec Akinli. À la fin j'étais complètement perdue. Bouleversée. Il m'a demandé de rester et je me suis dit que j'en étais capable. Si j'avais du plomb dans le crâne, je pourrais vivre à ses côtés des années durant. Pas idéal, mais mieux que rien.

« Une seconde plus tard, il m'a embrassée. Et j'ai parlé. Il a filé directement dans l'Océan.

— Kahlen !

— Je sais. Il était condamné à mort mais j'ai supplié l'Océan de le laisser vivre. Je l'ai ramené sur le rivage et Elle m'a punie en prolongeant ma mission. À présent, sa vie dépend de ma conduite. Il est pêcheur, il est tout le temps en mer. Les choses sont très claires : si je dépasse les bornes, Elle l'éliminera sans hésitation.

— C'est absurde. Elle t'adore.

— Ça paraît fou de dire cela, mais Elle m'a semblé jalouse. Comme si Akinli n'avait pas droit à mon affection, parce qu'Elle Se l'est appropriée.

— Mais cette menace ne va pas t'inciter à L'aimer.

— Elle n'est pas humaine. Je ne suis pas certaine qu'Elle comprenne tout de la manière dont nous fonctionnons. »

Je n'ai jamais vu Miaka aussi furieuse.

« Je ne dirai rien aux autres, déclare-t-elle au bout d'un moment. Ça mettrait Elizabeth en colère, et Padma a tendance à calquer son comportement sur celui d'Elizabeth.

— Elle se forgera son identité bien assez tôt.

— J'espère, soupire Miaka. Pour l'instant, je préfère garder cette information pour moi. »

J'acquiesce, mon esprit déjà ailleurs.

« Il était adorable, tu sais ? C'est rare de rencontrer quelqu'un d'aussi gentil.

— J'ai du mal à t'imaginer prendre autant de risques pour une personne qui n'en vaudrait pas la peine. »

Je serre Miaka contre moi, heureuse d'être enfin comprise. Même si j'apprécie son soutien, je regrette qu'Aisling ne soit pas là. Elle, elle savait ce que cela implique d'aimer clandestinement.

Quand on n'a pas besoin de dormir ni de manger, quand seule la perspective du néant se déploie devant soi, l'âme ne trouve pas le repos. J'ai beaucoup réfléchi aux choix d'Aisling, j'ai passé des journées entières à méditer sur la façon dont elle a choisi de mener sa vie, et je comprends pourquoi elle a toujours gardé un œil sur sa famille même si nous sommes très différentes l'une de l'autre. Au bout du compte, tout se résume à cette unique vérité : jamais je ne pourrai revoir Akinli. Tout ce que je peux lui souhaiter, c'est de trouver le bonheur un jour, et de s'y accrocher.

Mais, les années passant, le voir m'oublier, le voir fréquenter une autre fille, reconnaître ses traits dans le visage des enfants qu'ils auront ensemble... je ne pourrai pas le supporter.

Je sais aussi que je serai incapable de l'oublier. C'est une croix que je vais devoir porter en silence.

Le silence. Je devrais y être habituée, depuis le temps.

22.

Les pinceaux de Miaka sont éparpillés sur le plancher. Elle peint sans relâche depuis plusieurs jours.

« C'est très joli, dis-je en espérant que cette réplique me suffira à échapper aux regards inquiets de mes sœurs, qui m'étudient dès que j'ai le dos tourné.

— Merci. Les précédents étaient un peu plus bruts, pas vrai ? »

Je réponds oui de la tête.

« J'aime bien tes œuvres plus extrêmes, déclare Elizabeth. Je pense que les gens s'étoufferaient de rire s'ils savaient qu'un tableau aussi flippant était signé par une fille de seize ans.

— Ou par une dame de quatre-vingt-quatre ans. Au choix. »

Elles s'esclaffent, mais la plaisanterie ne me fait pas rire.

« Moi aussi, je peux peindre ? » demande Padma.

Comme elle est mignonne ! Je sens qu'elle ne s'est pas délivrée de ses angoisses, mais elle tâche de les tenir du mieux possible en bride. Elle est plus forte que moi, et je l'admire énormément.

« Moi aussi je veux peindre ! s'exclame Elizabeth en attrapant une liasse de feuilles de papier.

— Bien sûr, répond Miaka en plantant dans son chignon un crayon de couleur. Voyez grand, soyez audacieuses. Créez une œuvre dont les gens ne pourront pas détacher leur regard.

— Je suis déjà une œuvre d'art à moi toute seule, rétorque Elizabeth avec humour.

— Personne ne te contredira. »

J'adresse à mes sœurs un petit sourire sans conviction. À Port Clyde je m'étais dit que j'allais pouvoir consacrer ma vie à Akinli. Je me demande à présent si je peux la consacrer à mes sœurs. Elles sont tout ce qui me reste. Mais la volonté me manque, tout simplement.

Tandis que je m'abîme dans la contemplation du parquet, Miaka glisse sous mon nez une feuille de papier et un fusain sans mot dire. Nos regards se croisent.

« J'ai souffert, moi aussi. Pas autant que toi, je le sais. Mais dessiner, cela m'aide beaucoup. Peut-être que… peut-être… »

Je pose une main sur la sienne. « Merci. »

Elle retourne à sa toile. Je sais que Miaka et Elizabeth se sentent responsables de Padma comme de ma personne. En attendant des jours meilleurs, je me conforme à tout ce qu'elles attendent de moi, recherchant la solitude tout en craignant qu'elles ne me chassent de leur cercle. Si je me retrouve livrée à moi-même, le risque est grand que je retourne dans le Maine. Je ne suis pas assez forte pour rester loin d'Akinli.

Et j'ai peur. Si je commets une erreur, c'est Akinli qui en fera les frais. Dans un recoin de mon cœur, je redoute que l'Océan ne veuille le supprimer à cause du soi-disant risque qu'il représente pour nous, ou pour toute autre raison qui Lui paraîtrait valable.

Je prends la feuille de papier et je commence à dessiner. Sans réfléchir. Des ronds, des zigzags. Mais la mine du crayon trace soudain une courbe – la joue d'Akinli – et j'y ajoute deux amandes qui reproduisent la forme exacte de ses yeux.

Je n'ai pas de talent artistique particulier mais j'ai gravé dans ma mémoire le visage d'Akinli et il apparaît sur le papier, un peu contre mon gré. Je suis impressionnée, vraiment, par ce dont mes mains sont capables. Elles reproduisent la texture de ses cheveux, les ombres de sa barbe naissante, l'angle de son menton, et elles les restituent magnifiquement noir sur blanc.

Comme ce visage me manque. Je donnerais beaucoup pour le voir s'éclairer sous l'effet de la surprise, m'adresser un clin d'œil complice. Ce visage qui est devenu si vite pour moi le symbole du bonheur ici-bas.

Je n'ai pas envie de m'effondrer devant les autres, elles s'inquiètent déjà assez.

Au lieu de fondre en larmes, je froisse la feuille et je la jette dans la corbeille. J'essaie de faire de même avec mes souvenirs, sans résultat. Trouverai-je un jour le moyen de tourner la page ?

Je quitte la maison par la porte de derrière, je traverse le terrain et je gagne l'endroit que j'évite depuis des mois.

« *Bienvenue.* » L'Océan me parle d'une voix hésitante, mais Elle semble contente de me voir. Elle me drape de Ses eaux tandis que je m'enfonce plus profondément avant de m'étendre à la surface.

« Ça ne marche pas.

— *Qu'est-ce qui ne marche pas ?*

— Me séparer d'un homme que j'aime, cela ne renforcera pas mon amour pour Toi. Au contraire, cela me remplit d'amertume. Je n'ai pas envie de vivre comme ça, à moitié.

— *Rassure-toi. Tu es loin de vivre à moitié. Je t'ai accordé des facultés qui dépassent l'entendement. C'est à toi que J'ai accordé Ma préférence. Tu es plus forte que les autres. Cela ne te suffit pas ?*

— Je veux tomber amoureuse. Me marier.

— *C'est ce que tu feras une fois que Je t'aurai libérée de tes obligations.*

— Mais Akinli sera mort ! Ou pas loin ! Tu as beau tenir les humains en faible estime, ils n'ont pas encore autorisé la nécrophilie.

— *Pourquoi penses-tu que J'ai des préjugés sur les humains ?* demande-t-Elle, manifestement agacée. *Je mets Ma vie à leur disposition. Tout en Moi leur appartient. Si tu considères qu'une malédiction pèse sur toi, que dois-Je penser, Moi ?* »

Je ne possède pas la réponse à Sa question.

« *C'est trop demander de garder un peu plus longtemps à Mes côtés la seule personne qui M'est précieuse ?* »

Je reste muette. Je repense à ma vie, aux quelques années que j'ai passées dans mon enveloppe de mortelle, aux décennies consacrées à ma tâche monstrueuse. Je n'ai rien d'exceptionnel, ma mort ne changerait pas grand-chose à la marche de l'univers.

Pour Elle, ce n'est pas une option envisageable.

La mauvaise passe que je traverse, je l'ai créée de toutes pièces par ma propre bêtise, et je l'ai prolongée par mon entêtement. Quand on analyse la situation de près, je suis insignifiante. Sauf à Ses yeux, peut-être.

« *Tu estimes que passer plus de temps avec Moi, c'est une punition, mais c'est l'occasion de mûrir, d'apprendre. Pourquoi veux-tu Me quitter ?*

— Ce n'est pas du tout ce que j'essaie de Te dire. » Pourquoi s'obstine-t-Elle à ne pas comprendre ?

« *Qu'essaies-tu de Me dire, alors ?* »

Les mâchoires crispées, je sens la colère monter en moi. « Tu Te rends compte qu'il est quasiment impossible de T'aimer alors que Tu menaces quelqu'un à qui je tiens ? Tu sais que j'ai mal en ce moment. Comment je peux être sûre que Tu ne le liquideras pas la prochaine fois que je perds pied ?

— *Tu as toujours été irréprochable, Kahlen. Tu n'as jamais commis d'erreur avant de rencontrer ce garçon. Plus tu parles de lui, plus Je me persuade que sa mort serait un atout pour toi.*

— Non ! Tu ne comprends pas ? C'est justement ça qui fait que je Te déteste !

— *Alors où en sommes-nous à présent ? Comment trouver un terrain d'entente après une pareille erreur ?* »

Je ferme les yeux, blessée. « Akinli n'est pas une erreur.

— *Contrôle tes pensées.*

— Tu veux que je T'accorde ma dévotion ? Mon affection éternelle ?

— *Oui. Comme Je t'accorde la Mienne.*

— Alors ne menace pas de le tuer. Promets-moi de le laisser en vie.

— *Comment cela ?* »

Je repasse dans mon esprit tout ce que je sais d'Elle. « Tu peux identifier les âmes qui sont en Toi dans certains cas, c'est bien ça ?

— *Bien sûr.*

— Alors jure-moi que si Tu le sens se débattre dans Tes eaux, Tu le ramèneras sur le rivage. Jure-moi que s'il se prend les pieds dans une corde et qu'il tombe par-dessus bord, Tu déferas les nœuds Toi-même. Jure-moi que ma voix ne provoquera jamais sa mort. Si Tu arrives à l'épargner, je m'engage à ne plus jamais prononcer son nom. À me consacrer à Toi corps et âme. »

Elle réfléchit quelques instants. « *Et tu te montreras plus attentionnée envers tes sœurs ? Elles s'inquiètent.*

— Je T'en donne ma parole. Miaka, Elizabeth et Padma n'auront plus à se plaindre de moi. »

Je La sens qui remue autour de moi comme si Ses rouages se mettaient en branle, analysant la situation, cherchant la faille.

« Tu as ma parole.

— *Tu as Ma parole aussi. La mort d'Akinli ne viendra pas de Mes mains. De plus, Je ferai tout ce qui est en Mon pouvoir pour l'éviter.* »

La tension quitte brusquement mon corps.

« Merci.

— *Je serai là quand tu seras prête à M'aimer. Va voir tes sœurs. Elles aussi ont besoin de toi.* »

Je quitte l'eau et je regagne la maison, trempée jusqu'aux os. Miaka et Elizabeth discutent à voix basse autour de la table, avec des airs de conspiratrices, sous le regard attentif de Padma.

« Salut ! lance Miaka à l'instant où elle m'aperçoit. On était en train de réfléchir à notre prochain déménagement. On préférerait s'installer dans un endroit où les températures sont plus clémentes. Des idées ?

— Rien ne nous oblige à partir. Je te l'ai dit, je me plais bien ici. À ce rythme, on n'aura bientôt aucun point de chute.

— Peu importe, répond Elizabeth. Où est-ce que tu es allée quand tu nous as abandonnées toute une journée ? C'était bien ? »

J'ai l'impression qu'un clou me transperce le cœur. C'était mieux que bien. C'était parfait.

« À Port Clyde. Une petite ville du Maine. Jamais on n'arriverait à passer inaperçues.

— Tant pis, fait Elizabeth d'un air déçu.

— Je vois bien ce que vous faites.

— Comment ça ? demande Miaka, soudain mal à l'aise.

— Déménager tous les quatre matins, me tenir par la main. C'est adorable de votre part, mais ça ne va pas arranger la situation.

— C'est simplement qu'on cherche une solution, rétorque Elizabeth. Tu as pris soin de nous pendant des années, on voudrait te rendre la pareille. »

C'est un aveu inattendu de sa part, car Elizabeth est majoritairement centrée sur son propre nombril. Je pousse un soupir et je vais serrer mes sœurs contre moi.

« Je traverse une période sombre.

— Ça finira bien par passer. »

Je me force à sourire. Il faut que je fasse bonne figure en toutes circonstances.

« C'est sûr et certain. Je dois simplement me remotiver. Et je compte m'y atteler à partir d'aujourd'hui. »

Ce mensonge me pompe une énergie folle. Heureusement que mon corps est indestructible.

23.

« Bonjour, princesse, me dit Akinli.

— Elle est périmée, ta blague.

— Eh bien, c'est comme ça que je vais t'appeler désormais. Princesse. »

Nous sommes allongés sur une couverture dans le carré d'herbe qui sépare sa maison de la plage. Le soleil m'aveugle et je suis bercée par le chuchotis de l'eau léchant le sable.

Akinli sent le coton, l'herbe, mais aussi autre chose… peut-être les vieux livres. Un parfum unique qui me monte aussitôt à la tête.

« Alors, tu veux étudier quoi ? La littérature ? Le marketing ? Tu te souviens de notre première rencontre, quand tu consultais tes recettes de gâteaux ?

— Miam, du gâteau. »

Ma réponse, dite d'un air rêveur, arrache un petit rire à Akinli.

« Tu pourrais étudier les arts culinaires. Qu'est-ce que tu en penses ?

— Je mangerais tous mes travaux pratiques. Et il ne resterait pas une miette sur laquelle mon prof pourrait me noter.

— Bon, une possibilité en moins. Quand je retournerai à Miami, tu m'accompagneras. Qu'est-ce qui t'intéresse ?

— L'histoire, peut-être.

— Ça a l'air de te faire honte.

— Historienne, c'est moins glamour que scientifique ou avocate. Je finirai sûrement ma vie dans la vitrine d'un musée.

— Et alors ? Si tu es heureuse, c'est tout ce qui compte. »

— *Je peux te faire voyager dans l'histoire des hommes !* »

Nous nous redressons subitement.

« Ça alors ! s'exclame Akinli.

— Tu L'as entendue ? »

C'est impossible. Il ne peut pas entendre l'Océan. Moi non plus, car je ne suis plus une Sirène.

« *Je peux te faire visiter les siècles. Reste avec Moi.*

— Mais j'ai déjà vécu cent ans avec Toi ! Aucune des promesses qui m'ont été faites n'a été respectée.

— Qui est là ? À qui tu parles ? s'étonne Akinli.

— *Reste. Je peux tout te donner.* »

Elle est d'une force phénoménale, titanesque, et je L'imagine provoquer des raz-de-marée et abattre des avions en plein vol pour récolter l'énergie nécessaire à cet échange. Le vent me pousse vers Elle tout en laissant Akinli cloué sur place.

« *Regarde ! Il ne risque rien. Comme Je te l'ai promis. Maintenant, tu peux rentrer.*

— Non ! Non, je ne Te dois pas une année de plus !

— Kahlen ! » Akinli tend les bras vers moi, les traits tordus par la douleur.

Je me réveille en sursaut. J'avais pensé que dormir me permettrait de tuer le temps sans décevoir mes sœurs ni leur mentir. Depuis quelque temps, j'ai l'impression que j'ai besoin de repos, ce qui ne cesse de m'étonner. Pour le moment, il faut que j'évite de dormir. Je n'arrive pas à chasser de mon esprit l'image d'Akinli qui entend la voix de l'Océan. Cela me fait frissonner des pieds à la tête.

Lorsque j'ai réussi à me calmer, je vais chercher les filles au salon. Le soleil levant frappe sans ménagement les carreaux. Les cheveux d'Elizabeth se parent de reflets dorés dans la lumière du matin.

« Bonjour, tout le monde. »

Elle a posé par terre une toile de grand format et troqué ses pinceaux contre des balais. Padma reste assise, elle l'observe. Elle se mure de plus en plus dans le silence mais elle semble toujours apprécier la compagnie de son aînée. Elizabeth passe un balai sur la toile et laisse dans son sillage une bande bleu vif.

« Une façon parmi d'autres de faire de l'art, j'imagine, lui dis-je, et elle éclate de rire.

— Je ne suis pas aussi douée que Miaka. Je ne sais pas me concentrer sur les détails. Mais ça... Ça, c'est moi. »

J'étudie cette composition maladroite, ces teintes choisies au petit bonheur la chance. Tout cela semble se faire sans méthode, mais avec beaucoup de cœur.

« Oui, c'est complètement toi. Où est Miaka ?

— Oh, elle est sortie, répond évasivement Elizabeth.

— Sortie où ?

— Elle a lu un article sur une forêt en Islande où on trouve des fleurs exceptionnelles. Quand on broie les pétales et les mélange à de l'huile, il paraît qu'on obtient un pigment incroyable. Plus lumineux encore que tout ce qu'on peut trouver en magasin.

— D'accord. Combien de temps ça va lui prendre ?

— Quelques jours, j'imagine. L'Océan l'a emmenée en Islande, mais il faut encore qu'elle trouve les fleurs. »

Je fixe du regard les toiles semées aux quatre coins du salon. Miaka en a achevé plus d'une dizaine, assez pour entamer un nouveau cycle et les proposer à ses mécènes.

« J'aurais voulu l'accompagner. J'aurais bien besoin de quelque chose pour occuper mes journées.

— Mets-toi à la peinture alors, suggère Elizabeth en plongeant son balai dans un gros pot de jaune.

— Je ne suis pas certaine d'être très inspirée en ce moment.

— Pas besoin d'inspiration. Trouve-toi un milliardaire qui t'achètera n'importe quelle croûte et ça te couvrira trois mois de loyer. »

Elle retourne à sa toile, hilare.

Je m'assieds avec mon carnet de croquis et mes fusains et j'essaie de me changer les idées. Mais je n'arrive à dessiner que les cheveux d'Akinli caressés par le vent lorsqu'il conduit la vitre ouverte, ou ses mains inertes après avoir été recraché par l'Océan. Je m'efforce d'effacer ses traits de ma mémoire mais ils reviennent sur le papier sous tous les angles possibles. Je fais de mes gribouillages une pile que je laisse à l'intention de Miaka. Elle décidera du sort à leur réserver.

À son retour, quatre jours plus tard, elle voit beaucoup de potentiel dans mes modestes tentatives.

« Il y a quelque chose de très sincère là-dedans, Kahlen. Si j'avais de l'argent à dépenser, je te les achèterais sur-le-champ.

— Arrête. Je les aime bien mais ce ne sont pas des chefs-d'œuvre. Rien à voir avec tes tableaux.

— Je vais quand même les intégrer à mon exposition.

— Avec ton nouveau cycle ? Et ta peinture aux fleurs ?

— Ma peinture aux fleurs ?

— Les fleurs d'Islande. Tu ne fabriques pas tes propres pigments ? »

Elle agite une main nonchalante.

« Oh, ces fleurs-là. Je n'ai même pas réussi à les trouver. Je me suis sentie vraiment cruche à errer dans les bois des jours entiers. Je vais devoir approfondir mes recherches.

— Je viendrai avec toi la prochaine fois si tu veux.

— C'est vraiment gentil. Ça fait plaisir de retrouver l'ancienne Kahlen.

— Ne tire pas un trait sur moi. Je fais beaucoup d'efforts.

— Jamais je ne tirerai un trait sur toi. »

Miaka me fait un clin d'œil tandis que je me dirige vers la cuisine. Peut-être qu'un bon repas va nous remonter le moral. Remplir ce trou béant dans mon estomac, qui évoque étrangement la faim.

À l'instant où je vais ouvrir le réfrigérateur, je surprends Miaka qui adresse un imperceptible hochement de tête à Elizabeth, qui prend une profonde inspiration et tente de réprimer un sourire. Elle sort pour laver ses balais sous le tuyau d'arrosage et Miaka part enfiler des vêtements secs. Fin de l'histoire.

Quelques semaines plus tard, Elizabeth s'offre une virée shopping qui dure cinq jours. Padma la supplie de rester, mais Elizabeth ne veut pas en entendre parler. Elle a déjà dévalisé les magasins à plusieurs reprises par le passé, elle avait dû se faire livrer tellement elle était chargée. Cette fois-ci elle rentre avec deux sacs. Deux sacs, pas plus !

« Quelle misère. Je n'ai rien trouvé de mettable », déclare-t-elle en jetant ses trouvailles dans un coin comme de vulgaires chiffons.

C'est ensuite au tour de Miaka de passer une semaine entière au Japon, sous le prétexte de renouer avec ses racines. Durant son absence, Elizabeth ne fait que tourner comme un lion en cage, sans relâche. J'avoue que ce voyage me prend de court. Miaka n'a jamais exprimé le désir de retourner dans son pays natal. À son retour, elle n'a pas l'air ébranlée, ni même émue, et cela ne semble pas influencer son art. Elizabeth nous fausse une seconde fois compagnie, sous un prétexte absurde que j'oublie aussitôt. Elle qui a eu tant de mal à supporter l'absence de Miaka et qui traumatise Padma un peu plus à chaque départ, qu'est-ce qui la pousse à nous abandonner plusieurs jours d'affilée ?

Dès qu'elle revient, je mets mes sœurs au pied du mur, résolue à percer ce mystère.

« Pourquoi vous ingéniez-vous à m'éviter ? »

Miaka croise les bras.

« Je ne vois pas de quoi tu parles.

— Même si je vais beaucoup mieux, j'ai l'impression que vous faites tout pour ne pas avoir à supporter ma présence et vous obligez Padma à être ma baby-sitter.

— Personne ici n'est ta nounou, réplique Elizabeth en s'affalant sur le canapé. On a pensé que ce serait sympa de prendre du temps pour nous, à tour de rôle. Comme le faisait Aisling.

— Voilà », soutient Padma, jouant le jeu elle aussi.

Mon regard passe de l'une à l'autre. J'ai du mal à les croire sur parole. Elizabeth et Miaka sont comme les doigts de la main depuis des dizaines d'années et Padma a réussi à trouver sa place dans notre groupe. Pourquoi maintenant ? Que s'est-il passé ?

« Vous vous êtes disputées ?

— Non, répond Elizabeth, toujours affalée.

— Vous êtes fâchées contre moi ?

— Non. Pas le moins du monde, me rassure Miaka. On voulait essayer la méthode d'Aisling, je t'assure. Mais cela me fait bizarre d'être loin de vous. Je ne sais pas comment elle a tenu aussi longtemps.

— Moi non plus. J'aurais été trop malheureuse à sa place », acquiesce Padma.

Je me retiens de lui dire qu'elle n'a pas l'air particulièrement heureuse avec nous. Inutile de changer de sujet.

« Alors… tout va bien ? »

Je plaque une main sur mon front, prise de vertiges. C'est la troisième fois depuis le début de la semaine que j'ai la tête qui tourne. Je dois me mettre au lit en attendant que tout revienne dans l'ordre.

« Mais oui.

— Tant mieux... Excusez-moi. Tout est un peu confus depuis quelque temps.

— On s'en rend bien compte, répond Miaka avec un sourire bienveillant. Et nous sommes là pour toi.

— Sur la terre ferme comme dans l'eau », ajoute Elizabeth en montrant l'Océan d'un geste gracieux du bras.

Un frisson me parcourt l'échine. Je m'enroule dans une couverture et je me réfugie dans ma chambre, déçue par mon attitude. Est-ce que je deviendrais paranoïaque, par hasard ?

Je remplis mes poumons en m'accrochant à ma promesse. Je dois être une sœur exemplaire. Je ne peux pas passer mes journées à les accuser de tout et n'importe quoi. Il va aussi falloir que je me trouve un passe-temps. J'ai trop de temps libre, trop d'espace disponible, et mes pensées menacent de prendre la tangente à chaque instant.

Si je veux réussir à vivre sans Akinli, je vais devoir prendre sur moi.

Quelques jours plus tard, je dois mettre Akinli de côté car la pauvre Padma exige toute notre attention.

« Elle n'arrive pas à oublier. Elle veut que son père souffre autant qu'elle a souffert », m'explique Miaka, le visage grave, assise à la table de la cuisine. Près d'elle, Padma pleure à chaudes larmes. Installée de l'autre côté, Elizabeth tente de réconforter notre sœur cadette.

Je culpabilise. Je savais que Padma souffrait, mais je ne me doutais pas que c'était à ce point. Cela fait plus d'un an qu'elle est Sirène. Nous avons passé notre second Noël ensemble – plus triste que le premier – et nous avons regardé à la télévision la foule fêter la nouvelle année sur Times Square. Padma a regretté de ne pas être sur place. Ce sont les publicités pour la Saint-Valentin qui animent notre quotidien à présent et Padma n'est plus une novice. Qu'elle s'accroche ainsi à ses souvenirs, cela dépasse le bon sens.

« Pourquoi ? Nous oublions toutes notre vie d'avant. Comment expliquer que Padma ne se libère pas de son passé ?

— C'est parce qu'elle n'a pas digéré sa colère, lance Elizabeth – et je me souviens avoir pensé la même chose à New York. Miaka a pardonné à sa famille, donc elle a pu se détourner de son passé, et je sais que toi, tu as presque tout oublié. Moi, j'ai déjà plus de souvenirs que vous deux et Padma a vécu un véritable calvaire…

— J'ai pas mal de souvenirs. Mes parents ne m'appréciaient guère non plus, avoue Miaka en dirigeant son regard vers Padma. Ce n'était pas tous les jours facile… pas comme chez toi, mais pas loin. »

Padma opine.

« Ils ne se sont peut-être pas réjouis de ma mort, mais je doute que cela les ait empêchés de dormir, poursuit Miaka. Nous souffrons toutes à notre façon. »

Je suis ô combien d'accord avec Miaka. J'ai mauvaise conscience d'avoir perdu les membres de ma famille, même si je n'aurais jamais pu les sauver. À cela s'ajoutent les dizaines de milliers de vies que j'ai envoyées au fond de l'Océan. Je les porte comme une brique autour du cou.

Et peut-être aussi – regret éternel – Akinli.

« Mais tu ne peux pas te venger », conclut Miaka sur un ton qui n'admet aucune réplique.

Padma soupire et s'essuie les yeux.

« Je n'arrive pas à digérer cette injustice. Il m'a tuée. Avec la complicité de ma mère. Personne ne va partir à ma recherche ; ils n'iront pas en prison. Ils s'en tirent à bon compte ! »

Elizabeth semble indignée. Je lui lance :

« Quoi ? Tu crois qu'elle devrait les faire payer, c'est ça ?

— Si elle ne s'était pas confiée à nous, si elle était partie se venger toute seule, à l'heure qu'il est ce serait fait et personne n'en aurait rien su.

— Si, l'Océan. Si Padma avait sauté dans l'eau pour retourner en Inde, Elle aurait très certainement lu dans ses pensées. Et Elle aurait pu la tuer. » Je pose une main sur le bras de Padma. « Après ce que tu as subi entre les mains de tes tortionnaires, mourir maintenant ? Ce serait trop bête.

— Elle aurait pu réussir, marmonne Elizabeth.

— Je suis désolée que tu aies souffert, Padma. Tu n'as pas idée à quel point. Peut-être est-ce égoïste de ma part, mais je me passerais bien d'une autre raison d'avoir cette vie en horreur. Si nous te perdons…

— "Une autre raison" ? Qu'est-ce que tu veux dire par là ? s'inquiète Padma. Il s'est passé quelque chose ? »

Miaka me lance un regard furtif. Elle a gardé loyalement mon secret – mon amour pour Akinli, et le pacte que j'ai scellé avec l'Océan –, attendant que je sois prête à me confier aux autres. Une boule se forme dans ma gorge.

« C'est une vie difficile. Tu fais souffrir des innocents. Tu perds ceux que tu aimes.

— Tu aimes quelqu'un en ce moment ? me demande Elizabeth.

— Oui, j'aime… »

Encore un peu et je craque. Akinli me manque terriblement. Je me demande ce qu'il fait à chaque minute qui passe. Est-ce qu'il pense à moi ? Il est avec une autre fille ? Il a repris ses études ? Il est heureux ?

« J'aimais Aisling. Et Marilyn. Et j'aimais ma famille. J'ai eu de la chance. Ils m'ont tous choyée. »

Elizabeth semble déçue. Elle espérait sûrement une anecdote croustillante à se mettre sous la dent. Miaka prend la parole.

« Tu ne nous parles pas beaucoup d'eux. Je sais que tu avais des frères, mais c'est à peu près tout. »

Je rassemble les souvenirs éclatés que j'ai de ma famille.

« Je ressemble à ma mère. Je me souviens vaguement de son visage parce que je vois ses traits dans les miens. Et mon père était fier de moi, surtout parce que j'étais belle. Mais il me répétait souvent que j'avais une intelligence affûtée, de la conversation. Et j'étais obéissante. Ils appréciaient ma docilité.

— Une qualité que tu n'as jamais perdue, fait remarquer Elizabeth.

— En effet. J'ai fait moi aussi des erreurs, comme tu l'as astucieusement relevé.

— C'est interdit ? me lance Elizabeth avec un regard de défi. Qu'est-ce que tu as gagné à te montrer si soumise ?

— Une seconde chance, Elizabeth.

— Tu as gâché ta seule chance, plutôt. »

Ses paroles font naître en moi une sensation familière… celle qui m'avait frappée lorsque j'étais tombée dans l'Océan durant le naufrage de mon paquebot. Brutale, tranchante, d'une réalité crue.

Miaka met une tape sur le bras d'Elizabeth.

« Laisse-la tranquille. Au cas où tu l'aurais oublié, elle a cinquante années supplémentaires sur le dos. Tu sais ce qu'elle traverse. »

Elizabeth lève les yeux au ciel, comme si cela ne pesait pas vraiment dans la balance.

« Désolée.

— Et si je demandais à l'Océan ? propose Padma. Peut-être qu'Elle me laissera partir ? »

Sa sœur aînée bat des mains.

« Excellente idée. Demandons à l'Océan. Je parie que si on Lui rapporte les cadavres, Elle sera ravie. »

Miaka se tait, pensive.

« Pourquoi pas.

— Kahlen ? me lance Padma. Tu veux bien ? »

Comment lui dire non ?

« Tu peux toujours poser la question, mais mettons-nous d'accord : la décision de l'Océan est sans appel. Quelle que soit sa réponse, nous nous y tiendrons.

— Tu pars du principe qu'Elle va refuser, m'accuse Elizabeth.

— Précisément. Je ne vois pas pourquoi Elle accepterait.

— Dans ce cas, tu dois donner ta parole que si Elle dit oui, tu viens avec nous. On ne peut pas laisser Padma avec ce projet sur les bras. »

Je recule d'un pas, scandalisée.

« C'est de la folie. Je refuse de tuer quand rien ne m'y oblige.

— J'ai toujours cru qu'on devait se serrer les coudes, rétorque Elizabeth en me jetant un regard noir. C'est toi qui nous as chanté les vertus de la solidarité. Et maintenant tu lâches celle qui a le plus souffert ? Qu'elle se débrouille toute seule, c'est ça ?

— Je ne lâche personne. Je suis prête à parier que l'Océan le lui interdira.

— C'est ce qu'on va voir », assène Elizabeth.

Elle traverse à toute allure le terrain enneigé, sûre de son bon droit. Elle ne quitte pas Padma d'une semelle tandis que notre cadette plaide sa cause, promet de prendre toutes les précautions nécessaires et s'engage à offrir la dépouille de ses parents à l'Océan, qui assène :

« *Hors de question.*

— Je T'en supplie ! L'implore Padma. Tu ne vois pas l'injustice de cette situation ?

— *Si. Mais ne pas éveiller les soupçons, c'est mille fois plus important que ta vengeance. La moindre erreur pourrait signer notre arrêt de mort. Je te l'interdis.* »

Padma éclate en sanglots et sort de l'eau, suivie par Elizabeth.

« *Empêche-la de faire une bêtise,* me demande l'Océan.

— Promis. »

Miaka et moi, nous regagnons la maison main dans la main. Heureusement que notre maison est perdue en pleine nature : Padma pousse des cris stridents qui transpercent l'air.

« Je suis tiraillée, me confie Miaka. Je ne compte plus les fois où j'aurais voulu pouvoir montrer à mes parents que je n'étais pas une bonne à rien. Que j'avais un cerveau, la fibre artistique. Voir Padma souffrir, cela me fend le cœur.

— L'Océan dit que Padma est très sensible, qu'elle a déjà oublié beaucoup de choses. Elle va finir par tirer un trait sur son passé.

— C'est encore pire. Si elle a déjà gommé tant de souvenirs, comment expliquer qu'elle se sente aussi mal ? »

Les jours s'écoulent, les larmes de Padma ne se tarissent pas. Je n'arrive pas à penser à autre chose. Miaka ne trouve plus l'inspiration dans ses couleurs et dans ses pinceaux. Seule Elizabeth continue à fulminer.

Ce n'est pas la tristesse de Padma ni la colère d'Elizabeth qui finissent par avoir raison de mes réticences. C'est Miaka qui, comme toujours, met le doigt sur le véritable problème. Elle a raison : le passé de Padma a dû être cauchemardesque pour qu'elle s'obstine à se tourmenter ainsi. Elle mérite sa vengeance.

Je me charge de glaner des renseignements sur les compagnies aériennes qui relient les États-Unis à l'Inde et je choisis un vol sans escale depuis Miami. Nous aurions pu décoller de l'aéroport le plus proche, dans l'État de Washington, ce qui nous aurait évité d'avoir à traverser le pays en voiture, mais je préfère nous éloigner de l'endroit où nous vivons actuellement pour échapper à Sa vigilance. Je me charge également de louer une voiture. Et je supplie Padma de mettre de l'ordre dans ses émotions avant que nous prenions la route de la Floride.

24.

Cela fait un an et demi que nous n'avons pas mis les pieds en Floride et le plaisir m'envahit lorsque nous franchissons la frontière. Pas parce que je sais ce qui nous attend – cela, je le redoute – mais parce que c'est ici que j'ai rencontré Akinli. J'ai l'impression de revenir à mon point de départ, de fermer une boucle. Peut-être que je vais réussir à cicatriser, à soigner cette blessure intime.

« Nous y voilà, dis-je en me garant devant la maison que j'ai louée. Rien d'exceptionnel, mais nous n'allons y rester que quelques jours.

— C'est parfait », répond Elizabeth. Elle étudie la maison aux dimensions modestes, puis elle inspire l'air tiède et humide.

Cette maison est située à bonne distance de la plage. Nous devons nous assurer qu'aucune d'entre nous ne plonge ne serait-ce qu'un orteil dans l'Océan, sinon notre plan risque de capoter. Il nous reste un mois, grand maximum, avant qu'Elle éprouve le besoin de Se nourrir à nouveau. Peu de navires ont coulé cette année et, à moins d'un nouveau naufrage dans les semaines qui viennent, il va falloir chanter un peu plus tôt qu'en temps normal. Sa faim va devenir impérieuse et je n'ai pas envie de La contrarier encore plus.

Nous n'avons que quelques heures devant nous. L'avion décolle demain matin. Nous posons nos valises et nous nous réunissons dans le salon, où je communique les dernières instructions.

« Voici vos passeports et cartes d'embarquement, dis-je en distribuant les documents contrefaits, chacun attribué à une fausse identité. Padma, c'est le mieux que j'aie pu trouver. »

Elle étudie la photographie collée sur le passeport à son nom. « Mais elle a un nez horrible, cette fille !

— Tu pourras dire que tu t'es fait refaire le nez, si on te pose la question. Bon, l'important, c'est de faire profil bas. Souviens-toi qu'il est capital de ne pas prononcer un seul mot du voyage. Tu es encore novice en la matière et tu auras du mal à rester sans parler, mais tu dois t'y résoudre.

— Je comprends.

— Je vous ai aussi trouvé un moyen de transport sur place. Padma, je compte sur toi pour servir de guide à Miaka et à Elizabeth. J'ai noté des hôtels où vous pouvez réserver une chambre au cas où. » Je confie à Miaka le plan que j'ai trouvé sur Internet. « Ce serait peut-être mieux de voyager de nuit, mais c'est à toi d'en juger.

— Attends, tu ne viens pas ? s'étonne Padma.

— Je ne peux pas, dis-je nerveusement. Mais j'ai tout organisé. Est-ce que c'est suffisant pour te montrer ma bonne volonté ?

— C'est plus que suffisant, répond Elizabeth, qui se veut rassurante.

— Écoutez, ce que je vais vous dire est d'une importance essentielle. Quoi que vous fassiez, utilisez de l'eau tirée d'un puits ou d'une pompe. Cette eau doit être déconnectée d'Elle, autrement nous sommes fichues. Et enterrez les cadavres. Loin de toute source d'eau. Si Elle nous surprend…

— Nous sommes malignes, me rassure Miaka. Nous veillerons sur Padma et nous ne prendrons aucun risque. »

J'ai la gorge sèche, et c'est une sensation inédite.

« Je vous attendrai ici. Soyez prudentes, d'accord ? »

Elles bouclent leurs sacs et moi je défais ma valise en essayant de rendre mon purgatoire aussi confortable que possible.

Mon instinct me pousse à aller à la bibliothèquc. Akinli ne m'a pas dit qu'il comptait reprendre ses études mais, après tout ce temps, je l'imagine bien en train de pousser ses chariots chargés de livres dans le couloir, les cheveux coupés ou relevés en queue-de-cheval, son vieux jean troqué contre un pantalon en toile. J'ai été très sage pendant un an et demi, je peux bien m'offrir ce petit cadeau.

Il me suffit de franchir le seuil de la bibliothèque pour le deviner : Akinli n'est pas là.

Difficile d'expliquer comment j'arrive à cette conclusion, mais je suis convaincue qu'il n'a pas quitté le Maine. J'ai l'impression que nous sommes reliés par un fil. Si je me concentre assez fort, j'arrive à sentir sa présence. Ou, plus précisément, son absence. De plus en plus étrange.

Seule, désœuvrée, je pense à Aisling et je me demande si mon aînée a réussi à trouver sa place dans sa nouvelle école. Si j'ai pu me convaincre qu'il est possible d'expédier mes sœurs de l'autre côté de l'Océan sans qu'elles se fassent repérer, c'est grâce à elle. Elle m'a démontré que l'Océan n'est pas omnisciente…

Je refais ma valise, je charge le coffre de la voiture et je prends la route du nord.

Si je devais justifier mes actions, je pourrais jurer sous serment que ce n'est pas pour revoir Akinli que je suis revenue à Miami. Et je serais sincère. Ce n'était pas du tout mon intention. Mais il faut que je voie son visage, rasé ou pas, et, je l'espère, son sourire.

Cela devient mon unique objectif.

Je roule sans faire de pauses, même lorsque le verglas me force à ralentir, et je couvre la distance en un peu plus de vingt-cinq heures. Avant d'entrer dans Port Clyde, je laisse la voiture sur le bas-côté et je finis à pied, prenant alors conscience qu'il y a une énorme faille dans mon plan. Mon jean moulant et mon débardeur ne vont pas me protéger du froid, et encore moins de la neige, ce que je redoute le plus.

Il me faut donc improviser : je vole une paire de bottes qui sèchent sur une véranda et je me fais un manteau d'une bâche récupérée dans une arrière-cour. J'observe les nuages qui s'amoncellent à l'horizon, en espérant que la neige ne tombera pas tout de suite.

Je mets le cap sur la maison de Ben et Julie, ce qui m'oblige à traverser la forêt enneigée. Les battements de mon cœur s'accélèrent à l'instant où j'aperçois les volets noirs entre les branches blanches de givre. La camionnette est garée dans l'allée, à côté de la mobylette, mais il n'y a pas âme qui vive. Je reste tapie dans un fossé près d'une heure, aux aguets, avant qu'une bourrasque ne fasse danser un papier scotché à la porte. Une lettre, sûrement. Je dois la lire. C'est peut-être tout ce que j'aurais jamais.

Lorsqu'à la tombée de la nuit personne ne se manifeste, je profite de l'obscurité pour quitter ma cachette et traverser la route à pas précipités.

Tommy,

Je t'ai laissé un message sur ton répondeur mais, au cas où tu ne l'aurais pas écouté, il a fallu qu'on se rende à l'hôpital. En urgence. Laisse le carton dans la camionnette, je m'en occuperai à notre retour. On ne sait pas combien de temps on sera partis mais je t'appelle ce soir, une fois qu'on aura des réponses de la part des médecins (si on a de la chance ce coup-ci).

Enfin bref, merci encore. On se reparle bientôt.

Ben

La peur me gagne. Julie, à l'hôpital ? Elle avait été aux petits soins pour moi lorsque j'avais échoué sur le seuil de leur maison. Est-ce qu'elle est tombée malade ? Si seulement j'avais pu rester, je serais à son chevet en ce moment !

Je m'éloigne, mortifiée. Ma place n'est pas ici. Je prends trop de risques. Même si je veux qu'Akinli soit heureux, je perdrais certainement la raison s'il avait tourné la page et trouvé son bonheur avec une autre. Et si Elle me voit ici, l'Océan finira par le savoir et le tuera. Après toutes les épreuves qu'ils ont traversées, Ben et Julie supporteraient-ils de le perdre ? J'ai agi sans réfléchir.

Je jette un coup d'œil à l'arrière de la camionnette pour vérifier que le carton dont parle Ben s'y trouve bien, je traverse la forêt en sens inverse et je regagne ma voiture.

Je m'estime heureuse de n'avoir pas croisé Akinli. Sur la route je me répétais que j'allais fermer cette parenthèse enchantée, tirer un trait sur cet amour sans avenir. Je sais à présent que ma nostalgie va au-delà de la personne d'Akinli. En l'espace de quelques heures, Ben et Julie m'ont fait toucher du doigt la douceur d'un foyer, et cette idée de foyer sera toujours attachée à l'odeur de lessive qui s'accrochait aux vêtements de Julie et au ronron du radiateur. Je ne les aime pas autant que j'aime Akinli mais ils occupent une place particulière dans mon cœur et j'aurais souhaité les voir aujourd'hui, l'un ou l'autre, même de loin.

J'ai traversé presque un siècle, j'ai vécu dans plus de pays que pourrait en visiter le plus téméraire des globe-trotteurs. Et pourtant, l'endroit où j'ai été le plus heureuse, où je me suis sentie vraiment chez moi, c'est ce vieux canapé au tissu élimé, avec le bras d'Akinli autour de mes épaules.

Je n'aurais pas refermé un chapitre de ma vie. J'aurais seulement tourné une page.

Je regagne la Floride en me demandant si je n'ai pas commis une grave erreur. La déception déclenche en moi une douleur permanente et j'ai du mal à respirer – ces sensations désagréables me prennent par surprise, on pourrait croire que je suis restée exposée au froid un peu trop longtemps. Jamais l'Océan ne saura ce que j'ai fait aujourd'hui, les autres Sirènes non plus. Mais j'ai au creux de la poitrine, indéniablement, une ficelle invisible qui tire sur mon cœur et fait de chaque kilomètre parcouru un calvaire.

25.

Je ronge mon frein dans la voiture. L'avion a atterri il y a près d'une heure, j'attends que mes sœurs franchissent la douane et récupèrent leurs valises pour rentrer directement dans l'État de Washington. L'idée, c'est de regagner notre maison avant que l'Océan ne se rende compte de notre absence.

Ai-je envie de savoir si leur entreprise a été couronnée de succès ? Peut-être, ou peut-être pas. Peu importe car aujourd'hui, je suis fière de moi. J'ai accompli quelque chose, seule, sans en informer personne au préalable. Cela me donne la sensation d'être une personne à part entière, douée de libre arbitre, sans entraves, sans maître.

Cela ne m'empêche pas de pousser un petit cri de plaisir lorsque je vois Padma, Elizabeth et Miaka sortir de l'aéroport.

Padma m'aperçoit, elle lâche son sac et traverse le parking à vive allure, laissant flotter derrière elle ses cheveux d'un noir bleuté pour se jeter dans mes bras. Nous essayons malgré tout de ne pas attirer l'attention.

« Merci, chuchote-t-elle au creux de mon oreille. Merci pour tout.

— Viens. Allons dans la voiture. »

Elle se détache de moi et j'aperçois par-dessus son épaule Miaka et Elizabeth, radieuses. Je lance la clef de contact à Elizabeth, je suis fatiguée de conduire. Fatiguée tout court. Ces dernières journées n'ont pas été de tout repos.

Une fois en sécurité dans l'habitacle, je pose la seule question qui compte.

« L'Océan a des soupçons ?

— Absolument aucun, répond Miaka. Je L'ai écoutée et Elle semblait tout ignorer de nos agissements. J'étais impatiente d'arriver à l'heure, quand même. Tu L'as entendue ce matin ?

— Oui. Elle a faim.

— Il va falloir qu'on chante à nouveau ? » demande Padma, soudain nerveuse. Elle n'a pas oublié le désastre qu'a été son premier naufrage.

Je me tourne vers elle pour la rassurer.

« Ne t'inquiète pas. Ça ne va pas se passer comme la dernière fois. Tu n'as rien à craindre. »

Elizabeth hoche la tête, Miaka prend la main de Padma dans la sienne.

« Tout est différent à présent. Nous allons remplir notre mission. »

Je m'adosse à mon siège, les yeux fermés. Il me tarde que cette journée s'achève. J'ai pris de grands risques en voulant revoir Akinli. La présence de mes sœurs va me renforcer dans ma résolution et je vais rester à bonne distance. Le souvenir de son visage est l'image qui m'accompagne tandis que je sombre dans le sommeil.

« Réveille-toi, belle au bois dormant ! »

La voix de Miaka m'arrache à ma léthargie.

Je cligne des yeux, aveuglée par les flots de lumière.

« Quoi ?

— On est arrivées ! »

Je lève la tête et j'aperçois notre maison au bord du lac à l'instant où Elizabeth claque sa portière.

« J'ai dormi tout le long ?

— Impressionnant, pour quelqu'un qui n'a pas besoin de dormir, répond Miaka avec un grand sourire.

— Ça a duré combien, deux jours ?

— Je le répète, impressionnant. »

Son sourire n'arrive pas à masquer l'inquiétude que je lis dans l'angle de ses sourcils. Dormir deux jours entiers, c'est long, même pour une marmotte comme moi.

Miaka s'enfonce dans la brume du petit matin. Le soleil forme une masse nacrée derrière le rideau que façonnent les nuages.

Je sors ma valise du coffre et je la traîne à l'intérieur. Les filles retrouvent instantanément leurs repères, à croire qu'elles sont parties la veille. Miaka va chercher ses tubes de peinture, elle a désespérément besoin de jaune et d'orange. Je me demande ce qu'elle a vu durant ce voyage, et si elle va y puiser son inspiration.

« Très bien, lance Elizabeth en attirant Padma vers le canapé. Voyons voir si on peut trouver ces films tournés à Bollywood dont tu nous as rebattu les oreilles. »

Elle braque la télécommande sur le téléviseur et commence son zapping.

J'imagine que cet aller-retour en Inde a été couronné de succès. Padma ne sanglote plus et ses aînées semblent apaisées. J'adresse un sourire à ma petite sœur et, me frottant les yeux, je tente de chasser le sommeil qui alourdit mes paupières.

J'ai rêvé d'Akinli et cela me rend heureuse. C'est dans mes rêves que je peux le garder auprès de moi et je ne vais pas m'en priver, aussi longtemps que ce sera possible.

« Ça va être une croisière cette fois aussi ? s'inquiète Padma.

— Nous n'en savons rien. Mon seul conseil, c'est d'éviter de regarder les visages des noyés. Tu ne peux pas devenir sourde sur commande, malheureusement, mais tu peux détourner le regard. Tâche de te focaliser sur la lune, sur l'eau ou bien sur ta robe. Ça t'aidera.

— Après on rentrera directement à la maison et on fera tout ce dont tu as envie, déclare Elizabeth.

— On restera ici cette fois, pas vrai ? » fait Miaka. C'est à moi que la question est adressée.

« Je pense, oui. Cette maison est si isolée que personne n'est venu nous importuner. Ce doit être l'endroit où nous avons connu le moins de problèmes. »

Quoi qu'il se soit passé en Inde, Padma est plus calme et elle semble avoir pris ses marques. Peut-être a-t-elle fini par se rendre compte de sa force, de ses facultés. Elle a tout le temps devant elle.

« D'accord.

— Dans ce cas, c'est réglé. On fait ce qu'Elle attend de nous et on revient ici. Peut-être même qu'on pourra fêter… enfin, pas vraiment fêter, plutôt marquer le coup.

— On a du vin, rappelle Elizabeth.

— Et des DVD, ajoute Padma.

— Parfait. On va se faire une soirée septième art.

— Venez. Le navire est à l'approche. »

Padma observe l'eau, la gorge nouée. « Allons-y. »

Je m'extasie devant son courage et j'espère qu'elle va tenir toute la nuit. Elle ne lâche pas une seconde la main d'Elizabeth.

« J'ai l'impression qu'on t'a volé ta meilleure amie, dis-je à Miaka.

— Non. Elizabeth m'aime toujours. Toi aussi elle t'aime, je le sais, même quand tu es distraite.

— Tu me trouves distraite ?

— Tu as la tête ailleurs la plupart du temps. Mais je ne t'en veux pas. Et je n'en veux pas à Elizabeth d'avoir pris Padma sous son aile. Ce sont elles qui vont rester ensemble le plus longtemps.

— À quelques années près, dis-je dans un soupir.

— Viens. C'est l'heure. »

Nous plongeons et nous nous insinuons dans le courant qui nous mènera le plus vite au bateau qu'Elle a sélectionné. Le sel me chatouille lorsqu'il se colle à ma peau pour confectionner ma robe. À force, je n'y prête même plus attention, je pourrais faire tout cela les yeux bandés. Au moment où nous atteignons la côte atlantique de l'Amérique du Sud, j'ai l'impression de suffoquer.

Toujours entraînée par le courant, je m'exclame : « À l'aide !

— *Quoi ?* »

Je griffe l'eau en essayant de me propulser vers la surface. « Je n'arrive pas à respirer ! Aide-moi ! »

Elle ne me prend pas au sérieux. Une Sirène qui boit la tasse, comment serait-ce possible ? Un voile noir s'abat devant mes yeux et je me sens partir à la dérive, la poitrine prise en étau.

Alors, avec un brusque changement de cap, Elle m'entraîne vers la surface. J'émerge les poumons en feu et je m'allonge sur Son dos en recrachant de l'eau et en avalant de grandes goulées d'air.

« *Pourquoi as-tu fait ça ?* veut-Elle savoir. *Comment ?*

— Je ne sais pas. Je ne sais pas ce qu'il s'est passé.

— *Qu'est-ce qui ne va pas ?*

— J'avais besoin de trouver mon souffle, dis-je en me redressant avec difficulté. Mes poumons ne fonctionnaient plus.

— *C'est impossible.*

— Et pourtant, c'est la vérité ! C'est la première fois que cela m'arrive.

— *Veux-tu que Je demande à tes sœurs de faire demi-tour ?*

— Non. Laisse-moi reprendre ma respiration, je vais les rattraper. »

Je sens Sa patience s'émousser tandis que je m'efforce de contrôler mon souffle du mieux que je peux. Même si tout se remet peu à peu en place, j'appréhende de retourner dans l'eau et mon cœur se met à battre la chamade. Mais j'ai conscience de mes responsabilités – et de ce qui en découle – alors je plonge, en espérant rejoindre les autres avant qu'elles ne s'alarment.

« Où est-ce que tu étais ? » me demande Elizabeth.

Difficile à expliquer sans éveiller leurs craintes. J'ai la nausée, la tête qui tourne. Je n'ai pas envie qu'elles se fassent du mauvais sang.

« J'avais peur que tu sois repartie, me dit Miaka en me serrant contre elle.

— Non. Comme une certaine personne me l'a fait remarquer, la désobéissance, ce n'est pas mon fort.

— Qu'est-ce qu'il s'est passé, alors ? »

Comment lui expliquer, *leur* expliquer, que j'ai perdu quelques instants une faculté que nous tenons toutes pour acquise ?

« *Plus tard. Pour l'instant, préparons-nous.* »

En arrivant j'ai contourné les récifs déchiquetés, je sais donc quelle menace se tapit en dessous de nous. Mais je doute que le navire à l'approche connaisse l'existence de ces écueils.

Je m'allonge à la surface, toujours sonnée. Miaka vient s'agenouiller près de moi et Elizabeth s'accroche à Padma, qui marmonne une litanie de sa composition : « Pas les visages, pas les visages, pas les visages. »

Notre chanson s'élève vers le ciel et nos voix se mêlent dans la nuit noire. Je regarde les étoiles qui scintillent lorsque le bateau heurte les récifs à bâbord et se dirige vers nous, lancé à pleine vitesse, la coque éventrée.

Un homme qui est tombé par-dessus bord tente de nager jusqu'à nous.

« Qu'est-ce qu'elle est belle ! » lance-t-il, de la joie dans la voix. Je l'entends avaler des paquets d'eau.

« Si belle ! » répète-t-il dans un gargouillis avant de se noyer.

J'attends que le silence s'établisse autour de nous, m'assurant ainsi que nous avons récolté jusqu'à la dernière des âmes, mais ma voix lâche avant celle de nos victimes. Je me racle la gorge deux ou trois fois, pour essayer de faire repartir la machine, mais c'est peine perdue. Miaka s'agrippe à mon bras tandis qu'Elizabeth et Padma me lancent des regards inquiets tout en chantant.

L'épreuve prend fin au bout de quelques minutes et j'avoue avec honte qu'il m'est facile aujourd'hui d'oublier les malheureux qui mouraient autour de moi, trop préoccupée par ma situation. Padma sanglote sur l'épaule d'Elizabeth.

« Ça y est, c'est terminé. Tu t'y feras avec le temps.

— J'ai du mal à supporter leurs cris. »

Le regard d'Elizabeth croise le mien, puis elle chuchote dans l'oreille de Padma.

« Ce n'était rien par rapport à ce que tu as fait à ton père.

— Il le méritait, lui ! » hurle Padma.

L'Océan se met à gronder et Elle nous tire brutalement vers les profondeurs.

« *QU'EST-CE QUE J'ENTENDS ?* » rugit-Elle.

Padma se cramponne à sa sœur aînée et je tremble des pieds à la tête. Elles n'ont pas réussi à tenir leur langue. Toutes les précautions que j'ai prises sont tombées à l'eau.

« *Je te l'avais expressément interdit. Comment as-tu pu Me désobéir ?* » Sa rage est tout entière contenue dans Sa voix.

« Parce que Tu avais tort ! » L'accusation d'Elizabeth se réverbère dans notre crâne. « Je me suis rendue en personne là où a vécu Padma. J'ai vu que son père était un homme cruel, mais ce souvenir n'existe plus. Nous l'avons détruit. Il était inadmissible pour nous d'obliger Padma à pardonner à ses bourreaux. À présent qu'ils sont morts, le monde ne s'en porte pas plus mal et nous nous mettrons toujours en quatre pour Toi.

— *Kahlen, étais-tu au courant ?* »

Mon regard passe d'une Sirène à l'autre. Je me demande quelle punition Elle me réserve.

« Oui. Je n'y suis pas allée moi-même, mais j'ai tout organisé.

— *Tu devais les détourner de ce projet !*

— Je ne pouvais pas supporter la souffrance de Padma. Elle va beaucoup mieux depuis son retour. Sa seconde vie commence vraiment. Elle a vaincu ses démons et elle T'appartient pleinement. »

Sa colère brûlante nous enveloppe et Ses vagues nous frappent sans ménagement.

« *Que vais-Je faire de vous ?*

— Nous condamner à quelques dizaines d'années supplémentaires ? ricane Elizabeth. Quelle bonne idée ce serait ! Quatre Sirènes qui refusent de se plier à Tes volontés et qui restent piégées dans Tes filets. Ou, mieux encore, nous tuer ! Tu serais bien embêtée toute seule, sans Tes larbins !

— *Non, il me serait impossible de vous tuer toutes* », concède l'Océan sur un ton glacial. Elle arrache Padma des bras d'Elizabeth et la broie dans un étau liquide. Padma pousse un hurlement et se débat.

« Non !

— Arrête ! »

Miaka est pétrifiée, ses pensées engendrent des remous indéchiffrables.

« *Je ne peux pas me débarrasser de vous en une seule fois, mais Je vois bien que vous êtes très attachées à elle. Si vous enfreignez à nouveau Mes ordres, elle en paiera le prix.* »

Les traits d'Elizabeth se tordent sous l'effet de la colère.

« *Vous avez un autre aveu à Me faire ?* »

J'espère dissimuler Akinli sous un amoncellement de pensées déconnectées de lui et j'enfouis le souvenir de ma dernière visite à Port Clyde au plus profond de ma mémoire.

« Il me manque », dis-je en espérant que cet aveu camoufle mes autres transgressions.

« *Je sais.* » Elle semble se calmer.

J'incline la tête, déçue d'être aussi mauvaise comédienne. Je suis réputée pour mon comportement irréprochable, alors pourquoi ne pas jouer cette carte à fond ?

« *Très bien, le problème est réglé* », conclut l'Océan avant de jeter Padma dans les bras d'Elizabeth. Miaka rejoint ses sœurs à la hâte. « *Rentrez chez vous, et sans faire de détour.* »

Mes trois sœurs s'en vont, mais je reste clouée sur place.

« *Comment as-tu pu ? Tu M'as désobéi une nouvelle fois.* » Je devine aux inflexions de Sa voix qu'Elle est déçue.

« Je sentais la douleur de Padma dans ma chair. Elle souffrait le martyre. Tu passes Ton temps à dire que Tu nous donnes une seconde vie. Jamais Padma n'aurait joui pleinement de sa vie de Sirène en sachant que ses parents profitaient de la leur sans éprouver aucun remords, en toute impunité.

— *Les humains font preuve d'une grande cruauté, c'est un fait. Tout le monde n'obtient pas ce qu'il mérite ici-bas.*

— Et pourtant l'occasion se présente de donner à Padma ce qu'elle mérite vraiment. Ne Te fâche pas contre elle. Ce qu'il lui faut, c'est une mère qui est à l'écoute, pas en colère. »

L'Océan pousse un soupir exaspéré.

« *Pourquoi n'as-Tu pas chanté ce soir ?*

— Mais j'ai chanté ! Ma voix a lâché. Je ne sais pas ce qui a pu se passer.

— *Ce n'est pas normal.* » Elle semble plus agacée qu'inquiète. « *Une Sirène doit pouvoir chanter et nager. Elle est conçue pour cela.*

— Je suis trop vieille, peut-être ? Serait-il possible que mon pouvoir s'amenuise ?

— *Non. À Mon avis, tu ne veux plus M'obéir.*

— Pourquoi ferais-je cela ?

— *Pour la même raison que celle pour laquelle tu as amené Padma à ses parents. Tu es en colère contre Moi.* »

Je lève les yeux au ciel. « Akinli me manque. Terriblement. Même quand j'essaie de ne pas penser à lui. Mais Tu T'es engagée à le protéger et j'ai accepté notre pacte. Tu devrais savoir depuis le temps que je T'obéis en tous points quand il s'agit de ma personne. Ce n'est que pour les autres que je prends des risques. »

Elle pèse mes paroles quelques instants. La mariée devant laquelle j'ai refusé de chanter, Akinli que j'ai tiré de l'eau, Padma que j'ai aidée dans son projet meurtrier… je ne me regarde pas souvent le nombril, Elle doit le reconnaître.

« *Tu n'as pas tort.*

— Puis-je rejoindre mes sœurs à présent ? Je suis certaine que Padma se sent manipulée comme un pion sur un échiquier et je veux qu'elle sache que nous l'aimons.

— *Oui, va les rejoindre. Et rappelle-lui que nous l'aimons toutes. Vous comme Moi. Les actes valent mieux que les mots. Montre-lui que Tu l'aimes. Très vite.* »

Je me mets en route, épuisée, et me contente de me laisser remorquer sur la majeure partie du trajet.

Une fois rentrée, je retrouve mes trois sœurs sur le canapé. Elizabeth et Miaka entourent Padma et tentent de la réconforter.

« Elle ne va pas te tuer.

— Dans ce cas, pourquoi m'a-t-Elle menacée ? Ce ne sont pas des paroles en l'air, j'en suis sûre, répond Padma.

— Elle m'a demandé de te dire qu'Elle t'aimait », dis-je à voix basse, sans me sentir vraiment impliquée.

Padma n'a pas l'air convaincue.

« Je sais que c'est difficile à intégrer. On a parfois l'impression qu'Elle nous torture avec Son amour. Mais Elle nous aime, c'est certain. Elle nous étouffe parfois, mais Elle ne se rend pas compte que la façon dont Elle exprime Son affection a quelque chose de malsain. »

Je me masse la tempe, toujours étourdie.

« Kahlen a raison, déclare Miaka. On ne peut pas y échapper. Sauf qu'Elle s'y prend tellement mal qu'on croirait presque de la haine.

— Tu essaies de lui trouver des excuses après ce qu'Elle a fait aujourd'hui ? s'indigne Elizabeth.

— Non. Simplement de comprendre. Comment Elle peut se montrer abusive tout en étant convaincue qu'on y perçoit de l'affection.

— En même temps, Elle n'a aucune expérience de l'amour à proprement parler, dis-je. J'ai presque pitié d'Elle.

— Je n'ai pas envie de retourner La voir, déclare Padma. Je ne veux pas qu'Elle me fasse du mal.

— Elle ne te fera pas de mal. Parce qu'à partir d'aujourd'hui Elle n'aura absolument rien à nous reprocher. Je t'en fais la promesse », affirme Elizabeth.

26.

Lorsque je me réveille, le soleil frôle l'horizon. J'ai dormi une journée entière. Mais je me sens groggy, comme si je n'avais pas eu ma dose de sommeil.

J'ai une douleur dans la gorge et dans la poitrine, anormalement chaud, et la tête qui tourne. Je lance un faible appel sans quitter mon lit :

« Miaka. Miaka. »

Miaka accourt quelques secondes plus tard.

« Qu'est-ce qu'il y a ? Tout va bien ?

— Je me sens très faible. Je n'ai même pas la force de me mettre debout. »

Elle s'approche précipitamment de moi, à la fois inquiète et déconcertée, et elle pose une main sur mon front.

« Kahlen, tu es brûlante. Comment est-ce possible ? En tant que Sirène, tu ne peux pas tomber malade.

— Je sais. Mais ce n'est pas la première fois que je me sens mal. Tu te souviens du trajet en voiture depuis la Floride ? Et hier… » Je marque un temps d'arrêt, presque gênée. « Quand l'heure est venue de faire naufrager le navire, je suis arrivée après vous parce que je n'arrivais plus à respirer. L'Océan a dû me remonter à la surface.

— Et tu n'as pas réussi à finir la chanson. Je t'ai entendue, tu as calé au beau milieu. »

J'acquiesce d'un hochement de tête.

« Peux-tu me conduire à l'Océan ? »

Malgré nos désaccords Elle pourra m'aider, j'en suis certaine.

« Attends une seconde. Elizabeth ! »

Miaka court chercher Elizabeth. Mes trois sœurs débarquent dans ma chambre en chuchotant et Elizabeth ouvre des yeux ronds lorsqu'elle m'aperçoit.

« Tu as une mine de déterrée.

— Tu veux bien m'aider ? S'il te plaît ? »

Elizabeth et Miaka glissent chacune un bras sous mes aisselles, elles me servent de béquilles. Padma ouvre la marche à reculons, les bras tendus, au cas où il faudrait me rattraper. J'arrive à mettre un pied devant l'autre mais je sais que sans leur aide, je tomberais plus d'une fois. Le petit groupe pénètre dans l'Océan.

« *Que se passe-t-il ?* » Son angoisse forme des remous autour de nous.

« Il y a un problème avec Kahlen », l'informe Miaka.

Dans l'eau, elles peuvent enfin me lâcher et je flotte, l'Océan me tenant dans Ses bras comme un enfant.

« Je suis exténuée.

— Regardez sa peau, fait remarquer Elizabeth. Elle est si pâle. Et elle n'arrête pas de dormir. Comme si elle avait besoin de sommeil.

— Et elle est fiévreuse », ajoute Miaka. J'ai conscience que ma température corporelle a augmenté ; l'eau qui m'enveloppe se réchauffe à mon contact.

Padma nous a courageusement accompagnées dans l'eau mais elle reste en retrait aux côtés d'Elizabeth. Elle n'arrive pas à masquer son inquiétude. Miaka a le regard soucieux.

L'Océan m'examine, soulève mes bras, me demande de cligner des yeux.

« *Alors, ce n'est pas de la désobéissance.*

— Non. Je ne comprends pas ce qu'il m'arrive. »

Elle s'agite autour de moi. « *C'est la première fois qu'une pareille situation se présente. Je ne sais pas quoi faire.*

— Peut-être que si elle restait en Toi un moment, elle reprendrait des forces, suggère Elizabeth.

— *Miaka, tu as une suggestion à faire ?* » demande l'Océan, non sans brusquerie. Elle a senti que Miaka cache quelque chose.

« Non, rien.

— *À quoi penses-tu ?*

— À rien, répète Miaka. Je réfléchis, voilà tout. Je crois qu'Elizabeth a une bonne idée. » Elle nage jusqu'à moi. « Nous reviendrons prendre de tes nouvelles toutes les heures jusqu'à ce que tu te sentes prête à retrouver ton lit. »

Cela me chagrine qu'elle ait dit « retrouver ton lit » et pas « retrouver ta maison ». À l'entendre, on croirait qu'elle sait que mon état va empirer.

« Très bien. »

Mes sœurs s'éclipsent, me laissant en tête à tête avec l'Océan.

« Je suis désolée. Je ne comprends pas ce qui m'arrive.

— *Depuis combien de temps es-tu souffrante ?* »

Les yeux plissés, je fouille mes souvenirs.

« Difficile à dire. Ça s'est passé progressivement. »

Elle me serre contre Elle. « *Repose-toi. Je suis là.* »

J'ai vraiment besoin de repos. Son amour m'enveloppe de toutes parts. Ici, en symbiose avec Elle, avec Son besoin absolu de maintenir l'ordre, je L'écoute envisager les sacrifices auxquels Elle consentirait pour me garder à Ses côtés. Je baigne dans cette sensation et cela me suffit pour trouver le sommeil.

Je suis réveillée par Miaka, qui me frotte l'épaule.

« Coucou. On a eu l'idée de t'amener à manger. Si tes forces t'abandonnent, tu dois puiser de l'énergie dans la nourriture. C'est ce que font les humains quand ils veulent récupérer.

— Mais je ne suis pas humaine.

— Bien sûr que si, répond-elle avec un sourire. Au plus profond de toi.

— *Elle a aussi besoin de chaleur,* ajoute l'Océan. *Donnez-Moi de ses nouvelles.*

— Bien entendu. Padma a encore trop peur de venir seule, donc ce sera sûrement Elizabeth.

— *Très bien. Mais ne Me faites pas attendre.*

— Promis. »

Miaka glisse un bras autour de moi et me ramène à la maison. Nous gravissons lentement le terrain en pente.

« Ça va un peu mieux ?

— Ça ne va pas pire, en tout cas. Mais je ne suis plus indestructible, c'est certain.

— Tu ne vas pas mourir. Impossible.

— À ta place, je ne serais pas aussi catégorique. »

Miaka ne prononce plus un mot. Dans la cuisine, Elizabeth verse un liquide dans un bol, un tablier noué autour de la taille.

« Salut toi ! J'ai préparé du bouillon de poulet. Il paraît que c'est un remède universel. »

Elles me font enfiler un bas de jogging confortable et un pull ample qu'elles viennent d'acheter – elles n'ont même pas enlevé l'étiquette – avant de m'installer sur le canapé. Un plateau se matérialise devant moi et la peur qui se lit sur le visage de mes sœurs me pousse à avaler le bouillon agrémenté de vermicelles et de carottes, même si je n'ai pas d'appétit. Je n'arrive pas à ingurgiter grand-chose mais, en même temps, mon organisme n'est pas conçu pour cela.

Lorsque je repousse le bol, auquel j'ai à peine touché, elles échangent un regard.

« Je pense que le moment est venu, me fait Miaka. Il faut qu'Elizabeth sache.

— Qu'elle sache quoi ? De quoi tu parles ?

— Je ne leur ai rien dit. Elles ont deviné ton secret toutes seules.

— Deviné quoi ? »

Elizabeth sort un papier de la poche arrière de son jean.

« Deviné pour lui. »

Mon regard se plante dans celui d'Akinli. Encore un peu et je vais m'évanouir.

« Où est-ce que tu as trouvé ça ?

— Dans la corbeille. C'est toi qui l'as dessiné, tu as oublié ? »

Je ferme les yeux. Non, je n'ai rien oublié.

« Ce n'est qu'un croquis. Très mauvais, par-dessus le marché. Rien à voir avec les portraits de Miaka.

— C'est beaucoup plus qu'un simple dessin, rétorque Elizabeth. Je l'ai vu.

— Comment ça, tu l'as vu ?

— Tu l'as dessiné. Tu nous as parlé de cette ville, Port Clyde. Le rêve de toute ta vie, c'est de tomber amoureuse. Et tu étais tellement déprimée à ton retour de Port Clyde que j'ai tout de suite compris. Miaka n'a fait que confirmer mes soupçons.

— Mais comment… j'ai essayé de brouiller les pistes… »

Je suis si bouleversée que j'ai du mal à aligner deux mots.

« Quand on vivait à New York, tu as pleuré deux jours durant, tu as fini par t'endormir et tu as répété un mot dans ton sommeil, des dizaines de fois. Akinli. Au début, j'ai cru que tu disais n'importe quoi. Ensuite j'ai pensé à une ville ou à un bâtiment particulier… Je n'ai fait le rapprochement qu'après notre séance de dessin. »

Elizabeth me montre la feuille de papier qui tombe en lambeaux à force d'avoir été dépliée et repliée.

Miaka prend le relais.

« Elizabeth est venue me poser des questions, j'ai dû lui dire la vérité et nous avons décidé de partir à la recherche d'Akinli. Nous sommes allées à Port Clyde où nous avons cherché un jeune homme qui répondait à ce nom et qui ressemblait à ton dessin. Ce n'est pas très grand, Port Clyde. On l'a trouvé tout de suite.

— Vous l'avez vraiment vu ? »

Elles hochent la tête de concert. Je repense aux voyages qu'elles ont effectués sous des prétextes plus absurdes les uns que les autres. En réalité, elles suivaient la piste d'Akinli.

Je suis incapable de contenir ma curiosité.

« Est-ce qu'il va bien ? Il a repris ses études ? Il vit toujours avec Ben et Julie ? Il est heureux ? Il l'est vraiment ? »

Les questions jaillissent en rafale de ma bouche. Une seule et unique réponse parviendra à dissiper les inquiétudes qui me rongent.

Elizabeth me répond, la gorge nouée : « C'est justement le problème, Kahlen. On se demande s'il n'est pas en train de mourir. »

Elles racontent à l'Océan que j'ai mangé, mais ne lui disent pas que mon estomac a tout rejeté. Elles Lui racontent que je ne dors plus, sans préciser que je pleure sans cesse. Ces demi-vérités La rassurent, manifestement, même si je sais qu'Elle va finir par apprendre la vérité tôt ou tard.

« Comment pouvez-vous en être sûres ? Cela paraît absurde ; il n'avait aucun problème de santé. Il souffre d'un cancer ? »

Le cancer, la seule hypothèse qui me vient à l'esprit : un tueur silencieux qui frappe sans distinction et fauche les humains les plus solides du jour au lendemain.

« Il a subi une batterie d'examens, m'explique Miaka. Les médecins n'ont négligé aucune piste.

— Qui vous a dit cela ?

— Nous l'avons suivi chez son médecin et nous sommes restées dans la salle d'attente. Nous avons espionné son cousin qui donnait des nouvelles à des amis près de son bateau. Nous avons pris rendez-vous pour une session maquillage avec Julie, à qui tu manques beaucoup, au fait.

— Vraiment ? »

Ma douleur s'atténue quelques secondes.

« Il a fallu que je fasse semblant d'être sourde, bien sûr, et je ne m'attendais pas à ce qu'elle se confie à moi. Mais elle m'a dit que je lui faisais penser à cette fille qu'elle connaissait, une jolie fille qui ne parlait pas. Elle était heureuse de ne plus être la seule fille de la maison et elle avait peur que tu te sois noyée.

— Alors ils pensent que je me suis noyée. Logique.

— Ouvre grand tes oreilles, Kahlen. Les symptômes d'Akinli sont semblables aux tiens. Il n'a plus aucune force. Il se déplace en fauteuil roulant. Il est couvert de bleus, et le moindre mouvement lui cause des douleurs atroces. Les médecins sont dans le flou le plus total.

— Donc… nous sommes malades, lui et moi.

— C'est un mystère pour moi que vous ayez la même maladie en même temps, d'autant plus que ton organisme ne craint rien, mais je mène ma petite enquête. Si nous arrivons à mettre un nom sur cette maladie, nous pourrons peut-être la traiter.

— Miaka… est-ce qu'il va mourir ?

— Je n'en sais rien. Je ne suis pas médecin. Mais son état se détériore à vue d'œil. Tu t'en sors bien pour le moment par rapport à lui. D'après les informations que j'ai pu glaner, il est tombé malade dans les trois mois qui ont suivi votre séparation. »

Je tente de visualiser Akinli en fauteuil roulant, rongé par un mal mystérieux depuis presque un an.

« C'est contagieux, alors ? C'est lui qui me l'a transmis ?

— Probablement. Je cherche encore.

— Tu as besoin de mon aide ?

— Il faut surtout que tu te reposes. Que tu t'économises en attendant le traitement qui fera effet.

— Parce que tu penses trouver un traitement ?

— Kahlen, il vaut mieux que personne ne se dresse entre moi et l'antidote. N'oublie pas que j'ai une arme mortelle, ma voix. Et je crois que l'Océan me donnerait Son feu vert si je devais éliminer un obstacle. »

Sa menace me plonge dans un abîme de détresse. Elle a sûrement raison.

« Emmène-moi La voir. Je vais me reposer auprès d'Elle. Cela sera plus facile pour vous de ne pas m'avoir dans les pattes. »

C'est Elizabeth qui m'accompagne jusqu'à l'Océan.

« Je te promets, Kahlen, qu'on va trouver comment te guérir.

— Je sais. Je vous fais confiance.

— Excuse-nous de t'avoir caché le but de nos petits voyages. Au début, notre idée, c'était de retrouver Akinli pour te donner de ses nouvelles, pour te remonter le moral. Ensuite, quand nous avons vu son état, nous avons décidé d'attendre qu'il aille mieux. Mais…

— Mais vous avez vu que son état ne s'améliorait pas.

— Je suis désolée. »

Nous nous immobilisons sur le rivage et je m'accroche à Elizabeth. Je suis trop fatiguée pour pleurer.

« Je sais que je devrais être insensible à son sort, dis-je. Parce que nous n'aurions jamais pu être ensemble de toute façon, et je sais que chaque vie a une fin, qu'il faut profiter du temps qui nous est imparti. Cela me brise le cœur malgré tout. Je ne voulais que son bonheur.

— Cela complique encore la situation. Car nous ne voulons que ton bonheur à toi, et il est lié au sien. »

Je prends une profonde inspiration.

« La vie ne présente aucun intérêt. L'amour non plus. Et pourtant, si je devais tout reprendre de zéro, est-ce que je le referais ?

— J'imagine que oui.

— Sans la moindre hésitation. Bien entendu. »

Elizabeth me sourit, à moi et à notre vie stérile, et m'aide à entrer dans l'eau.

« *J'attendais de tes nouvelles ! Es-tu malade ?* me demande l'Océan à l'instant où les pieds d'Elizabeth entrent en contact avec Elle.

— Miaka cherche activement. Il n'y a pas grand-chose à dire pour le moment.

— Ce n'est pas vrai. Elizabeth, laisse-nous. Laisse-moi Lui parler. En tête à tête.

— Si c'est ce que tu veux », lance ma sœur, froissée. Et elle me dépose dans l'eau avec toute la douceur dont elle est capable.

L'heure n'est plus aux secrets.

« *Je capte tes pensées par bribes, elles sont fragmentées, en pagaille.*

— Désolée. » Je n'arrive pas à réprimer un frisson. « J'essaie encore d'y mettre de l'ordre.

— *Commence avec New York. C'est ce qui ressort.* »

Je prends mon courage à deux mains. « J'ai parlé à Miaka d'Akinli et de ce qui s'est passé à Port Clyde. Je pensais l'avoir caché aux autres, mais apparemment j'ai prononcé son nom dans mon sommeil, j'ai fait un dessin de lui sans réfléchir et je leur ai donné le nom de l'endroit où il vit. Elles ont deviné que je déprimais à cause de lui et elles ont entrepris d'aller à sa recherche.

— *Ah. Donc on M'a servi plus de mensonges que Je ne le soupçonnais,* dit-Elle sur un ton désapprobateur.

— Oui. Mais peut-être que c'est un mal pour un bien.

— *Comment cela ?*

— Ce que j'ai, Akinli l'a aussi. Alors je ne suis pas seule. »

Un long silence.

« *C'est impossible.*

— Il présente les mêmes symptômes que moi. Ce qui veut dire que nous ne sommes pas totalement dans le noir. S'il m'a contaminée, nous savons que c'est contagieux et que c'est virulent. Nous savons aussi que les médecins sont à la recherche de réponses. Miaka s'est mise en quête d'autres cas, pour voir s'il y a une origine commune. Leurs mensonges vont peut-être me sauver la vie. »

Elle pousse un soupir de soulagement. « *Tes sœurs tiennent à toi, même si Je pense qu'elles se trompent. Je vais passer l'éponge sur leur désobéissance.*

— Merci. » Mon corps est lourd, j'ai l'impression que je vais m'enfoncer dans le sable d'une seconde à l'autre.

« *Y a-t-il une chose dont tu as besoin ?*

— De sommeil.

— *Bien sûr.* »

L'Océan me confectionne un lit et je m'y installe confortablement. Je m'efforce de me détendre mais le sommeil me fuit. Des années durant, j'ai eu la sensation que ma vie m'échappait totalement. Ce n'était pas une crainte sans fondement, mais une réalité. Désormais, la liberté et les choix personnels ne sont plus que des chimères ; je dois me battre pour rester en vie. Même si je ne sais pas quelles armes utiliser.

Cela m'ennuie de ne pas être impliquée dans les recherches, plus pour Akinli que pour moi. Presque un an. Combien de temps peut-il encore tenir à ce rythme ? Si ma santé décline aussi rapidement, comment arrive-t-il à…

Soudain, je m'étouffe. Et j'avale de l'eau en essayant de reprendre mon souffle. Mobilisant le peu d'énergie qu'il me reste, je tente de regagner la surface. L'Océan sent que je vais mal et, sans un mot, me pousse. J'émerge à l'air libre.

« Miaka ! Elizabeth ! Padma ! » Étendue à la surface je vide mes poumons et mon estomac. « C'est terminé pour moi. »

Je vois mes sœurs se précipiter vers moi. L'Océan Se recouvre d'une couche de glace pour leur permettre de me rejoindre plus vite.

« Kahlen ? s'écrie Padma.

— Elle respire !

— *Ramenez-la. Elle ne peut pas rester en Moi. Elle n'arrive plus à respirer.*

— Oh non !

— C'est encore pire que ce que je craignais », chuchote Miaka.

Je lui dirais bien que j'entends tout ce qu'elle dit, mais cela exige trop d'efforts.

Elles me soulèvent comme si je pesais autant qu'une plume et m'entraînent vers la maison. Elles me font prendre une douche bien chaude, enfiler des vêtements propres. Padma me borde ensuite avec des gestes d'une infinie tendresse, mais je suis si fatiguée que je n'ai même pas la force de la remercier.

27.

Le lendemain, j'arrive à tenir assise dans mon lit. Me voilà au chaud, en sécurité, et je n'ai pas la moindre envie de me mettre debout. J'ai douloureusement conscience de ce lien qui m'unit à Akinli. Et, plus que jamais, de la distance qui nous sépare et qui est à l'origine du mal mystérieux qui nous frappe. Je suis certaine que la maladie d'Akinli trouve un écho en moi.

Les semaines s'écoulent et je suis prise dans un tourbillon. Pendant que je garde le lit pour me préserver au maximum, l'Océan mène Sa propre enquête. Elle Se branche sur le fil mental de toutes les âmes qui nagent dans un plan d'eau ou qui piquent une tête dans la mer, de tous les pêcheurs qui remontent leurs filets ou des amoureux qui se bécotent sur un ponton. Aucune conversation ne tourne autour d'une étrange épidémie qui draine les forces vitales de ceux qui sont affectés.

« *Je ne néglige aucune piste,* me dit-Elle, Sa voix traversant les murs de la maison. *Je cherche des réponses.* »

Je me sens triste de ne pas pouvoir calmer Son inquiétude grandissante. Pourtant, j'ai toujours la sensation diffuse qu'Elle me cache quelque chose. Il y a une certaine pesanteur dans Sa voix, une méfiance mêlée d'incrédulité. J'ai peur de L'interroger. Et si Elle savait que mon mal est incurable ?

Miaka me force à monter sur une balance pour la troisième fois en une semaine.

« Encore un kilo en moins. Comment peux-tu perdre du poids ?

— Pitié, ne m'oblige pas à avaler quoi que ce soit. »

Elle me prend dans ses bras pour me porter sans aucun effort jusqu'au lit. Je dois vraiment me transformer en squelette.

« Et si c'était de la nourriture sous forme liquide ? Tout un tas de patients ne peuvent plus absorber d'aliments solides. »

Je ne me considère pas comme une « patiente ». Une meurtrière, une créature fantastique dépourvue d'âme, oui, tout cela s'applique à moi. Le terme « patiente » ne fait pas partie de la liste.

« Comment sais-tu cela ?

— Parce que cela fait un mois que je suis scotchée à l'ordinateur et que j'essaie de découvrir ce qui ne va pas chez toi. »

Elle me remet au lit. Il règne dans la maison un calme inaccoutumé. Je me suis habituée aux grognements agacés d'Elizabeth et aux reniflements discrets de Padma. Elles aussi font des recherches de leur côté, mais elles sont moins motivées que Miaka. Padma, à qui j'ai fini par révéler mon secret, joue parfois le rôle d'infirmière.

« Où sont les autres ?

— Parties prendre des nouvelles d'Akinli. »

Mon moral remonte en flèche.

« Vraiment ?

— Oui. Et avec la bénédiction de l'Océan. J'ai remué ciel et terre. Je suis allée à la pêche aux renseignements sur le site du Centre de contrôle et de prévention des maladies, j'ai consulté des forums sur Internet et je me suis même rendue dans certains pays du tiers-monde pour débusquer d'autres malades présentant les mêmes symptômes. Jusqu'ici, j'ai fait chou blanc. Elizabeth et Padma vont essayer de consulter son dossier médical.

— Cela pourrait leur valoir la prison.

— Elles n'auront aucun problème pour s'évader », répond Miaka avec un haussement d'épaules.

Je lâche un petit rire, les lèvres sèches.

« Tu as sûrement raison.

— Nous devons connaître le diagnostic des médecins. Cela nous aiderait à trouver un traitement pour toi.

— Même si le traitement qu'on lui a prescrit est totalement inefficace ?

— On va trouver un remède pour vous deux, promis », soupire Miaka.

Elle repousse une mèche de cheveux de mon visage, dans un geste plein d'affection qui me fait fondre. Je sais à présent que l'Océan n'a pas vraiment de stratégie lorsqu'Elle choisit Ses Sirènes mais, à l'arrivée de Miaka, j'avais cru que ma nouvelle sœur était un cadeau qui m'était destiné. Grâce à elle, le départ de Marilyn a été supportable et son tempérament me convenait parfaitement. Elle m'a aidée à garder la tête froide très, très longtemps.

« Kahlen, tu veux bien manger quelque chose de liquide ? Je suis certaine qu'un apport de calories te ferait le plus grand bien. »

Je veux lui montrer que je ne manque pas de bonne volonté, mais je sais que mes traits trahissent mon scepticisme.

« Je suis une Sirène. Je ne suis pas un être humain normal, une fille normale. Quel que soit le mal qui nous ronge, Akinli et moi, ce n'est pas une solution humaine qu'il me faut. »

Miaka veut me sermonner mais elle se fige soudain.

« Oh… pourquoi n'y ai-je pas pensé plus tôt !

— Pensé à quoi ? »

Une lueur s'allume au fond de son regard, son cerveau fonctionne à plein régime.

« Nous avons pris le problème à l'envers. Tu as raison. Tu es une Sirène. Nous sommes parties du principe que c'est Akinli qui t'a contaminée. Mais peut-être que c'est toi la source du problème !

— Moi ?

— Oui ! Et si on essayait de défendre Akinli contre un mal qui touche exclusivement les Sirènes ? Et si, en le guérissant, on te guérissait dans la foulée ? »

Le regard dans le vague, j'essaie d'abord d'étouffer ma culpabilité, puis d'aller jusqu'au bout de la théorie de Miaka.

« Miaka… c'est une excellente idée. Mais il y a un petit problème.

— Lequel ?

— Est-ce que tu sais, toi, à quoi les Sirènes sont vulnérables ?

— Très juste, fait Miaka, les épaules affaissées. Il faut que j'en parle à l'Océan. Elle sait forcément quelque chose. Elle en a vu passer, des Sirènes. Je peux te laisser seule quelques instants ?

— Bien sûr. »

Elle s'en va, poussée par l'urgence.

Je laisse échapper un long soupir, me maudissant d'avoir peut-être joué un rôle dans l'affaiblissement d'Akinli. J'accorde de l'importance à ma vie, bien sûr, mais quand je la compare à la sienne, quand je repense à la souffrance que j'ai causée à tant de personnes – à ceux dont j'ai pris la vie, mais aussi à leurs proches – je me dis que si l'un de nous deux mérite d'être sauvé, c'est lui.

J'ai semé le malheur et la désolation autour de moi ; lui a le potentiel de faire le bien, de répandre la joie.

Je ferme les yeux et je pense à lui de toutes mes forces. *Excuse-moi*, dis-je à l'image qui se forme dans mon esprit, celle d'un garçon heureux, en pleine santé, qui m'embrasse sur la plage.

Et presque instantanément je sens une onde d'affection me traverser de part en part. J'ai l'impression qu'il est près de moi, qu'il pourrait presque me prendre dans ses bras. Ainsi réconfortée, je me laisse à nouveau emporter par le sommeil.

« Diagnostic impossible, déclare Elizabeth en jetant sur la table des photocopies du dossier médical d'Akinli gondolées par l'eau de mer. Ils lui ont fait passer des examens censés détecter le cancer, l'hépatite, l'hyperthyroïdie, la totale. Ils ont même envisagé une dépression, ce qui était tout à fait possible puisque ses parents sont morts, d'autant plus si tu lui manques autant que lui te manque. »

Je m'assieds à la table, emmitouflée dans une couverture, et j'examine la pile de documents.

« Où trouvent-ils l'argent pour couvrir les frais médicaux ? »

Elizabeth lève les yeux au plafond.

« Bien sûr, c'est ça qui te préoccupe. Ne te tracasse pas. Nous allons mettre en place un fonds d'aide anonyme.

— Et vous l'avez vu ? » En mon for intérieur, j'espère qu'elles l'ont entendu parler de moi, même si c'est hautement improbable. « Est-ce qu'il a l'air d'aller mieux ? »

Les yeux fixés au sol, Padma glisse une main dans sa poche et en sort quelques photos. Je m'en empare, à la fois impatiente et angoissée.

Il est en fauteuil roulant. Je reconnais les yeux bleus, les cheveux blonds qui dépassent d'un bonnet. Mais le visage n'est plus qu'un assemblage d'angles saillants et la lumière qu'il dégage n'est plus qu'une faible lueur qui risque de s'éteindre d'une minute à l'autre.

Des larmes brûlantes me montent aux yeux.

« Oh non, Akinli, non. »

Sur les clichés, manifestement pris depuis la forêt, on voit que Ben et Julie ont installé une rampe d'accès toute neuve devant leur maison.

« Ils l'emmenaient en balade. C'est vraiment remarquable, Kahlen. »

Je lance à Elizabeth un regard interrogateur. Que peut-il y avoir de fascinant dans le fait que le garçon que j'aime a perdu l'usage de ses jambes ?

« Même dans son état, toutes les personnes qu'il a croisées étaient ravies de le voir. Cette vieille femme, dont le jardin est une décharge à ciel ouvert…

— Miss Jenkens.

— Miss Jenkens, répète Elizabeth sur un ton narquois. Elle lui a mis une assiette de biscuits sur les genoux. Il en a mangé un ou deux et il a donné le reste à des enfants qui s'amusaient près du ponton. On a pu se rapprocher. Il leur demandait de ne dire à personne qu'il leur avait donné ses biscuits. Il ne voulait pas vexer la vieille dame.

— Ça lui ressemble beaucoup.

— Pendant votre absence, reprend Miaka, je crois qu'on a fait une énorme percée. Cela ne me surprend pas que son dossier soit vide, parce que nous commençons à penser que cela ne relève pas du domaine médical. Du mythe, plutôt. »

Padma et Elizabeth échangent un regard perplexe.

« Nous nous efforçons depuis le début de guérir Kahlen d'un mal d'origine humaine alors qu'elle n'est pas humaine, sauf que nous prenons le problème à l'envers. Ce n'est pas Akinli qui a contaminé Kahlen, mais le contraire.

— Bien vu ! s'exclame Elizabeth. Mais de quel mal s'agit-il ?

— C'est la question que je me pose. J'ai interrogé l'Océan, mais Elle est complètement déboussolée. Elle m'a dit que c'est la première fois qu'une chose pareille se produit. Donc, il faut changer d'approche. C'est toute l'histoire des Sirènes qu'il va falloir étudier. Il est fait forcément mention quelque part d'une maladie capable de tuer simultanément les humains et les Sirènes sans atteindre les personnes qui les côtoient ou l'Océan Elle-même. »

Padma hoche vigoureusement la tête.

« Comptez sur moi pour vous aider, même si mes connaissances sont limitées comparées aux vôtres.

— Ne t'en fais pas, la rassure Miaka. À l'heure qu'il est, nous n'en savons pas plus que toi. »

Je reçois l'ordre de me recoucher et Elizabeth se rend au village en voiture pour emprunter des livres à la bibliothèque. Miaka retourne à la pêche aux informations sur Internet.

Personne ne remarque que j'ai gardé les photos. Je place celle qui montre Akinli en gros plan contre ma lampe.

On va trouver une solution, je te le promets. Je ne t'abandonnerai pas.

Je regarde ses traits tirés et sa beauté me chavire le cœur. Peu importe ce que l'avenir a en réserve pour nous, j'ai rencontré l'homme de ma vie, mon âme sœur, malgré la différence d'âge, la distance, les circonstances. Je jurerais l'entendre qui me dit *Fais vite.*

28.

Miaka explore des siècles de production artistique pour trouver toutes les œuvres représentant des Sirènes et les étudie dans les moindres détails. Elle imprime certains tableaux et fait des agrandissements qu'elle punaise au mur. Dans un carnet, elle note ses analyses sur l'usage de la couleur, sur les symboles qu'ils contiennent, le contexte historique. Elle traque lorsque c'est possible les mécènes qui ont financé ces œuvres, pour leur demander s'ils ont passé commande auprès de l'artiste ou si ce dernier n'a écouté que son inspiration.

Je ne comprends pas tout de suite ce qui la pousse à agir ainsi.

« Peut-être que quelqu'un nous a vues un jour, m'explique Miaka. Totalement par hasard, ou après avoir survécu à un naufrage à l'insu de l'Océan. Et peut-être que le survivant a immortalisé son souvenir sur une toile… ce n'est qu'une supposition. Je prends tout ce qui passe. »

Elizabeth trouve des allusions aux Sirènes dans plusieurs films qu'elle visionne en boucle, cherchant des thèmes communs. Leurs efforts conjugués me rappellent l'époque où j'ai moi-même cherché des renseignements sur nos congénères. Mais Elizabeth n'est pas une érudite. C'est une battante. Et c'est dans la lutte qu'elle puise sa motivation.

L'adorable Padma s'attelle à une tâche titanesque : lire chaque mythe, chaque fable, chaque conte de fées qui parle de nous. Trop de gens ignorent que les livres pour enfants contiennent de nombreuses vérités.

J'avais décidé de garder le secret sur mes propres recherches. Pas envie que mes sœurs sachent que je cherchais une échappatoire. Peut-être aurais-je dû me confier à elles plus tôt. À nous voir ainsi rassemblées, à amasser des connaissances que l'Océan nous refuse, je me sens plus proche d'elles que je ne l'ai été depuis un bon moment et cela me fait monter les larmes aux yeux. L'amour que je porte à mes sœurs s'est épanoui au seuil de la mort.

Et je découvre que l'union fait la force : ensemble, nous apprenons que les Roussalki de la mythologie slave sont les esprits des femmes noyées qui hantent rivières et cours d'eau. Les Ondines peuvent obtenir une âme en se liant à un mortel. Les Sirènes sont dotées de somptueuses chevelures et de longues queues, les Naïades ne vivent que dans l'eau douce et les Grecs vouaient un culte à tout un aréopage de divinités aquatiques. Malgré toutes ces plongées dans le folklore qui nous concerne, nous n'arrivons pas à lever le voile sur le mal qui me ronge.

Entre deux siestes (le sommeil me tombe dessus sans crier gare), je lis. Au début, je ne trouve rien de concluant. Certains éléments se fondent sur des faits réels. Les victimes, le chant, la mort inévitable. Le reste est pure invention, des délires élaborés par des hommes qui nous dépeignent comme des créatures cruelles appliquées à les séduire. Quelle que soit la mythologie d'origine, toutes les Sirènes sont de sexe féminin et se complaisent dans le chaos.

Mais moi, j'ai un cœur. Un cœur qui se brise en mille morceaux.

C'est au milieu de ces recherches que je croise un recueil de nouvelles dont le titre m'est familier. Le livre est paru à peu près au moment où l'Océan m'a métamorphosée. Je le feuillette et j'y trouve le texte qui m'intéresse, *Le Silence des Sirènes* par Franz Kafka. Long d'à peine deux pages… et pourtant je n'arrive pas à chasser de mon esprit l'idée que le silence d'une Sirène puisse être plus mortel que sa voix.

Au début, je suis loin d'être convaincue. Malgré cela, Kafka me trotte dans la tête. Mon silence, mortel ? Par quel miracle ? Rester muette, cela permet aux autres de rester en vie. J'achève ma lecture et j'essaie de passer à autre chose.

Mon silence n'a jamais tué personne. S'il était toxique, toutes les personnes avec lesquelles nous sommes entrées en contact auraient enduré ce qu'Akinli endure en ce moment.

Et si c'était notre baiser le coupable ? Peu probable. Elizabeth a embrassé des dizaines d'humains sans causer de carnage pour autant. Ce n'est pas non plus l'amour que je lui porte, sinon Aisling n'aurait jamais pu retrouver son arrière-petite-fille. Alors quoi ? Qu'est-ce qui met Akinli à part ?

« Miaka. » Ma voix est si éraillée que je doute de pouvoir rechanter un jour.

Miaka abandonne aussitôt ce qu'elle est en train de faire.

« Quoi ? Tu as faim ? Tu te sens mal ?

— Tu veux bien lire ça, s'il te plaît ? C'est court, mais un détail me taraude… »

Je lui montre le recueil de nouvelles, qu'elle me prend des mains et étudie brièvement.

« Il n'y a rien qui te frappe ? »

Elle lit le texte de Kafka deux fois plus vite que moi.

« Qu'on m'explique comment notre silence pourrait être plus nocif que notre chant.

— Je me pose la même question.

— Cela donne à réfléchir, en tout cas, déclare-t-elle en me rendant le livre.

— Tu as trouvé quelque chose de ton côté ?

— Non. La plupart des artistes nous présentent comme des démons ou d'ignobles tentatrices.

— C'est aussi ce que j'ai remarqué.

— D'après ce que j'ai compris, personne n'a survécu à une rencontre avec une Sirène et s'en est vanté ensuite.

— Cela a dû arriver un jour. Le mythe a forcément un point de départ.

— Eh bien, si cette personne existe, elle est morte depuis des milliers d'années et elle n'a pas vraiment laissé de trace. »

Je soupire. Mon esprit est terriblement embrouillé… et je sens que mon cœur ne tiendra pas longtemps non plus. Miaka pose ses mains sur mes épaules et la chaleur qu'elle dégage me fait du bien, à moi qui suis frigorifiée.

« On finira par trouver, Kahlen. J'ai la sensation qu'on s'approche de la solution. »

Je fais mine d'être du même avis. Je crains que les jours d'Akinli ne soient comptés, car son organisme est beaucoup plus fragile que le mien. Et, puisque nous souffrons du même mal, je me demande ce qu'il m'arrivera si son cœur lâche.

Elizabeth, qui se trouvait au salon, nous rejoint.

« On tourne en rond. Je ne dévore pas les hommes tout cru, moi, déclare-t-elle en montrant la télévision d'un mouvement de tête.

— Cela dépend du contexte… », plaisante Miaka.

Elizabeth lui répond d'un discret sourire et cela me fait plaisir de voir que nous sommes capables de considérer cette situation avec humour.

J'essaie de leur offrir mon plus beau sourire mais j'échoue lamentablement et je sens une petite douleur à la commissure de mes lèvres. Une sorte de piqûre. Je porte la main à ma bouche et, lorsque je la retire, mes doigts sont couverts de sang.

Je les regarde fixement, horrifiée. J'avais été interloquée par mes nausées constantes et mes accès de fièvre, prise de court par ma fatigue et mes douleurs. Mais ce sang qui coule me force à regarder ma mortalité en face. Je me pensais incapable de saigner.

Les filles échangent des regards nerveux. Padma va dans la cuisine et revient avec un torchon, elle m'essuie la main et la lèvre pendant que nous digérons ce nouveau coup dur.

« Qu'est-ce qu'on ne voit pas ? se lamente Elizabeth. Qu'est-ce qui nous échappe ? Nous avons vu tous les films, étudié toutes les peintures et tous les livres… Ne me dites pas que ce n'est pas suffisant ?

— Non, répond Padma d'une voix assurée. Je ne connais pas l'histoire de Kahlen.

— L'Océan m'a métamorphosée, tout comme toi. En 1933, et…

— Non, non. Avec Akinli, je veux dire. Que s'est-il passé exactement entre vous deux ? Comment avez-vous fait connaissance ?

— En Floride. Il travaillait à la bibliothèque. On s'est revus une ou deux fois. La dernière fois, on a confectionné un gâteau.

— Et tu as coupé les ponts ?

— Il me plaisait trop. Quand j'ai compris que j'étais en train de tomber amoureuse de lui, je suis partie. Cela valait mieux, pour lui comme pour moi.

— Et ?

— Et j'ai traîné mes sœurs à Pawleys Island. Tu es arrivée peu après notre arrivée. »

Je marque une pause et je reprends mon souffle. J'ai de plus en plus de mal à respirer.

« Je pensais que j'étais sur la bonne pente mais tu as vu la catastrophe que j'ai provoquée lors du naufrage du paquebot. J'ai craqué. Mon rêve, c'est de me marier, alors tuer cette femme le jour de ses noces… ç'a été la goutte d'eau. C'est pour cette raison que je suis partie, et j'ai atterri à Port Clyde, la petite ville où habite Akinli. Je ne sais pas ce qui m'a poussée là-bas. Il m'a trouvée échouée sur la plage.

— Tu n'y es pas restée très longtemps », fait remarquer Padma, qui boit mes paroles.

Miaka a sorti son carnet à croquis, elle prend des notes.

« Une journée. À peine plus de vingt-quatre heures.

— Très bien, m'interrompt Miaka. Donne-nous des détails. Il t'a amenée chez lui ? »

Je lui parle à nouveau de Ben et Julie, de l'accueil hors du commun qu'ils m'ont réservé. Je raconte qu'Akinli m'a préparé le petit déjeuner. Et que, comme moi, il a échappé à la mort qui a emporté ses parents il y a peu de temps.

« Vraiment ? lance Elizabeth. Quelle coïncidence étrange.

— Je ne dirais pas ça, mais je le note quand même, dit Miaka. Ensuite ? »

Je raconte la librairie, l'histoire en langue des signes, la crème glacée.

« Vous avez mangé avec la même cuillère, peut-être ? demande Padma. Est-ce que ce contact aurait diffusé ce liquide qu'Elle injecte en nous ?

— Je note ça aussi, répond Miaka d'un air sceptique, mais c'est peu probable. Si c'était aussi simple, Elizabeth aurait tué des dizaines d'hommes à l'heure qu'il est.

— Tu exagères ! s'insurge Elizabeth. Mais, oui, j'ai partagé plus que des cuillères avec des humains. Et d'autres avant nous. Pourtant, c'est la première fois qu'une chose pareille se produit.

— En es-tu certaine ? Aucune de nous n'a vécu de relation assez longue pour en tirer cette conclusion.

— Eh bien..., bafouille Elizabeth. À une époque, j'ai rencontré un humain que j'ai trouvé particulièrement charmant. Je suis retournée le voir. Plusieurs fois, et il était en parfaite santé.

— Très bien. Je note. Tu sais, ajoute Miaka, un peu gênée, que l'Océan va te poser des questions sur cette histoire. »

Elizabeth lâche un petit grognement.

« Bon. Quoi d'autre ? »

J'enchaîne sur l'après-midi passé dans la villa construite par son grand-père, sur le plaisir que Julie éprouvait à me voir. Puis sur notre dîner.

« Alors, comment es-tu partie cette fois-ci ? »

Je dois me replonger dans des souvenirs si douloureux que je dois m'interrompre quelques secondes.

« Il m'a conduite dans cette maison. Celle de son grand-père. Il savait... je me demande encore comment il a réussi à assembler les pièces du puzzle, mais il savait que je ne suis pas une fille normale. Au lieu d'avoir peur, il m'a proposé sa protection. Il m'a demandé de rester et, soudain, j'ai cru que c'était à ma portée. À cet instant, il m'a embrassée. C'est tout. Le temps s'est arrêté. Et, bêtement, j'ai lâché un "Ça alors". Son regard est devenu vitreux et il a foncé vers l'Océan. J'ai essayé de l'arrêter mais il s'est enfoncé, de plus en plus profondément. Je L'ai implorée, je Lui ai promis d'en amener d'autres à la place d'Akinli. J'ai honte de l'avouer, mais je crois que j'en aurais été capable. J'étais prête à tout pour qu'il reste en vie.

« Elle l'a laissé partir... je ne devais pas vous le dire, mais Elle l'a laissé en vie. Je l'ai tiré sur le rivage, je l'ai embrassé et je suis retournée à l'Océan.

« Depuis, je ne l'ai plus revu.

— Bon, rien de très stupéfiant, conclut Padma. Une simple erreur.

— Attends... qu'est-ce que tu disais au sujet du silence ? me demande Elizabeth. Vous n'étiez pas en train d'analyser une citation avant que j'arrive ?

— On a trouvé un livre qui explique que le silence d'une Sirène est plus fatal que son chant, ce qui paraît absurde...

— Et si ce livre avait mis dans le mille ? m'interrompt Elizabeth.

— Quoi ?

— Ton silence ? Akinli est peut-être la seule personne au monde qui a entendu la voix d'une Sirène et qui a survécu. Et si ça le tuait à petit feu ?

— Mais je ne peux pas retourner le voir et lui parler. Cela le tuerait aussi, c'est certain.

— Et même, avance Miaka, agrippée à son carnet, cela n'expliquerait pas pourquoi Kahlen est tombée malade. Cela n'a peut-être aucun rapport.

— Mais on n'a pas d'autre piste qui tienne la route », contre Elizabeth.

29.

Je sais sans le moindre doute possible qu'Akinli est à l'agonie, que la fin est proche pour lui. Cette force étrange qui m'avait envoyée le chercher à Port Clyde et non à Miami et qui m'apporte parfois une sérénité inexplicable, c'est elle qui me l'affirme.

Je ferme les paupières mais mes yeux sont secs. Mon corps tout entier est secoué par le chagrin. Si je veux sauver Akinli, je dois me presser. Le fil qui relie nos âmes ne va pas tarder à se rompre. J'ignore si sa mort entraînera la mienne par un effet domino mais si mon corps peut se détériorer à ce point, je suis prête à parier que la mort finira par m'emporter.

« Je ne comprends toujours pas. Si nos voix poussent les gens au suicide, comment expliquer que mon silence puisse tuer Akinli ?

— Aucune idée, répond Miaka en se frottant les paupières.

— Allons demander à l'Océan. C'est déjà un bon point de départ. »

Elizabeth hausse les épaules, contrariée.

« Tu veux bien m'accompagner ? l'implore Miaka. C'est toi qui as suggéré cette piste. Peut-être que tu trouveras une question qui ne me serait jamais venue à l'esprit.

— Bien sûr. Tu as besoin de quelque chose ? me demande Elizabeth.

— Non. Sinon, il y a Padma.

— Tu peux compter sur moi, me dit Padma.

— On va se débrouiller. »

Elizabeth et Miaka quittent ma chambre main dans la main. Je les suis du regard.

C'est moi la responsable de tout cela. Ma mission consistait à ne pas enfreindre les règles, et voilà le résultat lorsque je n'en fais qu'à ma tête. Mes sœurs se font un sang d'encre, je ne peux plus vivre sous l'eau et Akinli est en train de mourir. Par ma faute.

« Excuse-moi de t'avoir entraînée là-dedans, Padma. Je t'assure – notre vie est beaucoup plus tranquille d'ordinaire.

— Ça ne me dérange pas. C'est agréable de sentir qu'il y a un but à mes actions. Je sais que je tiens un rôle important pour l'Océan et pour mes sœurs. La question que je me pose, c'est à quoi je vais occuper mes journées une fois que tu iras mieux.

— J'apprécie ton optimisme.

— Je fais de mon mieux. Je n'étais pas facile à vivre au début. J'ai dû laisser derrière moi tout un pan de ma vie. Tu m'as aidée à trouver une forme de paix, mais je dois aussi réapprendre certaines choses.

— Lesquelles ? »

Elle se blottit contre moi.

« Que je suis capable d'assumer des responsabilités. Que je ne suis pas un fardeau. Que je mérite de vivre autant qu'une autre. Qu'il est possible de m'aimer.

— Oh, Padma, tu vas y arriver. Tu comptes énormément pour nous, et pour l'Océan aussi.

— Je sais. J'ai beau avoir peur d'Elle, je distingue de l'amour sous Son agressivité.

— Laisse-Lui le temps, et Elle deviendra la mère dont tu as toujours rêvé. »

« Notre voix distille du poison, déclare Miaka à son retour.

— Du poison ?

— Oui. Notre impact sur les humains est double. Tout d'abord, notre chant les attire vers leur mort. Et notre voix est aussi toxique. À mon avis, c'est ce qu'il s'est passé avec Akinli. Des restes de ta voix abîment son organisme et, comme les ondes sonores ne laissent aucune trace, les médecins ne savent pas quoi chercher.

— D'accord, c'est du poison. Et la chanson en elle-même ?

— Je sais à présent, poursuit Elizabeth, pourquoi nous la comprenons par bribes, sans en saisir la totalité. Elle comporte un peu de toutes les langues parlées par l'homme. L'Océan m'en a donné la traduction. Attention, c'est très triste. »

Miaka récite les paroles, les intonations de sa voix rappelant aussitôt la mélodie familière.

Viens jeter ton cœur dans les flots
Ton âme se perd, mais elle en sauve d'autres,
Bois de Mon eau et meurs
Échange ta vie contre mille vies
Viens, bois tout ton soûl
Bois et perds-toi en Moi et accueille la fin à bras ouverts
Bois et accueille la fin à bras ouverts
Tu fais partie d'un tout
Car tous doivent mourir, tous doivent périr
Offre-Moi ton corps
Que ta dernière demeure soit l'Océan
Viens et bois tout ton soûl
Bois et perds-toi en Moi
Bois et perds-toi en Moi.

Un long silence ponctue cette complainte. Nous devons digérer le sens des paroles. Je l'ai toujours trouvée très belle et je comprends à présent qu'elle est pensée pour que chacun, peu importent ses origines, se sente concerné par cet appel.

« C'est une berceuse qui pousse les gens à marcher vers leur mort, dis-je avec un frisson d'horreur.

— Mais elle contient une promesse, elle exerce une séduction puissante. “Échange ta vie contre mille vies.” Cela signifie que ton sacrifice n'est pas vain. Elle est d'une beauté lancinante. »

Miaka est à la fois en admiration et horrifiée, je le vois bien.

« Alors, qu'est-ce que ça implique ? Ça nous laisse un espoir de sauver Akinli ?

— Je n'en sais rien. On dirait qu'on n'a pas toutes les cartes en main. Notre voix est toxique tandis que notre chant agit comme un appât. Le fait qu'Akinli ait entendu ta voix mais pas ton chant explique qu'il soit toujours en vie. Rien de ce que nous avons trouvé n'explique en revanche pourquoi tu es malade, toi aussi.

— L'Océan a offert une hypothèse ? intervient Padma.

— Elle n'a pas l'air de trouver illogique qu'Akinli souffre ainsi, déclare Elizabeth. Mais à partir du moment où nous Lui avons posé des questions sur toi, Elle a répondu catégoriquement qu'il était impossible que tu sois tombée malade.

— J'ai eu droit à la même réaction », dis-je. Mais j'avais remarqué des inflexions étranges dans Sa voix, non ? Une pesanteur et une hésitation, comme si Elle refusait de croire à Ses propres paroles...

J'ai mal partout et, lorsque j'essaie de me mettre debout, la pièce tourne autour de moi. Je me laisse retomber sur les coussins, le souffle court.

« Arrête, me gronde Elizabeth. Qu'est-ce qui te prend ?

— Amenez-moi à l'Océan. S'il vous plaît. »

30.

C'est avec mille précautions que mes sœurs me soulèvent, me transfèrent du lit sur une couverture qui leur sert de civière et me transportent jusqu'à l'Océan. Je frissonne, glacée des pieds à la tête, et je regrette d'avoir voulu m'installer dans une région au climat aussi rigoureux.

Le temps presse. Mes sœurs m'ont dit qu'Akinli garde le lit nuit et jour et j'ai l'impression que je ne vais pas tarder à suivre son exemple. Mon unique espoir est que l'Océan nous révèle le secret qu'Elle semble cacher une fois qu'Elle aura vu que je suis aux portes de la mort.

J'ai conscience qu'Elle se préoccupe uniquement de moi. Le sort d'Akinli La laisse de marbre, du moment que je me remets sur pied, il peut bien mourir. Et Elle saura bientôt, au cas où Elle l'ignorerait encore, que si je trouve un remède j'en ferai profiter Akinli. Je suis beaucoup trop fatiguée pour Lui cacher quoi que ce soit.

Je pousse un hurlement lorsque mes pieds entrent en contact avec l'eau.

« Ah ! J'ai l'impression qu'on m'enfonce un couteau dans les jambes !

— *Attendez.* »

Nous restons sur le rivage, perplexes. Les vagues lèchent le sable. Comment allons-nous nous en sortir cette fois ?

« *Tenez. Réessayez.* »

J'entre dans l'eau et je découvre à ma grande surprise qu'elle est tiède.

« *Ce devrait être plus agréable.*

— Nous aussi, il faut qu'on aille dans l'eau ? veut savoir Padma.

— Oui, vous deux, suggère Miaka. Moi je vais aider Kahlen à tenir debout. »

Au début, aucune parole n'est échangée. Je distingue uniquement l'inquiétude ambiante tandis que l'Océan canalise les pensées de Padma et d'Elizabeth à travers les Siennes.

« *Je n'avais pas conscience que ton état avait empiré à ce point. Cela fait longtemps que tu n'es pas venue à Moi.* »

À Sa voix, on dirait qu'Elle a… peur ?

Je m'appuie contre Miaka, mon cœur battant aussi faiblement que les ailes d'un oisillon.

« Je vais mourir. La fin approche.

— Tu ne vas pas mourir, m'assure Miaka. Il y a forcément quelque chose qui nous échappe. »

Ah.

Je La sens qui parcourt mes pensées, les souvenirs liés à Akinli. Tout ce qui est rattaché à ma première vie est tombé dans l'oubli et ma vie de Sirène couvre tant de décennies que des pans entiers de ma mémoire ont été effacés. Mais Akinli… tout ce qui touche à Akinli est parfaitement limpide.

Notre première conversation à la bibliothèque, mon euphorie lorsque nous avons dansé près de l'arbre. Ses SMS, mes pensées qui retournaient sans cesse à lui après notre première séparation. L'accueil phénoménal auquel j'ai eu droit à Port Clyde, le plaisir ressenti à ses côtés dans la librairie. La magie de notre premier baiser. Rétrospectivement, j'ai toujours l'impression que ce baiser représente la quintessence de la beauté, une pure merveille qu'il faudrait mettre sous verre, comme une œuvre d'art, pour que les gens puissent venir l'admirer dans plusieurs siècles.

Et, parce que je suis incapable de retenir quoi que ce soit, Elle voit combien il me manque. Je La sens battre en retraite face à cette tristesse débordante.

Ce n'est qu'à l'instant où elle prend une profonde inspiration que je me rends compte que Miaka pleure. Elle secoue la tête, plaque une main sur sa bouche et enfonce dans mon dos les doigts de la main qui me retient, pour ne pas perdre l'équilibre.

« Miaka ?

— Excuse-moi. Tout ce temps je t'en ai voulu de ne pas réussir à te détacher de ce qui te minait. Et maintenant que je le ressens moi-même… Kahlen, tu as été très forte. Plus forte que je ne l'aurais été. »

Padma se précipite vers les rochers, comme si elle voulait échapper à un monstre. Elle tombe à genoux cinq mètres plus loin et fond en larmes. Elizabeth sort de l'eau, elle aussi, plus lentement, en traînant les pieds.

« Nous allons rentrer. Ni Padma ni moi ne pouvons supporter ces images et il faut qu'on fasse une pause avant que tu abordes un autre sujet. Je ne sais pas si ton amour pour Akinli est vraiment si profond ou si c'est le filtre de l'Océan qui l'amplifie, mais je te plains de tout mon cœur.

— *Non. Je n'ai rien amplifié du tout.* »

Elizabeth hoche la tête, faute de mieux. Solidement campée sur ses jambes, elle parle d'une voix forte pour que toutes l'entendent.

« Qu'est-ce qui empêche Kahlen de retourner auprès de lui, tout simplement ? Il est à l'agonie. Elle aussi. Ils pourraient au moins mourir main dans la main.

— *Non. Kahlen M'appartient. Nous allons la remettre sur pied.*

— Avec quoi ? demande Elizabeth entre deux sanglots. Nous avons épuisé toutes les pistes possibles.

— S'il Te plaît, dis-je, bouleversée. Tu as vu comment je me sens. Je T'ai ouvert mon cœur, j'ai été sincère avec Toi… mais j'ai la sensation que Tu ne l'as pas été totalement avec moi. »

Les rouages de Son esprit s'enclenchent et de nouvelles émotions virevoltent autour de moi. Culpabilité, incrédulité, inquiétude, honte. Alors je suis certaine à cent pour cent qu'Elle m'a dissimulé des choses.

« Je T'en supplie. Dis-moi tout ce que Tu sais !

— *Mais ce n'est pas possible,* rétorque-t-Elle, et une fois encore je perçois des accents curieux dans Sa voix. *Je n'ai jamais douté de ta capacité à aimer, Kahlen, mais quel mortel est capable de porter un amour sincère à une jeune femme qu'il connaît à peine ? Comment serait-il capable de voir par-delà sa beauté, surtout si elle n'a pas pu lui adresser la parole ?*

— Qu'est-ce que Tu insinues ? demande Miaka, soudain tendue. Est-ce que Tu sais depuis le début ce qui cloche chez Kahlen ?

— Je T'en supplie, dis-je une nouvelle fois. Je T'aime. Tu m'as toujours chérie. Dis-moi ce qui se passe. »

Enfin, la vérité sort.

« *C'est vrai. Ta voix l'a empoisonné. Cela, Je ne peux le nier plus longtemps. Et la seule chose qui va le guérir, c'est ta voix. Ta voix humaine. Afin de le sauver...*

— Il faut que Tu me métamorphoses...

— *Oui. Mais il n'y a pas que ça. Akinli est lui aussi une Sirène, en quelque sorte. Tu n'entends plus sa voix et cela te tue à petit feu.*

— Comment est-ce possible ?

— *Je ne peux pas expliquer ce qui attire deux âmes l'une vers l'autre. Aucun homme, aucune force naturelle, aucune divinité n'en serait capable. Mais vous êtes inextricablement liés. Grâce à cela – grâce à cet amour authentique, pur et passionné – vous vous épanouirez ensemble... ou vous disparaîtrez ensemble.* »

Tout se télescope dans ma tête.

« Je ne comprends toujours pas.

— *S'il n'avait pas entendu ta voix, il se porterait comme un charme. Mais toi, tu as entendu la sienne, et tandis qu'il avancerait en âge ton état se serait détérioré en parallèle. Ou si J'avais dû te tuer pour te punir d'une désobéissance, il serait mort dans le même souffle. Vous êtes unis par l'esprit. Ce qui affecte le corps de l'un a une incidence sur le corps de l'autre. Donc, tu meurs avec lui. Plus lentement, bien entendu, car tu M'appartiens toujours. Mais ce mal qui te ronge finira par te détruire, toi aussi.* »

Instantanément, mes pensées retournent à Aisling. Tant pis si je trahis son secret. À supposer que je doive mourir, n'aurait-elle pas dû quitter ce monde elle aussi ? N'aurait-elle pas dû s'affaiblir après le décès de Tova ?

Mais l'amour d'Aisling ne se limitait pas à Tova, quand j'y pense. Elle a suivi le parcours de son petit-fils, puis celui de son arrière-petite-fille. Cette faille dans ce lien mystérieux entre les Sirènes et les personnes qui leur sont chères m'arrache un sourire.

Aisling s'est accomplie en tant que personne en même temps que s'agrandissait sa famille.

« Tu nous as menti ! rugit Elizabeth. Tu savais !

— *Je n'y croyais pas Moi-même. Quelqu'un qui vous aime autant que Moi ? Plus, même ? Impossible. Et comment deux personnes qui appartiennent à deux univers différents peuvent forger un lien aussi fort ? Je pensais vous avoir donné assez d'amour pour rendre nuls et non avenus tous les autres, à part des aventures d'un soir ou des plaisirs passagers.*

— Il y a toujours de la place pour l'amour, chuchote Padma. Même si la porte n'est qu'entrebâillée. »

Son regard croise le mien. C'est ce que je lui ai dit à New York, au mot près. Comment aurais-je pu me douter à ce moment-là qu'elle allait me retourner mon conseil ?

Je lui adresse un sourire triste.

« C'est vrai. J'ai ouvert grand la porte. J'aime Akinli, et cela nous tue l'un et l'autre.

— Ce n'est pas ta faute, Kahlen, répète Miaka.

— Mais si. Tomber amoureux, c'est une chose. Peut-être que nous aurions connu le chagrin ou le bonheur de temps en temps, peut-être que mon corps aurait commencé à se dégrader cinquante ans après le sien. Cela n'aurait pas posé de problème. » Je m'interromps pour reprendre haleine. « Mais il a entendu ma voix. Je l'ai empoisonné, et cela nous tue tous les deux.

— *Je suis désolée. Si seulement J'avais réussi à te retenir, peut-être ne l'aurais-tu jamais retrouvé.*

— Si, d'une manière ou d'une autre, dis-je les poumons en feu. Pensez à tout ce que nous avons fait. À tous les endroits où nous sommes allées, aux époques que nous avons traversées. Vous avez déjà croisé une personne plus d'une fois ? »

Je me tourne vers mes sœurs, qui me répondent par le silence. Ma respiration ralentit et je sens un vide se creuser en moi.

« J'ai de plus en plus l'impression que lui et moi, nous étions destinés à nous rencontrer. Et je suis heureuse de mourir avec dans mon cœur le souvenir de la journée que nous avons passée ensemble. C'est sa vie que je n'ai pas envie de sacrifier. J'ai tué tant de gens que ce n'est que justice que la mort vienne me chercher. Mais lui... il est si... si... »

Il n'existe pas d'adjectif qui lui rende justice. Honnête, cela implique qu'il ne remplit que les critères minimum de la morale. Gentil, cela ne rend pas justice à son empathie profonde vis-à-vis des autres, même dans les moments où il a lui-même le cafard. Parfait, cela gomme ses défauts, et ses défauts, son humanité, me font l'aimer encore plus.

« Nous savons tout cela, me dit Miaka avant d'appuyer son front contre le mien.

— Je crois que je n'arrive plus à parler. Je n'ai plus de voix.

— Pas étonnant. Tu l'as usée. C'est vrai, la seule solution, c'est que Kahlen redevienne humaine…

— *Non.*

— Mais tu viens de dire…

— *Je sais ce que J'ai dit. Mais il nous reste encore du temps. Son corps est plus solide que celui de l'humain.* »

Elizabeth comprend soudain où nous mène cette conversation.

« Pourquoi est-ce qu'on perd notre temps à discutailler ? Akinli peut la sauver, elle peut sauver Akinli. Il faut que Tu la laisses partir.

— *Je pourrais me tromper. Et si sa voix n'avait aucun effet sur lui ? Que se passerait-il, alors ?*

— Alors elle accompagnerait la personne qu'elle aime dans ses derniers instants.

— *Elle ne se souviendra pas de lui. Il est possible que cela ne fasse qu'empirer les choses.* »

Elizabeth, totalement démoralisée, se met à crier.

« Parce que ça pourrait empirer ?

— *Oui, pour Moi !* »

Même si aucune oreille humaine ne peut L'avoir entendue, Ses paroles résonnent dans le ciel, secouent les branches des arbres et font s'écrouler des rochers. Elle ne peut produire plus d'eau qu'Elle n'en contient, et pourtant nous La sentons verser des larmes.

« *Je suis seule. Condamnée à une solitude éternelle. Vous, qui êtes tout ce que J'ai, vous M'évitez autant que possible. Je vous comprends. Je sais que vous détestez vos responsabilités. Avez-vous tenté ne serait-ce qu'une fois de vous imaginer à Ma place ?*

— Nous comprenons ce que Tu vis ! C'est vrai ! affirme Miaka. Nous portons le même fardeau.

— *Non, vous ne faites que Me nourrir. Je Me tue à la tâche sans avoir droit au moindre merci, au moindre encouragement. Il est rare que les jeunes filles qui sont à Mon service M'accordent une seule pensée lorsque Je ne les convoque pas. C'est trop demander que de pouvoir m'attacher à l'une d'entre vous aussi longtemps qu'il M'est permis ? Quand vous partirez, vous M'oublierez aussitôt. Et Je ne suis pas prête à être oubliée.* »

Je me sens tiraillée. Mon âme sœur et moi souffrons au point d'y perdre la vie et, dans le même temps, la perspective de quitter l'Océan me paraît cruelle.

La compassion de Miaka s'est propagée dans Ses eaux et nous a toutes contaminées.

« Pense à la souffrance que Tu as ressentie lorsque Kahlen s'est remémoré son seul amour. Est-ce que Ta souffrance à Toi serait plus grande ? Peut-être. Mais réfléchis. Kahlen a réussi. Elle a abandonné Akinli. Elle l'a fait pour Toi. »

L'Océan s'immobilise, manifestement intraitable. Je refuse de laisser l'espoir me gagner. Même si Miaka a raison, jamais je ne retrouverai Akinli.

Padma, qui est restée en retrait tout au long de la discussion, s'essuie les yeux et s'approche de nous sans faire de bruit. Elle enfonce une main hésitante dans une vaguelette qui vient lécher le rivage.

« Kahlen m'a dit que Tu pourrais être la mère dont j'ai toujours rêvé.

— *Et c'est vrai !*

— Mais Tu as menacé de me tuer. Ça ne m'incite pas vraiment à T'aimer.

— *Mais Je t'aime ! Vous comptez toutes énormément pour moi.*

— Dans ce cas, intervient Elizabeth, arrête d'utiliser Ta colère pour nous repousser.

— *Et comment faire si Je veux obtenir votre obéissance ? Elle ne tient déjà qu'à un fil.*

— J'ai toujours défié l'autorité. C'est dans mon tempérament. Mais nous ne sommes pas Ifama, ni les autres filles dont Tu as dû Te débarrasser. Nous avons choisi de rester. Nous sommes toujours là.

— Et si Tu T'étais confiée à nous il y a des années, Tu n'aurais pas eu à Te plaindre de nous. »

Miaka reste collée à moi, je sens l'espoir qui rayonne d'elle. L'Océan ne cesse de pleurer, consternée de n'avoir pas su nous comprendre, nous, Ses propres créatures. Les pieds toujours dans l'eau, je m'abaisse vers Elle.

« Ne crois pas que je vais T'oublier aussi facilement. Si j'avais vécu assez longtemps pour me métamorphoser dans soixante-dix ans ou si je meurs demain, Tu resteras toujours en moi.

— *Ton absence sera une souffrance terrible pour Moi. Chaque jour qui passera.*

— Je le sais. Mais lorsque je serai morte, Tu auras les autres. Elles Te comprennent à présent.

— *Bientôt, elles Me quitteront elles aussi.*

— Mais pas avant d'avoir appris aux nouvelles recrues à T'aimer autant que nous T'aimons.

— Je veux bien rester plus longtemps », déclare Miaka.

Je la regarde, un grand sourire sur le visage. Elle hausse imperceptiblement les épaules.

« C'est vrai. Je suis heureuse ici. Heureuse avec Toi.

— Moi aussi, je pourrais rester plus longtemps, propose Elizabeth. Dans chaque famille, il faut une rebelle. Regardons les choses en face, Tu T'ennuierais à mourir sans moi. »

Une étincelle de joie s'allume au milieu de Sa tristesse.

Padma se joint au chœur.

« Tu sais à quoi ma vie ressemblait avant que Tu arrives. Je ne suis pas pressée de Te quitter.

— Nous pourrions Te faire la promesse d'ajouter les années de Kahlen aux nôtres si cela peut Te rassurer », ajoute Miaka en cherchant du regard l'approbation de ses sœurs. Elles hochent toutes deux la tête.

« Nous prendrons en charge ce qu'elle Te doit, dit Elizabeth. Volontiers. »

La surface de l'Océan reste étale, comme si Elle changeait de perspective, comme si Elle Se construisait autour d'une nouvelle vérité, d'une nouvelle identité.

« *Je Me suis engagée à ne pas être l'instrument de sa mort. Je ne m'attendais pas à ce que les choses se déroulent ainsi mais pour te prouver Mon amour, Je vais tenir cette promesse jusqu'au bout. Il ne Me reste rien d'autre.* »

Ses pensées tourbillonnent.

« *Vous allez devoir vous charger de l'organisation. J'imagine que nous allons devoir effectuer le changement à proximité de Port Clyde. Je vous y conduirai dès que vous serez prêtes.*

— Je m'occupe de tout, déclare Miaka. Je ne laisserai rien au hasard.

— *Partez. Je dois Me préparer.*

— Ça va aller ? lui dis-je.

— *Ai-Je vraiment le choix ? Pars, Ma chère enfant. Je ne suis pas en mesure de te donner davantage. Tu sais enfin à quel point Je t'aime.* »

31.

Ce qui me frappe avant tout, c'est la faim. J'ai la sensation que mon estomac est un puits sans fond, cela s'apparente à une douleur qui me paraît étrangère, étrangère à mon propre corps.

Il fait nuit noire et, même si je ne vois rien, je sens qu'on me déplace, comme si j'étais en lévitation. D'ailleurs j'ai l'impression d'être incapable de tenir sur mes jambes, à croire que toutes mes forces m'ont abandonnée.

« Qui est là ? » Ma gorge brûle, sûrement à force d'avaler de l'eau de mer. Je dois faire un effort considérable pour lever la tête.

Enfin, je comprends ce qu'il se passe. Deux filles me transportent en me ceinturant la taille, une troisième me retient par les jambes.

« Où m'emmenez-vous ? »

À la seconde où cette question franchit mes lèvres, je me rends compte que mon cerveau est totalement vide. Impossible de me rappeler mon nom. Ellen ?

Katlyn ? Non, ni l'un ni l'autre. Où est ma famille ? Je n'en ai pas la moindre idée. Leurs noms et leurs visages restent flous, mais j'ai la sensation tenace d'avoir perdu quelqu'un en chemin.

La peur me submerge, ma respiration s'accélère. Mon instinct me conseille de fuir, oubliant que j'ai déjà du mal à lever la tête.

« Ne me faites pas de mal, je vous en supplie. »

Pas de réponse.

Nous approchons d'une maison. Ma maison ? Ma destination finale ? Il y a de la lumière aux fenêtres et, même si cela me rassure, je me méfie de cette sensation. Je lâche un grognement de douleur lorsque nous gravissons les marches du perron, alors que mes trois kidnappeuses évitent tout geste brusque.

La fille à ma droite, une beauté asiatique aux cheveux aussi sombres que ses vêtements, hoche la tête par trois fois et les trois inconnues me posent par terre, parfaitement synchronisées. Je me retrouve accoudée sur le sol, et hors d'haleine.

« Où sommes-nous ? Que me voulez-vous ? »

La fille qui me tenait par les jambes – une autre déesse aux traits exotiques – jette un regard attristé à ses complices, puis à moi. On dirait que je l'ai déçue, d'une manière ou d'une autre.

« Je suis complètement perdue, leur dis-je d'une voix plaintive. Vous voulez bien m'expliquer ce qu'on fait ici ? »

La troisième, dont la chevelure flamboyante encadre des traits parfaits, désigne la maison du doigt.

« C'est chez moi ? »

Elle grimace, ni oui ni non. L'Asiatique me touche le bras pour capter mon attention et opine de la tête, puis elle m'effleure la joue d'une main à la paume moite. Celle qui m'a tenue par les jambes joint ses mains, comme en prière, et incline le buste. La rousse m'ébouriffe les cheveux avec un sourire.

Puis, sans un mot, les trois inconnues disparaissent dans la nuit.

« Attendez ! Qui êtes-vous ? Et moi, qui suis-je ? »

Je fonds en larmes, terrorisée. Que faire à présent ?

Mes cris ont dû alerter quelqu'un. La porte de la maison s'ouvre, la lumière m'aveugle.

« Kahlen ? lance une voix d'homme. Julie ! Julie, viens vite, c'est Kahlen !

— Aidez-moi. S'il vous plaît.

— Oh, Dieu merci ! s'exclame une femme. On te croyait morte.

— C'est tout comme, on dirait, marmonne l'homme.

— Chut ! Ne dis pas des horreurs pareilles, Ben. Aide-moi à la rentrer. »

L'homme me prend dans ses bras, me transporte à l'intérieur et me dépose doucement sur un fauteuil capitonné.

« Ma belle, où est-ce que tu t'es envolée ? Akinli s'est fait du mauvais sang. Comme nous tous. »

La femme – Julie, donc – m'enveloppe dans un plaid et tâte mon poignet, l'œil collé à l'horloge.

« Qui ça ? » dis-je, la voix rauque, cramponnée au plaid.

Un silence accueille ma question ; sur leur visage s'affiche un mélange d'incrédulité et de tristesse.

« Je suis navrée. Je pourrais avoir de l'eau ? »

Ben se précipite dans la cuisine, Julie s'agenouille à côté du fauteuil.

« Kahlen, tu te souviens de moi ? »

Je fais non de la tête.

« Les filles m'ont dit que c'était chez moi, mais je ne vous connais pas.

— Quelles filles ?

— Elles n'ont rien dit. Elles sont parties en courant.

— Voilà voilà. »

Ben apparaît devant moi avec un verre. Je me redresse difficilement et j'avale l'eau à grandes gorgées.

« Ça fait du bien, merci. »

Je me touche le front, tâchant de mettre de l'ordre dans mes idées.

« Elle ne se souvient de rien, déclare Julie.

— Eh bien, tu as retrouvé la parole, c'est déjà beaucoup, m'encourage Ben.

— Pardon ?

— Je ne sais pas comment t'expliquer, ajoute Julie.

— Peut-être que c'est à Akinli de s'en charger, propose Ben.

— Je doute qu'il en ait la force.

— Tu parles. Pour elle, il la trouvera. »

Julie semble convaincue par cet argument.

« Tu peux marcher ?

— Je n'en suis pas sûre.

— Pas grave, me rassure Ben en glissant ses bras sous mes aisselles. J'ai pris l'habitude de trimballer des gens malades d'une pièce à l'autre. »

Julie nous ouvre la marche dans un escalier si étroit que je suis obligée de coller mon visage contre l'épaule de Ben. La jeune femme nous conduit jusqu'au bout du couloir, frappe doucement à une porte. La chambre est plongée dans la pénombre et, en fond sonore, je distingue le vrombissement d'une machine.

« Coucou. Comment tu te sens, Akinli ?

— À ton avis ? » répond une voix. La personne qui parle semble aussi exténuée que moi. « Je pourrais courir un marathon. »

Je sens mon cœur palpiter. J'ai l'impression d'être restée en apnée pendant des siècles et mes poumons viennent de se remplir d'air.

Julie éclate de rire.

« Tu as de la visite. Tu te sens prêt ?

— Bien sûr. »

Elle fait un signe de tête et, à son signal, Ben entre et m'assoit sur une chaise qu'elle a préparée.

« Merci. » Je réprime un gémissement à l'instant où j'atterris sur la chaise. Ben a perdu l'équilibre et il a été un peu plus brutal qu'il ne l'aurait souhaité.

Je pose les yeux sur le jeune homme à qui appartient cette voix sans énergie. Couché sur le flanc, le visage hâve, le teint blême, il a un tuyau enfoncé dans la narine et un autre dans le pli du bras. Ses cheveux autrefois blonds ont pris des reflets grisâtres. Seuls ses yeux, qui se voilent de larmes lorsqu'il m'aperçoit, respirent encore la vie.

« Kahlen ? »

Je me fige. Ces trois personnes m'ont toutes appelée « Kahlen », un mélange d'Ellen et de Katlyn, et m'ont convaincue qu'elles me connaissent pour de bon.

« Kahlen, c'est toi ? Où étais-tu partie ? Je t'ai crue morte. »

Sa poitrine se soulève difficilement.

« Vous pouvez lui donner un stylo ? S'il vous plaît ? demande-t-il en soulevant un bras osseux. Il faut absolument que je sache.

— Un stylo ? » dis-je, très étonnée.

Son regard s'éclaire à nouveau.

« Mais tu parles ? »

Je le dévisage et je constate qu'il est transporté de joie.

« On dirait bien. »

Il se laisse retomber dans son lit et éclate d'un rire franc. Les larmes de Julie m'indiquent que cela fait un bon moment qu'il n'a pas autant ri.

« J'ai rêvé d'entendre un jour ta voix ! Je suis si heureux que tu sois saine et sauve.

— Alors… alors c'est ici, chez moi ? »

Akinli me scrute, perplexe, puis il interroge Ben et Julie du regard.

« Kahlen nous a raconté que des filles l'ont laissée ici en lui disant que c'était sa maison. Elle n'en sait pas plus. Elle ne te connaît même pas », explique Julie.

Akinli se tourne lentement vers moi.

« Kahlen ? Tu te souviens de moi, pas vrai ? »

J'étudie ses traits. Rien en lui ne m'est familier, ni l'angle de sa mâchoire, ni la longueur de ses doigts, ni l'arrondi de son épaule ou de sa bouche.

« Akinli, c'est ça ? »

Le pauvre. Il me fait profondément pitié. Il a déjà enduré une terrible épreuve, c'est clair comme le jour, et je vois la dernière lueur d'espoir s'éteindre au fond de ses yeux.

« Oui.

— Je n'ai pas le souvenir de t'avoir déjà croisé. Je suis désolée. »

Il pince les lèvres, comme pour ravaler ses larmes.

« Mais j'ai déjà entendu ta voix. Je la reconnaîtrais entre mille. »

Akinli, ce garçon étrange dont la vie, à cet instant, semble ne tenir qu'à un fil, se redresse sur son oreiller. Julie lâche un cri de surprise et regarde les bras du jeune malade trembler sous le poids de son corps amaigri. Il ferme les yeux, pour mieux se concentrer, et tente de s'asseoir par la seule force de sa volonté. J'entends Ben chuchoter dans sa barbe : « Vas-y, tu peux y arriver. »

Lorsque Akinli, qui respire aussi laborieusement qu'un sportif en plein effort, n'est pas loin de la position assise, il tend la main vers moi.

Je tombe dans ses bras.

Nous nous appuyons l'un contre l'autre, trop faibles pour tenir sans aide extérieure.

« J'ai cru que je ne te reverrais jamais assis, s'exclame Julie, des larmes de joie dans les yeux.

— Je ne me sens pas trop mal, tout bien considéré, répond Akinli.

— Ne t'enflamme pas », suggère Ben en le forçant à se recoucher.

Tout va mieux. J'ai toujours les idées embrouillées mais je suis la bienvenue ici, et la voix d'Akinli semble me donner des forces.

Quelques larmes m'échappent, je renifle et je baisse les yeux. C'est alors que je découvre les seuls indices que m'ont donnés les trois personnes qui m'ont laissée devant cette maison.

Sur un de mes poignets est écrit *Tu t'appelles Kahlen.* Sur l'autre *Lui, c'est Akinli.*

J'étudie mes bras, espérant trouver dessus d'autres renseignements.

« Regarde !

— Jolie écriture », fait remarquer Ben.

Julie lui met une tape facétieuse sur l'épaule.

« Aïe. Ça fait mal.

— C'est tout ce que tu as ? me demande Akinli.

— Apparemment. Tout ce que je sais, c'est qui je suis et qui tu es. »

Je plonge mon regard dans le regard d'Akinli, dans ce bleu intense, et je comprends qu'il n'y a rien de plus important.

Épilogue

Les médecins considèrent la guérison d'Akinli comme un miracle. Au fil des jours, la maladie qui le ronge quitte les cellules de son organisme. Elle cède la place à l'enthousiasme et au désir de rattraper le temps perdu.

Même si personne ne m'examine, je sais que moi aussi, je suis sur la voie de la guérison. Ma convalescence a beau durer moins longtemps, elle n'en est pas moins stupéfiante.

Akinli devient mon seul présent et mon seul passé. Il me raconte comment, un jour, nous avons dansé près d'un arbre sous les regards envieux des passants. Il me parle d'une robe magnifique que je portais et qui est tombée en poussière dans la chambre d'amis, laissant une tache blanche sur le parquet. Et il me raconte aussi notre premier baiser, un baiser qui renfermait toute notre histoire, et depuis cette première fois chaque baiser renferme la même magie.

Je bois ses paroles et je les grave dans mon cœur. Car même si je finis par connaître ces histoires par cœur, je ne conçois toujours pas comment nos chemins ont pu se croiser. C'était écrit, j'imagine. Je ne sais pas s'il existe un terme qui définit mieux notre relation que celui d'« âmes sœurs ».

Le lendemain matin de nos retrouvailles, Julie trouve sur le porche un sac qui a dû être laissé là par les trois filles qui m'ont conduite jusqu'à la maison. Mes possessions terrestres sont limitées. Au nombre de deux, comme les indices inscrits sur ma peau. La première, une liasse de billets que je donne immédiatement à mes bienfaiteurs, ma façon de les remercier. Ils utilisent l'essentiel de cette somme pour couvrir les dépenses liées aux soins d'Akinli.

La seconde, c'est une bouteille d'eau. Une eau très étrange, d'un bleu à la fois sombre et brillant, opaque et translucide. Peu importe la saison, elle est toujours glacée et elle contient de minuscules coquillages qui restent en suspension. Parfois je dors avec, même si elle me réveille lorsque je me mets dans une mauvaise position. C'est l'unique objet lié à mon ancienne vie que je possède et je l'aime presque autant que j'aime Akinli. J'ignore comment, mais je sais que cet amour compte beaucoup, comme si chérir cette eau revenait à me chérir moi-même. Et je ne m'en prive pas. J'aime mon corps convalescent, j'aime mon âme sœur aux yeux bleus, j'aime ma famille adoptive.

Je serre la bouteille contre mon cœur et je me laisse envahir par l'amour.

Remerciements

À la fin de mes romans, je prends toujours le temps de remercier Dieu, ma famille et les équipes éditoriales diverses et variées qui mettent leurs compétences au service de mes romans. J'ai une dette immense vis-à-vis de ces personnes, trop nombreuses pour être comptées, qui permettent à mes histoires de voir le jour sur le papier, mais cette fois je souhaiterais emprunter un chemin différent.

Cette fois, je souhaiterais dédier mes remerciements à mes lecteurs, à eux et eux seuls.

Vous avez entre les mains mon tout premier livre. Le livre qui m'a aidée à comprendre que je voulais consacrer ma vie à l'écriture. Un livre qui n'a pas suivi le parcours traditionnel des livres publiés. S'il a eu droit à une seconde chance, c'est grâce à l'intérêt sans faille que vous avez montré pour mon travail. Oui, tout cela, c'est grâce à vous.

Les adolescentes représentent en gros 90 % de mon lectorat. Ensemble, vous êtes une force. Vous influencez le monde artistique, la mode, la culture. Vous êtes ce qu'il y a de plus cool au monde. On ne vous prend pas toujours au sérieux mais, moi, je vous aime de toute mon âme de midinette de dix-sept ans.

Quant aux autres, ados, adultes, chiots ou que sais-je encore, respect total. Vous n'avez pas peur d'assumer vos préférences. Parfois les livres qui sont écrits avec un public spécifique en tête – un public jeune, ou un public féminin – rencontrent un accueil ironique. Merci d'avoir fait preuve d'ouverture d'esprit et d'avoir choisi ce roman dans les rayonnages de votre librairie. Cela compte pour moi. Beaucoup.

Être publiée, ce n'est pas une finalité en soi. Ce qui me motive, c'est de raconter des histoires et j'espère pouvoir le faire jusqu'à mon dernier souffle. Sans vous, ces livres n'existeraient pas. Je vis un rêve éveillée. Et ce n'est pas parce que je ne peux pas recenser tous vos noms ici que vous pesez moins dans la balance que ces personnes que je remercie individuellement.

Continuez sur cette lancée. Merci du fond du cœur.

K.

LA SÉLECTION

de Kiera Cass

Tome 1

35 candidates, 1 couronne, la compétition de leur vie.

Elles sont trente-cinq jeunes filles : la « Sélection » s'annonce comme l'opportunité de leur vie. L'unique chance pour elles de troquer un destin misérable contre un monde de paillettes. L'unique occasion d'habiter dans un palais et de conquérir le cœur du prince Maxon, l'héritier du trône. Mais pour America Singer, cette sélection relève plutôt du cauchemar. Cela signifie renoncer à son amour interdit avec Aspen, un soldat de la caste inférieure. Quitter sa famille. Entrer dans une compétition sans merci. Vivre jour et nuit sous l'œil des caméras... Puis America rencontre le Prince. Et tous les plans qu'elle avait échafaudés s'en trouvent bouleversés...

Le premier tome de la série phénomène, mêlant dystopie, téléréalité et conte de fées moderne, bientôt adaptée au cinéma.

Tome 1 : *La Sélection*

Tome 2 : *L'Élite*

Tome 3 : *L'Élue*

Tome 4 : *L'Héritière*

Tome 5 : *La Couronne*

Hors-séries :
La Sélection, Histoires secrètes : Le Prince & Le Garde
La Sélection, Histoires secrètes : La Reine & la Préférée
La Sélection, mon carnet

NOS *faces* CACHÉES

d'Amy Harmon

Ambrose Young est beau comme un dieu. Le genre de physique que l'on retrouve en couverture des romances. Et Fern Taylor en connaît un rayon, elle en lit depuis ses treize ans. Mais peut-être parce qu'il est si beau, Ambrose demeure inaccessible pour une fille comme elle. Jusqu'à ce qu'il cesse de l'être…

Nos faces cachées est l'histoire de cinq amis qui partent à la guerre.

L'histoire d'amour d'une jeune fille pour un garçon brisé, d'un guerrier pour une fille ordinaire.

L'histoire d'une amitié profonde, d'un héroïsme du quotidien bouleversant.

Un conte moderne qui vous rappellera qu'il existe un peu de Belle et un peu de Bête en chacun de nous…

Coup de cœur du blog Le Boudoir écarlate :

« C'est poignant, magnifique, magique !
Comme dans Nos étoiles contraires *de John Green,*
on ne cesse de pleurer, mais pour ne retenir à la fin
que les messages d'espoir et d'amour, la leçon de vie. »

Autres romans de l'auteur :
L'infini + un
La Loi du cœur

IMMACULÉE

De Katelyn Detweiler

Mina a dix-sept ans.
Elle est vierge.
Et enceinte.

Mina est la première de sa classe, elle sort avec le garçon le plus ambitieux de l'école. Sérieuse et autonome, elle a toujours su se sortir des mauvais pas. Mais le jour où elle se découvre enceinte – alors qu'elle n'a jamais fait l'amour de sa vie –, son monde bien ordonné bascule. Presque personne ne veut croire en sa virginité. Pour son père, c'est son petit ami le responsable, tandis que ce dernier est persuadé qu'elle l'a trompé. L'histoire de Mina se répand comme une traînée de poudre. Il y a ceux qui la traitent d'hérétique. D'autres encore croient que les miracles sont possibles, et que l'enfant à naître de Mina sera le plus grand de tous…

Le premier volet d'un diptyque miraculeux.

« *Katelyn Detweiler a accompli quelque chose d'exceptionnel : un roman qui vous prend aux tripes, avec une héroïne intelligente et honnête à qui l'on peut s'identifier malgré des circonstances extraordinaires.* » *Marissa Meyer, auteur de la série best-seller* Les Chroniques lunaires.

Second volet : *Transcendante* (à paraître en 2017)

LE JOYAU

d'Amy Ewing

Vous êtes plus précieuse que vous ne le pensez

Le Joyau, haut lieu et cœur de la Cité solitaire, représente la richesse, la beauté, la royauté.

Mais pour une jeune fille pauvre comme Violet Lasting, le Joyau est avant tout synonyme de servitude. Et pas n'importe laquelle : Violet a été formée pour devenir Mère-Porteuse. Car dans le Joyau, le vrai luxe est la descendance…

Achetée lors de la Vente aux Enchères par la Duchesse du Lac, Violet – le lot 197, son nom officiel – va rapidement découvrir la réalité brutale qui se cache derrière l'étincelante façade du Joyau. S'exercer à la cruauté, à la trahison et aux coups bas est la distraction favorite de la noblesse. Violet doit accepter son sort et tâcher de rester en vie.

C'est pourtant dans ce sinistre quotidien qu'elle tombe amoureuse d'un séduisant garçon, loué pour servir de compagnon à la nièce aigrie de la Duchesse. Cette relation interdite vaudra aux jeunes amants d'affronter les plus grands des dangers…

La nouvelle trilogie événement,
par l'éditeur de la série best-seller *La Sélection* !

Livre II : *La Rose blanche*

Livre III : *La Clé noire* (à paraître en novembre 2016)

Composition et mise en pages
Nord Compo à Villeneuve-d'Ascq

Imprimé en France par CPI
en septembre 2016

Dépôt légal : septembre 2016
N° d'édition : 55491/01 – N° d'impression : 3019014